徳間文庫

発信人は死者

西村京太郎

徳間書店

目次

第一章　三十二年目の夏　5
第二章　伊五〇九潜の謎《なぞ》　42
第三章　トラック諸島　80
第四章　金塊　122
第五章　南原機関　148
第六章　匿名の手紙　169
第七章　潮岬《しおのみさき》　194
第八章　パンフレット　236
第九章　脅迫状　262
第十章　圧力　296

第十一章　ある告白　331
第十二章　苦闘　376
第十三章　サメ狩り　401
第十四章　海中の戦い　422
解説　山前　譲　463

第一章　三十二年目の夏

1

五日前から、毎夜午前二時になると、その電波は、いかにも弱々しく、遠慮がちに、野口浩介《こうすけ》の受信機に飛び込んでくるようになった。

野口は、東京の郊外、調布市仙川《せんがわ》に住んでいる。

甲州街道から百メートルほど入った新興住宅地だが、野口の家はすぐわかる。大邸宅だからとか、奇抜なデザインの家だからというのではなく、小さい庭に、高さ二十八メートルのアンテナが立っているからである。

野口の本職は、カメラマン。報道カメラマンとしては、中堅クラスといったらいいだろう。フリーの立場で、週刊誌などと契約して仕事をしていた。

野口のいくつかの趣味の一つが、ハム（アマチュア無線家）である。ハムというのは、テレビやラジオなど電気器機のブーンという雑音のことだが、アマチュア無線家は、やたらに電波を発信してうるさいものだということから、それが、アマチュア無線家の俗称になったのだろうか。

現在、日本のハムの数はアメリカを抜いて世界のトップで、約六十万、そのうち、自分の無線局を持つ者三十四万といわれている。

野口が、免許を取って、その仲間入りしたのは、一年前で、六畳間を改造した、コールサインを持つ無線局も作った。

ハムには、二種類ある。

一つは、電話級アマチュア無線である。これが、現在のハムの大部分を占めている。試験は比較的簡単で、短波（ＨＦ）を使って、肉声で、国内のハム同士から、海外のハムとも交信ができるし、超短波（ＶＨＦ）を使えば、自動車や自家用機からも通信できる。

もう一つは、電信級アマチュア無線である。このほうは、モールス信号《コード》による通信で、電信の実技の試験を受けねばならないし、相手の肉声が聞けないので、ハムの間では人気がない。

野口は、この両方の免許を持っていた。

野口が、電信のほうにも興味を持ったのは、こちらのほうが、混信に強く、海外との通信が楽だからである。

問題の電波は、無線電信のほうで、五日前の午前二時に、いきなり、万国共通の救難信号S・O・Sが飛び込んできたのだ。

普通、救難信号のような、緊急通信を始める場合、まず、O・S・O（緊急通信開始）の合図を送ってくる。

だが、この相手は、いきなり、S・O・Sのモールス・コードを送ってきた。

野口は、あわてて、送信キーに手を置いた。

相手が日本人か外国人かわからなかったが、とにかく、和文で、

――ソチラノ名前ト場所ヲ知ラセヨ
と、繰り返した。

だが、相手は、野口の質問には答えず、一方的に、信号を送ってくるだけだった。

翌日も、午前二時に、S・O・Sが飛び込んできたので、今度は、欧文で、

――WHO ARE YOU?

と、打ってみたが、結果は同じだった。

どうやら、相手は、受信機を持たず、送信機だけしか持っていないらしい。

通信は、いつも同じだった。
・・・

―――
・・・
・・―――
・・・・―
・・・・・
・――――
―――――

――――・

このモールス・コードが繰り返されたあと、ぱたりと止《や》んでしまうのだ。

まるで、その信号音は、地の果てから送られてくるように弱々しかった。

そのことが、かえって、報道カメラマンとしての野口の気持ちを、強く引きつけたといってよいかも知れない。

アンテナの方向をいろいろと変えてみて、どうやら電波は、南から送られて来ているらしいことがわかった。だが、南のどの辺りかがわからなかった。

野口は、モールス・コードの一つ一つに、国際符号を当てはめてみた。

最初の三つは、アルファベットであり、続く六つは、数字である。

S	O	S	2	4	5	1	0	9
・・・	ーーー	・・・	・・ーーー	・・・・ー	・・・・・	・ーーーー	ーーーーー	ーーーー・

続ければ、SOS245109になる。S・O・Sは、もちろん救難信号だが、続く数字が、何の意味かわからない。それに、S・O・Sも、数字も、万国共通で、和文でも欧文でも、モールス・コードは同じだから、発信者が、日本人か外国人かも、不明だった。

まず考えられるのは、南の海で、船が遭難し、救助を求めているということだが、ここ一週間の古新聞を見直してみたが、船の遭難記事は、どこにも載っていなかった。

2

野口には、変わった親友が二人いる。

売れないモデルの氏家由紀子《うじいえゆきこ》と、他人のヨットばかり設計している江上周作《えがみしゅうさく》である。

由紀子は、八分の一だけデンマーク人の血が入っている二十三歳の娘だった。若いくせに、夢を聞かれても、答えたことがない妙な娘だ。

江上のほうは、三カ月前に三十七歳になったのに、こちらのほうは、夢ばかり追いかけているといってもいい男だった。彼の夢は、いつか、大きな外洋ヨットのオーナーになって、気ままに、時間を忘れて、世界を一周することだった。形のいいヨットを見ると、一日中見とれていたり、時には、見知らぬヨットのクルーになって、ふらりと航海に出てしまったりもする。大恋愛の末に結ばれた奥さんに逃げられて、やもめ暮らしをしているのも、そのせいである。

二十七歳の野口が、この二人と知り合ったのは、ハム仲間だからではない。三人は、スキューバ・ダイビングの仲間だった。

ボンベをつけて、二十メートル、三十メートルの海にもぐる。沈黙の青い世界。そこが三人の共通の世界だというのは、彼らが、どこか一風変わっているせいかも知れなかった。

六月三十日に、野口の家の近くのプール開きがあり、二人が泳ぎにやって来たときも、自然に、奇妙な救難信号のことが、話題になった。

梅雨《つゆ》の晴れ間の、かあっと照りつける日で、由紀子は、パラソルの中で、身体《からだ》にサン・オイルを塗りながら、

「その妙な信号のこと、誰かに話したの？」

と、野口にきいた。

野口は、腹這《はらば》いになって、濡《ぬ》れた頭を、両手で、ごしごしこすっている。

「三日前に、海上保安庁に電話で話してみたよ。日本の漁船が遭難していたら大変だからね。もちろん、外国の船の遭難だって同じだけど」

「それで、何だって？」

由紀子は、手を休めずにきく。色白で大柄な身体に、オレンジ色のビキニがよく似合っている。

野口は眩《まぶ》しそうに、ちらりと彼女を見てから、

「現在のところ遭難した漁船はないし、外国船の遭難もないそうだ。それに、今は、どんな小さな漁船でも、優秀な無線電話を積んでいて、遭難の場合、モールス・コードではなく、無線電話で、位置や状況を知らせてくるんだ。外洋ヨットだって同じだろう？」

野口が、江上に声をかけると、江上は、仰向《あおむ》けに寝転がり、悠然と空を見上げたまま、

「ああ、近ごろは、無線機の性能が良くなったから、相当遠くにいるヨットとも会話できるよ。ただ、無線機を積まずに、外洋に出て行く無謀な連中もいるがね」

「じゃあ、トン・ツー・トン・ツーっていうモールス信号を送ってくる船なんて、今は全然ないってこと？」

由紀子は、相変わらず、白い太もものあたりに、丹念にサン・オイルを塗りながら野口にきいた。どこか物うげな喋《しゃべ》り方は、彼女の癖《くせ》だった。それを、生意気だという人もいるし、魅力的だという人もいる。

「そうともいい切れないんだ」と、野口はいった。

「おれが調べたところでは、ちょっとした船は、万一に備えて、遭難自動通報用送信機というのを積んでいるんだ。船が沈没し、この機械が海に浮かぶと、自動的にアンテナが飛び出し、モールス・コードでS・O・Sを発信するらしい。しかし、おれが受信したような妙な数字は、発信しないようだ」

「ふーん」

と、由紀子は、鼻を鳴らした。

陽《ひ》が落ちて、三人は、野口の家に戻った。

由紀子は、持参した矢がすりの浴衣に着替え、中華料理の八宝菜を作ってくれた。

「その浴衣、なかなか色気があっていいねえ」

野口と江上が、期せずして、同じ言葉を口にした。別に、料理を作ってくれたからお世辞をいったわけではなかった。矢がすりが似合う女の子なのだ。

由紀子は、クスッと笑ってから、

「二人にキスしてあげたいけど、喧嘩《けんか》になるといけないから止める」

「おれは、ユキベエのキスぐらいじゃ喧嘩しないぜ」

と、江上。

「おれは自信ねえな」と、野口がいった。

「ユキベエが、あんたに先にキスしたら、ぶん殴るかも知れねえや」

「それは、ユキベエに惚《ほ》れてるんだ」

「よせよ」

と、野口は笑った。冗談にいったのだが、正直にいって、彼自身にも、自分の気持ちがよくわからないのだ。ひょっとすると、おれは、ユキベエに惚れているのだろうか。

午前二時になると、三人は無線室《シャック》に入った。

野口は、腕時計に眼をやり、

「そろそろ、聞こえてくるぞ」

と、いった。

いつものように、弱々しいモールス・コードが聞こえて来た。

Ｓ・Ｏ・Ｓ

そして、意味不明の数字が並ぶ。

ＳＯＳ２４５１０９

数分間、同じ信号が繰り返されたあと、ぱったりと切れてしまうのも、いつもと同じだった。

「電池が無くなっていくのか、だんだん弱くなっていくんだ」と、野口は二人にいった。

「君たちは笑うかも知れないが、毎夜、この奇妙なモールス・コードを聞いていると、なんだか、遠い南の海の果てから、誰かがおれに向かって、助けてくれと呼びかけているような気がするんだ」

「あたしは笑わないな」

由紀子が、真顔でいった。

「そういうの、あたし好きだもの」

「南海の果てからか」

江上は、うーんと唸《うな》ってから、

「しかし、相手の正体がわからないんじゃなあ」

「それで、おれは、明日から二、三日、この不思議な電信の謎《なぞ》を調べてみようと思っているんだ」

「他のハムも、受信してるんじゃないの？」

と、由紀子がきいた。

「その可能性は、あまりないと思ってる」

「なぜ、ハムって、何万人ているんでしょう？」

「ああ。おれみたいに、無線局を開設しているのだけでも、三十四万人だが、その中の約九〇パーセントが、無線電話なんだ。電信のほうは、モールス・コードを覚えなければならないし、相手の肉声が聞こえないから面白くない。それで、免許を取る人間が少ないいんだ。それに、電信の免許を持っていて、あの救難信号を受信した者がいたとしても、わけのわからない数字が並んでいるんで、誰かの悪戯《いたずら》だと思ったはずだよ」

「野口クンは、悪戯だとは思わないわけ？」

と、由紀子がきいた。由紀子は、中年の江上だって、クンづけで呼ぶ。

「ああ、思わないね」

と、野口はいった。

3

翌日は、いかにも梅雨時《どき》らしい、朝から小雨の降る天候だった。

野口は、昨日泊まった江上と由紀子を、それぞれの仕事場に車で送ってから、千代田区霞《かすみ》が関《せき》の海上保安庁にまわった。

広報室に行き、救難信号のことを話すと、中年の職員は、

「この間、電話してきた人かね？」

「そうです。あの時、現在遭難している船はないというお話でしたが、その後も、依然《いぜん》として同じ救難信号が聞こえてくるものですから」

「実は、うちの通信室でも、同じ救難信号をキャッチしていたそうだよ」

「そうですか」

野口は、ほっとしたような、同時に、がっかりしたような、妙な気分で、小柄な職員の顔を見た。

考えてみれば、当然の話なのだ。海上保安庁の強力な通信室が、アマチュアの野口が受信できたあの救難信号を、キャッチしていないはずがないのだ。

「それで、発信者は、わかったんですか？」

「それなんだがね」

相手は、微笑して、

「通信室でも、妙な数字は、いったい何だろうといろいろ考えたらしい」

「それで、数字の意味はわかったんですか？」

「通信室に、旧海軍の少尉だった人がいてね。その人が、この数字は、暗号じゃないかといったそうだ。旧日本海軍では、数字を暗号に使っていたんでね。ただし、その人も、暗号の専門家じゃないから、ええと、どんな数字だったかな——？」

「２４５１０９です」

「ああ、その数字の意味はわからなかったらしい」

「旧日本海軍ですか」と、野口は、溜息《ためいき》をついた。

「昔の海軍がなくなってから、もう三十二年たっていますよ」

「そうだ。それで、あの数字は、旧海軍の暗号かも知れないという話が出たが、海上保安庁としては、調査を打ち切ることにしたんだよ。ほかに緊急を要する仕事が、いくらでもあるんでね」

相手は、二〇〇カイリ時代に入って、海上保安庁がいかに多忙であるかを、いろいろと説明してくれた。

野口は、礼をいい、自分の車に戻った。

運転席に腰を下ろし、クーラーをつけた。

（さて――と）

これから、どうしたものだろうか？

海上保安庁は、調査しないという。となれば、ひとりでやらなければならない。そのほうが、やり甲斐《がい》がある。問題は、どうやって、調べたらいいかだった。

あの数字が、暗号らしいというのは当たっているかも知れない。

だが、今は、ベトナム戦争も中東戦争も終わっている。一応平和が保たれている時代に、暗号を使って、救助を頼む馬鹿がどこにいるだろうか。

「わからねえな」

と、野口は、思わず声に出していった。

とにかく、海上保安庁の職員がいっていた旧海軍の暗号の線を追いかけてみようと思った。今のところ、ほかに、これといった考えが浮かばなかったからである。

戦後生まれの野口にとって、旧日本海軍も、第二次大戦も、小説や映画の中での存在でしかない。

戦時中、日本軍は、電波技術の面で、はるかにアメリカに遅れていて、相手のレーダーの使用で敗北を早めたこと、向こうの飛行機が、無線電話で交信しているのに、こちらは、電信のキーを叩《たた》いたり、風防のガラス越しに、手で合図したりしていたのを、映画で見たことがある。

旧海軍の艦船同士も、当然、電信による連絡だったろうし、戦時中だから、当然、敵の傍受を恐れて暗号を使用しただろう。たとえ、それが、救難信号であったとしても。

（問題は、すでに三十二年たってしまっていることだが）

それに、旧海軍の暗号を、どうやって調べたらいいのだろうか？

運転席でしばらく考えてから、三宅坂《みやけ》の国会図書館に行ってみることにした。

雨は、相変わらず降り続いている。

図書館に入るのは、何年ぶりだろうか。

雨と、夏休み前ということで、館内は、がらんとしていた。

野口は、暗号に関する本を二冊借り出し、一冊ずつ、ページをくっていった。

一般的な暗号の記述が大部分を占め、旧日本海軍の暗号に触れた部分は少なかった。

それでも、ミッドウェイで、優勢な日本の連合艦隊が、アメリカ軍に暗号を解読されていたため、大敗を喫《きっ》したことが書かれてあり、そこに、当時の日本海軍の暗号は、乱数表によるものだったとあった。

筆者は、和辻《わつじ》元海軍中佐となっていて、当時の日本海軍で、敵側の暗号解読作業を担当していたと書いてある。

野口は、図書館を出ると、近くの公衆電話ボックスに入り、メモしてきたその本の出版社のダイヤルを回した。

電話口に出た相手に、現在の和辻元中佐の住所を教えて欲しいといった。

「辻堂《つじどう》だよ」

と、相手は、面倒くさそうにいった。

「海岸近くに、大きなゴルフ場がある。そこで聞けばわかるはずだよ」

果たして、辻堂へ行き、和辻元中佐に会えば、SOS245109の謎が解けるのかどうか。だが、ここまで来て、引っ返すわけにはいかなかった。

電話を切り、辻堂へ行く気で車に戻ると、助手席に、いつの間にか由紀子が、腰を下ろしていた。ミニからのぞく長くすらりとした足を、くの字に曲げて、野口を見上げた。

「通りかかったら、君の車が止《と》まってたもんだから。これから、どこへ行くの?」

「神奈川県の辻堂だ」

「じゃあ、海の近くね」

「ああ。今日の仕事は、もうすんだのかい?」

野口は、運転席に腰を下ろして、由紀子を見た。

「石鹼《せっけん》のコマーシャルの話があって、Nスタジオで今まで待ってたんだけど、結局、お流れ」

ふふふと、由紀子は、他人事《ひとごと》みたいに笑った。

「そいつはお気の毒」

「だから、一緒に辻堂へ連れてってよ。気晴らしに海が見たいわ」

「オーケー。その代わり、向こうへ着いたら、家を探すのを手伝ってもらうよ」

「誰の家？」

「昔の軍人さんの家だ」

「見つけた後で、海で泳ぎたいな」

「雨が降ってるよ」

「でも、海水は温かいわよ」

海の好きな女だ。

野口は、笑ってアクセルを踏んだ。

雨の第三京浜を、南西へ向かって走る。海岸へ出るころになると、やっと、雨があがった。

クーラーを止め、窓を開けると、滑らかな涼感を持った風が、車内に流れ込んできた。

雨合羽を着て、磯《いそ》釣りをしている人も見える。今はキス釣りの最盛期なのだ。

はるか沖を、江上が見たらよだれをたらしそうな二本マストの大型ヨットが、ゆっくり走っている。

辻堂近くで、野口は、スピードを落とした。

「海岸沿いに、大きなゴルフ場があるはずなんだ。気をつけて見てくれよ」

「そのゴルフ場に、お目当ての人がいるの？」

「いや、そのゴルフ場で聞いてくれといわれたんだ。お目当ての家がね」

「ごちゃごちゃしてるのね」

確かに、ごちゃごちゃしていた。海辺のゴルフ場は、簡単に見つかったが、そこの従業員にきいても、和辻元海軍中佐の家はわからなかったからである。和辻が、すでに、遠い過去の人間になってしまっているということかも知れなかった。

仕方がないので、ゴルフ場周辺にある煙草《たばこ》屋、酒屋、飲食店などを、片っ端から当たってみた。

その結果、やっと、七軒目の酒屋で、求めていた返事を聞くことができた。

しかし、それも、

「和辻さんかどうか知らないが、時々、酒を届けている家のお年寄りが、昔は、海軍にいたって聞いたことがあるね」

といった、曖昧《あいまい》なものだった。

酒屋の主人の話によると、その家は、表札も出ていなくて、七十歳近い老人が、一人で住んでいるとのことだった。

「ちょっと偏屈な爺《じい》さんだから、注意したほうがいいね」

と、親切に忠告してくれた。

行った。
野口は、手土産に、その店で日本酒を一本買ってから、教えられた道を、車を走らせて
なるほど、構えからして妙な家だった。庭全体が野菜畑で、その真ん中に、掘立て小屋
のような小さな家が立っている。
表札も出ていないし、妙にひっそりとしていて、人がいるのかどうかわからなかった。
車から降りたものの、案内を乞うのが、なんとなくはばかられて、野口と由紀子が、野
菜畑を眺めていると、家の裏口から、白いステテコに、ランニングシャツという格好の小
柄な老人が出て来て、トマトをもぎはじめた。大きな麦藁《むぎわら》帽子をかぶっているので、顔は
よく見えないが、これが、酒屋の主人のいっていた老人のようだった。
「和辻さんじゃないですか？」
野口が、垣根越しに声をかけた。
老人は、ゆっくりと顔をあげ、鋭い眼で、野口と由紀子を見た。
「人にものをきくのに、サングラスをかけたままというのは、失礼じゃないかね？」
「すいません」
野口は、あわててサングラスを外した。
「その素直さはよろしい」
老人は、柔和な顔になって、

「わたしに、何の用かな？」

「昔の海軍が使っていた暗号について、話をしてくれませんか」

「なぜ、君たちみたいな若者が、旧海軍の暗号なんかに興味を持つのかね？」

「実は――」

と、野口は、垣根の内側に身を乗り出すようにして、例の救難信号のことを話した。

「信じてもらえないかも知れませんが、事実なんです。それで、問題の数字が、旧海軍が使っていた暗号じゃないかと思って、こうして伺ったんです」

「うーむ」

和辻は、腕を組んで、じっと考え込んでいたが、組んでいた腕をほどくと、

「まあ、上がりなさい」

と、二人を、家へ招じ入れた。

4

玄関を入ると、すぐが、板の間の八畳で、旧軍人らしく、剣道の道具が置いてある。老人が、ここで、素振《すぶ》りでもやっているのだろう。

その板の間に、藺草《いぐさ》であんだ夏座布団が敷かれ、野口と由紀子は、それに座らされた。

和辻《わつじ》も、同じ座布団にどっかりとあぐらをかいた。

「君の話は、なかなか興味がある」

「しかし、戦争が終わって、もう三十二年もたっているんですよ。発信人が誰かわかりませんが、今ごろ、旧海軍の暗号で、ＳＯＳを打ってくるというのも、妙な気がするんですが」

「確かに妙だが、その数字は、どうも、日本海軍が使用していた暗号のような気がするねえ」

和辻は、興味を感じたとみえて、自然に声が大きくなってきた。麦藁帽をとった頭は、だいぶ禿《は》げあがっているが、顔色は、まだ若々しかった。

「ただ、日本海軍が使用していた暗号は、次々に変えられたからねえ。そのどれなのかが問題だ。最初のものは、開戦前に使用されていたパープル暗号で、その暗号機は、各国大使館に置かれていた。この暗号は、絶対に解読されないと、われわれは自信を持っていたんだが、アメリカは、開戦前にすでに解読していて、パール・ハーバーが襲撃されることを知っていた」

和辻は、彼の青春時代である戦争中のことを思い出したのか、眼を輝かせて、しゃべっている。

そんな和辻老人を、由紀子は、あごに手を当て、不思議そうに見つめていた。

野口は、

「パープル暗号というのは、どんなものだったんですか？」

と、きいた。

「そうだな。簡単にいえば、タイプライターと、暗号機械が連動したものだよ」

和辻の声は、若々しく聞こえた。いつもこうなのか。それとも、思い出を話すのが楽しいからだろうか。

「それで、タイプで、たとえば、『パール・ハーバーを攻撃せよ』と平文で打つとする。すると、タイプに連動している暗号機が、自動的に、その平文を暗号文に直していくのだ。『攻撃せよ』が、『ＭＡＺＡＳ』というような、一見意味不明なアルファベットにな」

「便利でしょうが、敵が、同じ暗号機械を作ることに成功したら、たちまち、暗号は解読されちまうんじゃないかな」

「君はなかなか頭がいい」

和辻老人は、満足そうに、ニッコリ笑って、

「事実、アメリカ側は、このパープル暗号機を作りあげてしまい、さっきもいったように、日本側のすべての暗号が解読されてしまっていたのだ。それで、海軍は、急遽《きゅうきょ》、Ｄ暗号と呼ばれるものに切り替えた。アメリカ側は、これを、ＪＮ25と呼んでいたらしい」

「それは、どんな暗号だったんですか？」

「数字によって構成された暗号書だ。これに乱数表を組み合わせて使用していたわけだが、君がいった数字には、乱数表は使われず、暗号書だけを使っているように見える。多分、手許に暗号書しかなかったんだろう。この暗号書は、絶対に解読されないと自信を持っていた。なぜなら、58361という数字が『連合艦隊司令長官』となっていたが、数字自体には、意味がないからだよ。ただ、このD暗号にも、問題が一つある」

「その暗号書が盗まれたら、情報が敵に筒抜けになりますね」

「そのとおりだよ」と、和辻は、大きくうなずいた。

「この暗号は、発信人と受信人が、同じ暗号書を持っていて、はじめて成立するからだ。戦時中、太平洋に展開している日本海軍のあらゆる艦船に、この暗号書が配られていた。D暗号書がね。一九四三年一月二十九日、伊号第一潜水艦が、ガダルカナル沖で、アメリカ海軍に撃沈された時、このD暗号書が奪われてしまった。君のいうとおり、これで、われわれの暗号は、敵に筒抜けになってしまったんだが、しばらくの間、われわれは、そのことに気づかなかった。そのため、アメリカ側は、日本海軍の暗号を解読し、山本五十六《いそろく》司令長官の乗機が、待ち伏せ攻撃を受けて撃墜され、長官は戦死された」

「その話なら雑誌で読んだことがありますよ。すると、僕が聞いた数字は、D暗号なのかな？」

「いや。どうも違うようだ。実は、あまり知られていないが、終戦間際に、海軍は、G暗号と呼ばれる新しい暗号書を作りあげていた。アメリカ側の呼称は、JN30だ。たぶん、この暗号が、君の聞いたSOSによく似ていると思う。というのは、G暗号書は、すべて三桁《けた》の数字で構成されているからだよ。君が聞いたSOSは、六桁の数字だ。二つに分離すれば、三桁になる」

「その暗号書は、お持ちなんですか?」

野口は、勢いこんできいた。戦争を知らない世代だが、やはり若い男らしく、暗号や、戦争の話には、興味がわいてくる。

由紀子のほうは、関心があるのかないのかわからない、いつもの物憂げな顔で、窓の外に視線を投げていた。厚い雲が切れて、強い西陽が、かあっと、八畳の部屋に射《さ》し込んでいた。

「もちろん、終戦の時、暗号書を何部か、大事に持って来て、保管してあるよ」

和辻老人は、誇らしげにいい、部屋を出て行った。

二人だけになると、由紀子は、足を崩し、ハンカチで、首筋のあたりを拭《ぬぐ》った。

「暑いわァ」

確かに、クーラーのついていない部屋は、むし風呂《ぶろ》のように暑かった。

「早く、この近くの海で泳ぎたいな」

「もうじき済むさ」

と、野口がいった時、和辻が、きれいに綴《と》じた暗号書を持って戻って来た。

表紙には、達筆で、「日本帝国海軍G暗号書」と書かれてあった。その表紙が、すでに黄ばんでいて、三十二年という過ぎ去った歳月を示しているようだった。

しかし、和辻老人は、その三十二年を、一足飛びに昔に戻ったような熱っぽい口調で、

「軍人の中には、終戦のどさくさに、軍の物資を持ち逃げした奴もいたが、わたしは、暗号担当の将校として、この暗号書だけを、大切に携行して復員した」

それが、この老いた元海軍将校の誇りのようだった。だが、戦後生まれの野口には、相手の誇りは、残念ながら、ストレートに伝わって来なかった。

G暗号書は、和辻のいったように、三桁の数字で成り立っていた。

たとえば、最初のページには、次のような数字が並んでいる。

010
011
012
013
014
015
016
017
018
019

この中の０１２は、駆逐艦「さつき」を意味しているが、次の０１３は、艦船とは全く関係のない「鹿児島湾」という地名を意味している。従って、この暗号書を解読することは、ほとんど不可能だろう。数字は、無意味に並べられているからである。

さらに、次の０１４は、空欄になっていて、何も意味しない数字になっている。

「さて、君の聞いた六桁の数字を、このＧ暗号書に当てはめてみて、意味のある文章になったら、関係があることになってくるね」

和辻は、暗号書のページをくっていった。

ＳＯＳ２４５１０９の数字を、二つに分ける。

２４５と１０９だ。

Ｇ暗号書によれば、この二つの数字は、次の意味になってくる。

２４５　伊号五〇九潜水艦

１０９　トラック諸島冬島

「うーむ」

と、和辻は、唸ってから、

「これによると、君の受けた無線は、こういう意味になるね。ＳＯＳコチラハ伊号五〇九潜水艦、場所トラック諸島冬島、救助乞《こ》ウだ」

5

「戦争が敗けた時、日本の潜水艦は、どうなったんですか？」

と、野口はきいた。

「わたしは、潜水艦の関係者じゃないから詳しいことは知らんが、終戦の時、生き残っていた軍艦は、すべて、アメリカ軍に接収されて、解体されるか、沈められたはずだよ。研究のためアメリカに持ち去られた船もある。戦艦長門《ながと》のように、ビキニ環礁へ運ばれ、水爆の標的にされたものもある」

「じゃあ、この伊五〇九という潜水艦が、終戦の時に無事に生き残っていたとしても、当然、アメリカ軍によって沈められるか、解体されるかしたはずですね？」

「そのとおりだ」

「その潜水艦から、なぜ――？」

ふいに、野口の背筋を、冷たい戦慄《せんりつ》が走り抜けた。

少なくとも、昭和二十年に沈んだはずの伊五〇九潜水艦から、三十二年たった今、なぜ、救難信号が送られてきたのだろうか？

ひっそりと静まり返った夜半に、弱々しく聞こえてくるあの電波を、野口は、まるで遠い南の果てから聞こえてくるように感じていたのだが、あれは、三十二年前の遠い過去から届いていたのか。

これでは、まるで、SFの世界だ。

和辻は、当惑した顔で、

「わたしにもわからん」

と、首を振った。

由紀子だけが、妙にあっけらかんとした眼つきで、「面白いじゃないの」と、野口にいった。

「三十二年前の声なんて、ロマンチックでいいわ」

「この伊五〇九潜が、終戦の時、どうなっていたかわかりませんか？」

野口がきくと、和辻は、首を横に振って、

「わたしは、暗号解読を専門にやっていたので、潜水艦のことはわからん。ただ、兵学校の後輩で、戦時中潜水艦に乗っていた男がいる。彼に聞けば、何かわかるかも知れんな。会う気があるなら、紹介状を書いてあげるが」

「お願いします」

野口は、頼んだ。先刻の戦慄は、まだ意識に残っている。当惑しながらも、この謎を追いかけたかった。

和辻は、硯《すずり》と筆を持ち出して、巻紙に、すらすらと書いてくれた。いかにも、旧軍人らしく、

酷暑の候、貴下に於《お》かれましても、益々御清栄の段、慶賀申上げ候――

といった、四角ばった手紙だった。それでも、とにかく、野口浩介が、旧海軍のことで聞きたいそうだからよろしくという手紙だということは、野口にもわかった。

野口は、礼をいい、由紀子を促して、和辻老人の家をあとにした。

外に出ると、まだ、うだるような暑さが残っていた。

「泳ごうよ」

と、由紀子がいった。

6

二人とも、水着を持って来ていなかったので、海辺に来ると、当然のように、すっ裸になった。

由紀子は、モデルという職業柄か、それとも、生まれつきの無頓着《むとんちゃく》さか、あっけらか

んとして、野口の前で裸になり、しなやかな身体を見せびらかすように、準備体操をはじめた。

男の野口のほうが、ちょっと照れて、裸になると、準備体操もせず、

「わあっ」

と、歓声をあげて、砂浜を走って行き、思いっきり、海辺に向かって、一七五センチ、六七キロの若い肉体をダイブさせた。

汗まみれになっていた肉体を、冷たい海水が、心地よく押し包んだ。

まだ、海水浴シーズンではないためか、二人以外に、泳いでいる人影はなかった。

五十メートルばかり、沖に向かっていっきに泳いでから、「ふうっ」と、大きく息を吐いた。

クロールで追いついてきた由紀子が、片手で、野口につかまった。海水で濡れた彼女の顔が、妙に子どもっぽく見えた。

「トラック諸島って、どの辺にあるの？」

と、由紀子が、うしろから野口の肩に、自分のあごをのせる格好できいた。

「赤道近くの島さ」

「グアムよりもっと南？」

「ああ、おれの叔父さんが、戦時中、海軍にいてね。トラック島で戦死したって聞いたこ

とがある。なんでも、日本の海軍の大きな基地があったそうだ」

「そこへ行ってみるつもり?」

由紀子は、相変わらず、うしろから野口の肩につかまっている。波がくるたびに、彼女の形のいい乳房の先が、野口の背中にぶつかってくる。

「そうだなあ」

野口は、立ち泳ぎしながら、海水を手ですくって、じゃぶじゃぶと顔を洗った。

戦後生まれの野口は、当然のことながら、トラック島で戦死した叔父のことは、全く知らなかった。

「そうだなあ」

と、野口は、もう一度、同じ言葉をくり返してから、

「なぜ、三十二年前に沈んだはずの潜水艦から、今になって救難信号が発信されてくるのか、それを知りたいとは思うけど、それだけのことで、トラック島まで行くのは、面倒な気もするな。誰かの悪戯かも知れないしね」

「あたしは、行ってみたいな」

「へえ」

「赤道直下の海にもぐってみたいのよ。きっと、スキューバ・ダイビングのいいポイントがあるに違いないわ」

「なるほどね。江上の奴《やつ》も、いきたいというかな」

「ヨットがあれば、彼は、どこへでも行くわよ」

「しかし、奴は、まだ、自分のヨットを持っていないはずだよ。他人のヨットばかり作ってさ」

「でも、彼、いつか自分の外洋ヨット《クルーザー》を持つんだって、お金を貯めてるみたいよ」

「ユキベエに、そういったのかい？」

「うん」

「ユキベエには、奴は、何でも話すんだな」

野口は、海面に仰向けになり、手足を広げた。

由紀子も、彼にならって、仰向けになった。波に身を任せながら、空を見上げた。可愛らしい二つの乳房が、ぴょこんと海面に顔を出している。

野口は、夕焼けの始まった空を見た。

(江上の奴、ユキベエが好きなのか？)

7

ネオンの洪水の東京に舞い戻ると、九時から、ある男性雑誌のグラビア写真の仕事があるという由紀子を四谷《よつや》でおろし、野口一人で、和辻老人の教えてくれた元潜水艦の先任将校を訪ねた。

「佐伯《さえき》」という表札のかかった大きな邸《やしき》だった。

場所も、新宿に近い高級住宅地である。和辻老人の掘立て小屋とは、雲泥の差だった。同じ元軍人といっても、戦後の生き方が、二人の間に、大きな差を作ってしまったのだろう。

呼鈴を鳴らし、出て来た若いお手伝いに、和辻老人の手紙を持たすと、しばらく待たされてから、広い客間に通された。

分厚いペルシアじゅうたんが敷かれ、棚には、高価な青磁の壺《つぼ》が飾られている。壁に、現在の自衛隊が使っている潜水艦の大きなパネル写真が掛かっているのは、ここの主人が、今でも、その方面の仕事をしているということだろうか。

さっきの若いお手伝いが、冷たい飲み物を運んで来たあと、恰幅《かっぷく》のいい和服姿の老人が入って来た。

「わたしが、佐伯賢次郎です」

と、老人は、柔らかい口調でいい、名刺を出した。

「N造船相談役」の肩書きのついた名刺だった。確か、N造船は、海上自衛隊の船も造っていたはずである。

野口も、名刺を、佐伯に渡した。佐伯は、それを、ちらりと見てから、

「和辻さんは、お元気だったかね？」

「ええ。お元気でした。それで、用件なんですが」

「和辻さんの手紙によると、終戦の時の日本海軍の潜水艦について、何か知りたいようだが」

「ええ」

「本にでも書くのかね？」

「そんな野心はありませんよ。実は、伊五〇九という潜水艦のことを知りたいんです」

「ええと、野口君だったね」

「ええ。野口です」

「君に忠告するが、伊五〇九潜のことを調べるのは、止《や》めたほうがいい」

冗談でいっているのではなかった。佐伯の顔は真剣だった。

「なぜですか？」

当然、野口は、きき返した。

佐伯は、考えるように、ダンヒルのパイプを取り出して、もてあそんでいたが、

「ただ止めなさいといっても、若い君は、納得せんだろうね」

「ええ。納得できませんね」

「今、伊五〇九潜は、多くの遺骨を乗せたまま、南の海に沈んでいる。その英霊の安らかな眠りをさまたげたくないといったら、君は納得してくれるかね？」

「その南の海というのは、トラック諸島冬島のことですか？」

と、野口がきくと、佐伯は、一瞬、顔色を変えた。

「なぜ、それを知っているのかね？」

「実は——」

と、野口は、奇妙な救難信号のこと、その数字を、G暗号表に当てはめてみたこと、その結果、伊五〇九潜が、トラック諸島冬島から救助を求めている意味になったことを話した。

佐伯は、黙って、じっと聞いていたが、

「信じられん」

と、蒼《あお》ざめた顔で呟《つぶや》いた。

「三十二年もたってから、SOSが届いたことがでしょう？」

「そうだ。そんなはずはあり得ないのだ。伊五〇九潜は、昭和二十年八月二十七日に、トラック諸島冬島で沈没しているからだ」

佐伯は、自分の感情を抑えかねるように、甲高い声を出した。

「八月二十七日というと、終戦の八月十五日から、十日以上も後ですね？」

「そうだ。八月十五日に終戦の詔勅がおりたが、伊五〇九潜の艦長も乗組員も、降伏を拒否してトラックに向かったが、そこで故障を起こして沈没した。それから三十二年。海水が艦内を洗い、遺体は白骨化しているはずだ。こんな状態の伊五〇九潜が、救難信号を発信するはずがないだろう？」

そのとおりに違いない。だが、あのS・O・Sは、夢ではなく現実なのだ。

「伊五〇九潜の沈没は、確認されているんですか？」

「八月二十七日に、銚子《ちょうし》無線局が、伊五〇九潜の無電を傍受している。トラック諸島冬島で事故発生、浸水甚だしいという無電だ」

「なるほど」

「伊五〇九潜は、全員を乗せたまま、海底深く沈没し、二度と浮上しなかったのだ。一名の生存者もないと聞いている」

「トラックの海に、誰かがもぐって、伊五〇九潜が沈んでいるのを確認したんでしょうか？」

「そんな話は聞いてないが、沈没は、間違いないよ。その後、誰も、伊五〇九潜を見ていないのだからね。だから、伊五〇九潜について、調べるのは無意味だ。止めたまえ」

「調べると、何か危険な目に遭うということですか？」

「そんなことはいっていないよ、君。ただ、無駄なことだといっているのだ」

佐伯のその言葉に、若い野口は、敏感に、嘘《うそ》の匂《にお》いを嗅《か》ぎつけた。この老人は、明らかに嘘をついている。

何かあるのだ。

だが、いったい、どんな秘密が、あるというのだろうか？

第二章　伊五〇九潜の謎《なぞ》

1

翌日、野口は、伊五〇九潜のことを、もっと詳しく知りたくて、防衛庁の戦史室を訪ねてみた。

相手が、堅いお役所なので、難しいことをいわれるかも知れないと覚悟して行ったのだが、意外に簡単に、戦争中の資料を閲覧させてくれた。

野口が眼を通したのは、連合艦隊の中の潜水艦隊の最期だった。

資料によれば、日本が第二次大戦に突入した時保有していた潜水艦は六四隻である。

そして、戦時中建造　一一八隻
ドイツからの譲渡　二隻
連合軍から接収　六隻

であるから、合計一九〇隻の潜水艦で、日本海軍は、第二次大戦を戦ったわけである。

そして、一三一隻を失い、終戦時に保有していた潜水艦は、五九隻だった。この中には、問題の伊五〇九潜も含まれている。

五九隻が、どうなったかについて、資料には、次のように記載されていた。

五隻――アメリカ軍に接収され、アメリカ本土に回航される
二四隻――一九四六年四月一日、五島列島沖にて、アメリカ軍により爆破処分
四隻――一九四六年四月六日、向後崎《こうござき》西方にて、アメリカ軍により爆破処分
五隻――一九四六年四月三十日、舞鶴《まいづる》港外にて、アメリカ軍により爆破処分
四隻――一九四五年十月、清水付近にて、アメリカ軍により爆破処分
一隻――一九四五年十一月、下関にて、アメリカ軍により爆破処分
七隻――一九四六年八月、呉《くれ》方面にて、アメリカ軍により爆破処分
一隻――解体処分
二隻――シンガポールにて、英海軍に引き渡される
二隻――一九四六年四月十五日、紀伊水道にて、アメリカ軍により爆破処分
二隻――スラバヤにて、連合軍に引き渡される
一隻――佐世保で桟橋の代用に使用

以上で五八隻である。

問題の伊五〇九潜については、次のように書き止めてあった。

伊五〇九潜——一九四五年八月二十七日、トラック諸島にて沈没

また、伊五〇九潜の性能は、次のとおりだった。

伊五〇九（正式名称＝一等潜水艦、海大型で、同型艦十二隻）

排水量　基準　一六三〇トン
　　　　常備　二五八四トン
　　　　潜水時　二六〇二トン
全長　一〇五メートル
最大幅　八・二五メートル
馬力　水上　八〇〇〇馬力
　　　水中　一八〇〇馬力
速力　水上　二三・一ノット

	水中	八・〇ノット
備砲		一二センチ一門
		二五ミリ機銃四丁
魚雷		発射管六（船首）
		魚雷数　一二
航続距離	水上	一六ノット×八〇〇〇マイル
	水中	五ノット×五〇マイル
安全潜航深度		八〇メートル
乗員		八七名
完成		昭和十七年十一月
終戦時の艦長		大杉良成中佐

性能や建造年月日からみて、当時の最優秀の潜水艦だったといえそうである。

「この伊五〇九潜だけが、なぜ、他の五十八隻と違った最期を遂げたのか、わかりませんか？」

野口がきくと、係官は、「さあ」と、首をひねってから、

「大東亜戦争史を研究している清水さんなら、何か知っているかも知れませんよ」

と、旧海軍省で働いていたという老人を紹介してくれた。

どことなく、辻堂で会った和辻元海軍中佐に似ている老人だったが、向こうが世捨て人の感じだったのに対して、こちらは、きちんと背広を着、真っ赤なネクタイをして、まだ生臭さを残していた。

六十五、六歳だろうか。その薄い、意志の強そうな口からは、今にも大東亜戦争肯定論が飛び出して来そうな感じだった。

「君は新聞記者かね?」

と、清水が、いきなりきいた。

「いや。カメラマンです」

「それが、なぜ、伊五〇九潜のことを、調べているのかね?」

まるで、尋問するように、清水がきいた。

野口は、また、同じことを繰り返さなければならなかった。午前二時に決まって聞こえてくる救難信号のこと。G暗号との符合。

清水は細く鋭い眼を向けて、黙って聞いていたが、

「不思議な話だ」

「でしょう。それで気になって、こうして、伊五〇九潜のことを調べているんです」

「正直にいって、私も、それほど詳しく知っているわけじゃない。私にわかっているだけ

でいいかね？」

「結構です」

「私が調べたところでは、伊五〇九潜は、終戦の日、昭和二十年八月十五日には、小笠原沖にいた」

「なぜ、そんな場所にいたんですか？」

「何かの作戦行動をとっていたのだろうが、私にも内容はわからん。八月十五日に、海軍では、連合艦隊司令長官命を持って、全艦船に対し終戦を伝え、最寄《もよ》りの海軍基地に、速《すみ》やかに帰投せよと命令した」

「それで、伊五〇九潜は、どうしたんですか？」

「他の潜水艦は、すべて命令に従った。だが、伊五〇九潜だけは、艦長名で、降伏せずと返電したあと、行方を絶ってしまったのだ」

「そして、八月二十七日に、トラック諸島冬島で沈没したということですか？」

「そのとおりだ」

「沈没は確認されているんですか？」

「八月二十七日の時点で、トラック島の日本軍は、武装を解除され、帰国を待っていた。その中の何人かが、夜間、冬島沖に日本の潜水艦が近づくのを目撃している。夜明け近くなって、その潜水艦は事故を起こし沈没した。重油が浮かんできたので、沈没が確認されたということだ。潜水艦では、重油を流して、沈没箇所を知らせることになっているからね」

「島にいた人たちは、伊五〇九潜を見殺しにしたんですか？」

「いや。島にいた日本軍と、進駐して来ていたアメリカ軍が、共同して、救助に当たったといわれている。沈没した場所が、水深二、三十メートルと比較的浅いところだったので、アクアラングをつけたアメリカ兵と日本兵が、海にもぐり、沈没している伊五〇九潜の甲板を、ハンマーで叩《たた》いてモールス信号の合図を送った。至急、脱出せよとね。これは、当時、その作業に当たった海軍兵曹から証言を得ている」

「それで、どうなったんですか？　伊五〇九潜には、水中脱出装置がなかったんですか？」

「いや。ちゃんとあったよ。今いった海軍兵曹は、ハンマーでモールス・コードを叩き、脱出装置を使って、すぐ脱出するように艦内に伝えたが、中からは、天皇陛下の大切な艦を、このままにはできない。全力を尽くして故障箇所を修理して、自力で浮上すると返事が戻ってきた。それから三日間、艦内では、必死の修理作業が続けられたが、海水の浸水は止まず、酸素もなくなって、全員が死亡した」

「伊五〇九潜は、そのままになっているわけですか？」

「そうだ。一週間後、同島の日本兵は復員してしまったからね。それに、トラックは、日本の真珠湾《パール・ハーバー》といわれていただけに、三十隻以上の艦船が沈没している。その全部を引き揚げることなど、とうてい不可能だし、アメリカ政府が許可しない」

「それだけの話ですか」

野口が、失望した顔でいうと、清水は、きっとした眼で、睨《にら》んだ。

「それだけとはなんだッ。八十余名の英霊が、艦と運命を共にしたんだぞ」

「しかし、八月二十七日には、もう戦争は終わっていたんでしょう」

「それはそうだが、今の君たちには、八月十五日前後の軍人の気持ちはわからんのだ。この私だって、一度は、自決をしようと思ったし、終戦の翌日、特攻機に乗って敵艦にぶつかっていった者もいる。聞くところによると、伊五〇九潜の大杉《おおすぎ》艦長は、佐賀の出身で、葉隠《はがくれ》の精神の具現者だったというし、その部下も、全員尽忠報国の念に燃えていたから、アメリカ軍に降伏するのを、いさぎよしとしなかったのだろう。立派な軍人精神だ」

「しかし、死んじゃあ、何にもならないんじゃありませんか」

野口がいうと、清水は、憮然《ぶぜん》とした顔になって、

「人間、生きるよりも、死を選ぶべき時もある」

といった。

「そうですか」

と、いったが、野口には、伊五〇九潜の乗組員の、死に場所を選ぶといった行為が理解

できなかった。

清水は、しばらく黙っていたが、「ああ、そうだ」と、急に、思い出したようにいった。

「もっと詳しく、伊五〇九潜のことを知りたかったら、佐伯という人に会ったらいい」

「佐伯――？」

野口は、びっくりした。昨夜、その佐伯に会ったばかりだったからである。

「旧海軍中佐で、今は、確か、N造船の相談役をやっておられる方だ」

と、清水はいった。やはり、あの佐伯のことなのだ。

「その人は、伊五〇九潜にくわしいんですか？」

野口は、とぼけてきいてみた。

「くわしいと思うね。なんでも、佐伯さんは、大杉艦長とは、兵学校の同期だそうだ。それで、伊五〇九潜の最期を調べておられたらしい。ここにも、何度かお見えになったことがあるよ」

あの佐伯は、伊五〇九潜について、何かつかんだに違いない。だからこそ、野口に向かって、これ以上、伊五〇九潜について調べるのは危険だと警告したのだろう。

しかし、それはいったい何だろうか？

2

野口は、防衛庁を出ると、四谷三丁目の江上のマンションに車をまわした。

江上の部屋は、ヨットの写真と、スキューバ・ダイビングの道具で一杯だった。

江上は、よく冷えた罐《かん》ビールをあけてくれてから、

「どうだったい?」

と、野口にきいた。

「わかったのは、伊五〇九という日本の潜水艦が、昭和二十年八月二十七日に、トラック諸島で、乗組員もろとも沈んだってことだけさ」

野口は、今までに調べたことを、洗いざらい、江上に話した。

江上は、微笑して、

「すると、君が聞いたあのSOSは、幽霊が発信人ということになるわけかい?」

「かも知れない」

「そいつは、面白いな」

「同時にばかげてるよ。オカルト・ブームはあくまで遊びなんだから、それが、現実になっちゃ困るんだ」

「トラック諸島か――」

江上は、世界地図を持って来て、テーブルの上に広げた。

「ここは、ダイビングのいいポイントがあるらしいよ」

「ユキベエも、潜《もぐ》ってみたいといっていたな」

「うん。おれも、潜ってみたいね」と、江上はいった。

「熱帯の海の楽しさのほかに、沈没船を探検する楽しさもあるからね。その中に、伊五〇九潜もあれば、なおさらだ」

「トラックというのは、地図で見ると、思っていたより近いんだな」

野口は、日本とトラック諸島の間に、指を広げながらいった。

「ちょっとおかしいな」

と、江上が呟いた。

「何だい？」

「昭和二十年八月十五日に、伊五〇九潜は、小笠原沖にいたわけだろう？　そして、終戦を知らされたが、降伏を拒否してトラックに向かった――」

「清水という戦史研究家が、そういったんだ」

「伊五〇九潜の速力は何ノットだっけ？」

「水上で二三ノットだが、巡航速力は一六ノットになっている」

「じゃあ、一六ノットとしよう。これは、相当の速さだよ。この速さで、小笠原沖から引き返して南下し、まっすぐトラック諸島に向かったとしたら、少し日数がかかり過ぎやしないか？」

「そういわれれば、そうだな。途中の島に立ち寄ったんじゃないかな？」

「どこへ寄るんだい？　地図を見てみろよ。途中にある島は、グアム、サイパン、テニアンと、全部、アメリカ軍に占領されている島だぜ。降伏を拒否した潜水艦が、そんな島に立ち寄るはずはないね」

「そういえば、不自然だな」

だが、疑問は疑問のまま残ってしまった。

江上は、疑問を提出したが、彼にも、これといった答えは見つからないようだったし、野口にも、わからなかった。

夕方になると、いくらか涼しくなった。

「ユキベエを呼んで、一緒に飲もうや」

と、江上が、受話器を取った。

いつもは口数の少ない由紀子だが、飲むと、陽気になり、冗舌になる。楽しい酒だった。

江上が、由紀子に電話している間、野口は、罐ビールを片手に、テレビのスイッチを入れた。

ニュースをやっていた。漫然と、画面に流れるニュースを見ながら、冷えたビールをのどに流し込んでいたが、突然、

「あれっ」

と、声をあげた。

電話をすませた江上が、「彼女、すぐ来るそうだよ」といってから、

「どうしたんだい？　顔色が蒼《あお》いぜ」

と、眉《まゆ》を寄せた。

野口は、手で顔をなぜてから、

「テレビのニュースだ」

「ニュースがどうしたんだ？」

「昨夜、N造船の佐伯という相談役に会った。元海軍中佐で、伊五〇九潜の大杉艦長の友人だ」

「ああ。さっき、君に聞いたよ。君に、伊五〇九潜のことにタッチするなと忠告した人だろう？」

「うん。その佐伯が、車にはねられて死亡したというんだ」

「ほう」

「偶然すぎると思わないか？」

「この世の中には、よくあることじゃないかな。何年ぶりかで会った友人が、その翌日、ぽっくり死んだってこともあるしね」

生来呑気《のんき》な江上は、大きな身体《からだ》を、よっこらしょと、冷蔵庫の前に運び、新しい罐ビールを取り出して来て、野口と並んで飲みはじめた。

「しかしなあ」

と、野口は、納得できない顔で、

「さっきもいったように、佐伯という人は、おれに、伊五〇九潜のことを調べるのは止めろと忠告してくれたんだ。危険だからといってだ。その当人が、おれと別れたあと、突然、車にはねられて死んでしまうなんて、どう考えても出来過ぎだよ。何かあるよ。これは」

「本当に、伊五〇九潜のことを調べるのは危険だといったのかい？」

「あれは、冗談の調子じゃなかったよ。真剣な顔でいったんだ」

「だが、三十二年前に沈んだ船なんだろう？」

「ああ」

「それが、なぜ、危険なんだ？」

「そんなこと、おれが知るわけがないだろう」

野口は、なんとなく気が立っていた。

恰幅のいい、和服姿の佐伯賢次郎の顔も、声も、はっきりと覚えている。その佐伯が、突然、死んでしまった。佐伯の死も気になるし、彼が残した忠告も気になって仕方がない。

「やっぱり気になるよ」

野口は、声に出していった。

「その佐伯という人が、事故死じゃなくて、殺されたと思うのかい？」

「ああ」

「考え過ぎじゃないのかねえ」

「かも知れないが、このままじゃ落ち着かないんだ。だから、ちょっと出かけてくる」

「どこへ？」

「彼が運ばれた城北病院へさ。遺族が来ているだろうから、何かわかるかも知れない」

「ユキベエが来たら、二人で後からいくよ」

と、江上もいってくれた。

3

夜の気配が、ようやく濃くなった街を、野口は、池袋にある城北病院へ車を飛ばした。

城北病院に着くと、佐伯が、N造船の相談役だっただけに、夜にもかかわらず、会社のバッジをつけた社員が十二、三人駆けつけていた。いずれも、この暑さの中で、きちんと背広を着ており、ジーパンにサファリシャツという野口一人が、場違いな感じだった。

野口は、待合室の椅子《いす》に腰を下ろしている佐伯未亡人を見つけて近づくと、

「お聞きしたいことがあるんですが――」

と、若者らしい直截《ちょくせつ》さで声をかけた。

小柄で、細面の未亡人は、いぶかしそうに野口を見て、

「あなたは、会社の方じゃなさそうね？」

「違います、昨夜、お宅に伺って、佐伯さんから戦時中の潜水艦の話を聞いた野口という者です。伊五〇九という潜水艦のことで、ご主人から何か聞いていませんか？」

野口の性急なきき方が、未亡人の神経にさわったようだった。

「そんな昔のこと、私は何も知りません」

と、未亡人は、ハンカチで眼頭を押え、邪険にいった。

「ぜひ、思い出してもらいたいんです。伊五〇九潜のことですよ。何か聞いていませんか？　どんなことでもいいんです」

野口が、なおも食いさがっていると、N造船の社員数人が、眼をとがらせて、駆け寄ってきた。

「なんだ、君は？」と、その中の一人が、野口を小突いた。

「関係のない者は、引きとり給え」

てしまった。

有無《うむ》をいわせぬ勢いだった。野口は、彼らによって、たちまち、病院の外へ放り出され

（こん畜生！）

と、病院のほうを睨《にら》み返した時、男が一人、出て来て、野口に向かって歩いて来るのが見えた。

中肉中背で、三十五、六歳の男だった。胸にN造船のバッジが見えないところを見ると、野口を放り出した男たちの一人ではないらしかった。

男は、野口に向かって微笑した。

「さっき、未亡人と話をしていたね？」

「ええ」

と、野口はうなずいたが、警戒する眼になっていた。

男は、そんな野口の気持ちを、敏感に感じとったらしく、

「私は、十津川《とつがわ》警部だ。警視庁のね」

と、警察手帳を見せてくれた。

野口は、へえという眼になった。

「警視庁の警部さんが、ここに来ているということは、やはり、佐伯さんの死に疑わしいところがあるということですね？」

「いや。偶然だよ」

と、十津川警部は、笑った。

「そうは思えませんね。やっぱり、佐伯さんは、殺されたんじゃないんですか？」

野口が、食い下がると、十津川は、笑いを消した顔になって、じっと、彼を見つめた。

「なぜ、そう思うのかね？」

「理由はありませんが、なんとなく、そんな感じがするんです」

「なんとなくね」

「ええ。なんとなくです」

「ちらっと聞いたんだが、君は、未亡人に、戦争中の潜水艦のことを聞いていたようだね？」

「ええ」

「君みたいな若者が、なぜ、旧日本海軍の潜水艦なんかに興味を持つのかね？」

「警部さんは、興味ありませんか？」

「そうだねえ」

十津川は、また微笑して、

「私だって、男だから、戦争には興味ある。男の持って生まれた闘争本能というやつかねえ」

「じゃあ、僕だって同じですよ。戦時中の日本の潜水艦に興味を感じて、調べているんです。死んだ佐伯さんは、戦時中、潜水艦に乗っていた。だから、昨日会って、潜水艦の話を聞いたんです。その人が、突然、死んだんで、びっくりして、ここへ駆けつけたわけですよ」

「しかし、ご主人を失って、悲嘆に暮れている未亡人に、潜水艦の話を聞くというのは、いささか不謹慎じゃないかな？」

「そうですか」

「そうだよ。君は、何を知っているんだね？」

「え？」

「君は、私が警察手帳を見せたら、やっぱり、佐伯さんは事故じゃなく、殺されたんですかといった。なぜ、そう思ったのかね？」

十津川の口元には、依然として微笑が浮かんでいたが、眼は、笑っていなかった。

一瞬、野口は、すべてを話してしまおうかと思った。奇妙な救難信号のこと、伊五〇九潜のこと、そして、佐伯の警告のこと。

だが、話したときの反応がわからなかった。下手《へた》をすると、警察の疑惑が、自分にふりかかってくるかも知れない。

「警視庁の警部さんが来ていたら、誰だって、何かあると思うんじゃありませんか。単なる事故死に、わざわざ、警察が出てくるはずがありませんからね」

と、野口はいった。

十津川は苦笑した。

「本当のことを話してくれる気になったら、電話して欲しいね」

「嘘なんかついていませんよ」

「だろうね」

と、十津川は、笑っていい、また、病院に入って行った。

4

野口が、ほっとして、車に戻ると、そこに、江上と由紀子が来ていた。

「今、君と話してたのは何者だい？」

と、江上がきいた。

野口は、スカイラインGTRのドアに寄りかかり、煙草に火をつけてから、

「十津川という警部だそうだ」

「へえ」

と、由紀子が、眼を大きくした。

「警部が来ているとすると、単なる事故死じゃないのかしら？」

「おれも、そう思ったんだがね。向こうも狸《たぬき》さ。何も教えてくれないんだ」

「それで、問題の潜水艦のことは、何かわかったの？」

「何も。死んだ佐伯という人は、何か知ってたと思うんだがな」

「何か知っていたから消されたのかな？」

江上が、声をひそめていった時、突然、

「君たち」

と、背後《うしろ》から声をかけられた。

佐伯の死について話をしていた時だったから、三人は、ぎょっとして振り向いた。

暗がりの中に、六十歳ぐらいの小柄な男が立っていた。

きちんと背広を着ているが、夜だというのに、濃いめのサングラスをかけている。といって、ヤクザという感じではなかった。

相手の素性がわからないので、野口たちは、黙って、その男を見つめていた。

男は、小さく咳払《せきばら》いした。

「君たちは、本当に、伊五〇九潜のことを知りたいかね？」

と、男は、いきなり切り出した。

野口は、江上や由紀子と顔を見合わせてから、

「知りたいね」

と、男にいった。

「怖《こわ》くないかね？」

「何が？」

「佐伯さんは、伊五〇九潜の秘密を知ったために消された可能性がある。君たちも、あの潜水艦の秘密を知ったら、危険にさらされるかも知れない。その覚悟があれば、私が、君たちの知りたいことを話してあげてもいい」

「多少危険だって、モヤモヤしているよりいいさ」

と、野口は、胸を張って見せた。

「おれもだ」

「あたしも」

江上と由紀子も、続けていった。

男は、満足そうにうなずいてから、

「ここではまずいな。もっと静かな場所で話したいが」

「じゃあ、乗れよ」

と、野口は、男にいった。

野口たちは、その男を車に乗せ、五、六百メートル離れた公園へ連れて行った。

「車内灯は、消したままにしておいてくれ」

と、男は、リア・シートで、いった。

「そのほうが、話しやすいからね」

「早く話してくれ」

野口が、運転席から、顔をねじ向けて、催促した。

男は、リア・シートの暗がりに、身体を埋めるようにして、

「もう一度、念を押すが、危険は覚悟しているのだろうね？」

「ああ。危険があったほうが、スリルがあっていいや」

野口は、若い顔で、ニヤッと笑って見せた。

「じゃあ、話そう。私の名前は、君たちが勝手につけてくれたらいい。大事なのは、伊五〇九という潜水艦のことで、私のことなど、どうでもいいからだ」

男は、ゆっくりした口調で話し出した。一語、一語、言葉を探すような慎重な喋り方だった。

「君たちも、第二次大戦中、日本とドイツが同盟国だったことは知っているだろう？」

「ああ、知っている。日独伊三国同盟ってやつだろう」

「その日本とドイツの間で、お互いに不足している軍需物資や、秘密情報を交換しようという協定ができていた。最初は、ドイツの武装商船が、その任務に当たった。だが、戦局

が悪化してくると、武装商船の往き来は不可能になってきた。といって、制空権は敵に奪われているので、飛行機も使えない。そこで、潜水艦が使用されることになったのだ。一番艦として、伊三〇潜が、一九四二年にドイツに向かった」

「何を運んでいったんだい？」

「ドイツで不足している生ゴム、スズ、タングステン、キニーネなどだよ。そして、帰りには、レーダーや、潜水艦のシュノーケル装置といった当時の秘密兵器を持ち帰ってくることになっていた」

「伊三〇潜は、成功したのかね？」

と、江上がきいた。

「シンガポールまでは帰り着いた。ところが、ここで、機雷に触れて沈没してしまった。結局、五隻の潜水艦がドイツに向かったが、完全に成功したのは、たった一隻だけだった。あとの四隻は、ドイツに行きつけなかったり、伊三〇潜のように、帰途で沈没したりしてしまった」

「そのことと、伊五〇九潜と、どんな関係があるんだ？」

野口がきいた。二十七歳の彼にとって、第二次大戦も、日独伊三国同盟も、遠い存在でしかない。だから、夢物語を聞いているような楽しさもあった。

「ここからが問題だから、よく聞きたまえ」と、男は、いった。

「ドイツへ向かった潜水艦は、一応、五隻ということになっている。どの大戦史にも、そう書いてある。伊八、伊二九、伊三〇、伊三四、伊五二の五隻だ。しかし、実際には、もう一隻、ドイツに向かった潜水艦があったのだ」

「それが、伊五〇九潜だった——?」

「そうなのだ」

と、うなずいてから、男は、また、小さく咳払《せきばら》いした。

「しかし、なぜ、伊五〇九潜だけが、秘密にされてきたのかな?」

と、江上が、年長者らしい疑問を持ち出した。

「それは、伊五〇九潜の運んで行ったものが、他の五隻と違っていたからだよ」

「何を積んでいたんだい?」

野口がきく。

「金塊だよ」

と、男がいった。

5

「金塊だって?」

三人は、思わず、顔を見合わせた。

野口は、遠い夢物語が、急に身近な話になったような気がした。

「そうだ」と、男は、リア・シートでうなずいた。

「金塊七百キロ。今なら、約十億円はするだろうね」

「なぜ、そんなに大量の金塊を、ドイツへ運ぼうとしたんだい？」

「正確にいえば、ドイツにではない。中立国スイスにだった。当時、日本は、戦争遂行に不可欠の水銀が不足していた。一番の産地はアメリカだが、これは敵国だ。そこで、中立国スイスを通じて購入することを考えたんだよ。日本の紙幣なんかで売ってくれるはずがないから、どこでも通用する金塊を運ぶことに決定したのだ」

「十億円の金塊ですって」

由紀子が、夢見るような顔で呟いた。

「これは、軍の上層部しか知らないことだった」

と、男はいった。

「じゃあ、なぜ、あんたが知っているんだ？」

野口が、当然の質問をすると、男は、なぜか視線をそらせた。

「それはいえない」

「じゃあ聞かないが、七百キロの金塊は、どうなったんだ？　無事にスイスに運んだのかい？」

「いや、伊五〇九潜が、アフリカの南端、喜望峰を回って大西洋に入った時、ドイツが降伏してしまった。フランス、ドイツの海岸線が、連合軍に押えられてしまっては、スイスに入ることは不可能だ。伊五〇九潜は、やむなく、引き返し、シンガポールで休養をとったあと、内地に向かったのだ」

「そして、小笠原沖で、終戦を迎えた——？」

「そのとおりだよ。台湾、沖縄沿いに内地に向かわなかったのは、あの辺りに、アメリカの機動部隊がひしめいていて危険だったからだ」

「そうすると、ねえ。ねえ」

由紀子は大きな眼を一杯に見開いて、大声を出した。

「今沈んでいる伊五〇九潜の中に、十億円分の金塊が眠っているかも知れないんだわ」

「その点は、どうなの？」

野口がきくと、男は、曖昧に首を振って、

「正直にいうと、私にもわからん。私にわかっているのは、伊五〇九潜は、七百キロの金塊を積んでドイツに向かい、途中から引き返した。そして、降伏を拒否してトラックに向かい、そこで沈没したということだけなのでね。終戦になって、アメリカ軍が進駐して来ると、戦争中に軍が集めた貴金属の行方を、徹底的に調査した。だが、伊五〇九潜のことを知っている少数の人間は、堅く沈黙を守った。そのうちに、彼らは一人死に、二人死にしていった。秘密を守ったままだよ」

「その中には、消された人間もいるんじゃないの？」

「さあね。私にはわからん。この金塊輸送作戦の立案者の一人に、海軍軍令部の橋本大佐がいたんだが、この人は、半年前、南房総で海釣りをしていて、波にさらわれて死んだ。あれも、ひょっとすると、殺されたのかも知れないが、証拠はないし、事故死ということになっている」

男は、言葉を切り、小さく溜息をついてから、

「これで、私が知っている伊五〇九潜の話は終わりだ」

「なぜ、あんたが、その金塊を引き揚げに、トラック島へ行かなかったんだ？」

「この私が？　私はもう年齢《とし》をとり過ぎているよ」

男は、苦笑し、ドアを開けて、車の外に出た。

「私のことは忘れたほうがいい。それから、くれぐれも注意することだ。君たちは、伊五〇九潜の秘密を知ってしまったんだからね」

「あんたは大丈夫なのか？」

「私のことは、忘れろといったはずだ」

男は、野口たちに背を向けて歩きだし、その小柄な姿は、たちまち、夜の闇《やみ》に消えてし

まった。

6

三人だけになると、野口たちは、なんとなく、深い溜息をついた。

そのまま、しばらくの間、黙っていたが、急に、野口が、

「十億円だぜ」

と、叫ぶようにいって、指を鳴らした。

「そうだ。十億円の金塊だ」

江上も、大きな声を出した。

「十億円かア」

と、由紀子が、夢見るような眼つきをした。急に、みんなが、雄弁になった。

「あの妙な救難信号は、もしかすると、おれたちに、十億円の金塊を一刻も早く見つけ出してくれという合図だったのかも知れないな」

「その説に賛成だ」

と、江上。

「三人で分けても、一人三億円以上だ。ユキベエ。君は、いつも夢なんかないみたいな顔

をしているが、三億円が手に入ったら、何をするつもりだい？」

野口がきくと、由紀子は、あごに手を当てて、

「小さな島を買って、そこに、小さなお城のようなホテルを建てて、一日中、絵を描《か》いてるわ」

「君が画家志望とは知らなかったな」

「いわなかっただけよ」

「たった一人で、その島に住むのかい？」

と、江上が、不思議そうにきくと、由紀子は、

「うふーん」

と、笑った。

「もちろん、君たち二人は、第一番に招待するよ。あたしの島はね。きれいな海の真ん中にあってね。島の牧場には、五頭の馬と、五頭の牛がいて、犬と猫は二匹ずついるの」

「なぜ、馬と牛は五頭ずつなんだい？」

「それぐらいなら、なんとなく飼えそうな気がするから。そしてね。気が向くと、東京に無線で連絡して、野口クンに飛行機で迎えに来てもらう。あたしもハムを習っとくわ。そして一日だけ、都会の喧騒を味わって、また、海と空と、魚と動物の島に帰ってくる。これが、あたしの夢」

「なぜ、野口じゃなきゃ、いけないいんだい？」

と、江上が、文句をいった。

「彼が飛行機の免許をとるには、時間がかかるよ」

「でも、江上クンは、お金が入ったら、大きなヨットを買って、世界一周に旅立つのが夢なんでしょう？」

「しかし、船には、ちゃんと無線が積んであるし、君が、その小さなお伽《とぎ》の島で人恋しくなった時には、駆けつけてあげられるよ」

「まあ、待てよ」

と、野口が、江上を制した。

「すっかり浮かれちまったが、さっきの男の話を信用していいいんだろうか？」

「眉唾《まゆつば》だと思うのか？」

江上が、きき返した。

「そうはいってないが、金塊の話というのは、インチキが多いからな」

「でも、あたしたちに、嘘の話をする必要なんかないんじゃない？　さっきの人には」

と、由紀子がいった。

「それに、伊五〇九潜のことをよく知っている人間が、妙な死に方をしているということは、逆に、金塊の話が、本当だという証拠にならないか」

と、江上がいった。

「そうだな」

と、野口もうなずいた。彼だって、十億円の金塊の話が事実のほうが楽しいのだ。

「おれたちは」と、江上が、野口と由紀子を等分に見ていった。

「幸い、スキューバ・ダイビングができる。水深三十メートルに沈んでいるという伊五〇九潜なら、調査できるはずだ。すぐ、トラックへ行こうじゃないか。たとえ、金塊がなかったとしても、楽しい海底散歩ができると思うね」

「でも、お金がかかるわね。トラック諸島までの旅費のほかに、海に潜るんだから、その費用がかかるし――」

「それに船も必要だ」

と、江上がいった。

「船？　行くのは、飛行機だぜ」

野口が、首をかしげると、江上は、年長者らしく、落ち着いた声で、

「もちろん、行くのは飛行機さ。だが、金塊が見つかったら、それを、どうやって日本まで持って来るんだい？　七百キロの金塊だぜ。それに、ひそかに持ち帰らなきゃならない。所有権がどこにあるかわからないからね。だから、どうしても、船が必要になるじゃないか」

「その船は、どこで手に入れるんだい？」

「向こうで買うんだ。日本で買って、それに乗って行ったんでは、時間がかかっちまうからね。飛行機で行って、向こうで買ったほうが時間の節約になる」

「都合よく、向こうで手に入るかね？」

「おれは、大丈夫だと思ってる。というのはね。ヨットで世界を回っている連中が、ずいぶんいるからさ。特に、南太平洋にね。小さな島を、のんびりと巡《めぐ》っているんだ。本当の自然に接したいと思うんだろうな。ところが、たいていは若い連中だから、途中で、金が無くなってしまうことがよくあるんだ。金が無くならなくても、クルーの中に病人が出たりすると、急遽、国へ帰らなければならなくなって、船を売りに出す。おれは、前に、タヒチへ行った時、そんなヨットを何隻も見たよ」

「じゃあ、それは、君に任せるよ」

「いずれにしろ、お金がいるわ」

と、由紀子がいった。

「おれは、百五十万なら貯金がある」

と、野口がいった。

「あたしは、百七十万」

「女性に脱帽」

「おれは、マンションを売るよ」と、江上がいった。

「買い叩かれるかも知れないが、七、八百万なら、すぐ売れると思う」

「住む家が無くなっちまうぜ」

野口がいうと、江上は、太った身体をゆするようにして笑った。

「十億円の金塊が、手に入るかも知れないんだぜ。それが、パアになったら、当分、君の家に置いてもらうさ」

「よし決まった。すぐ、トラック行きの用意だ」

7

野口たちは、パスポートを申請した。貰《もら》えるまでには、約二週間かかる。

その間に、江上は、自分のマンションを売りに出した。

野口は、由紀子を連れて出版社を回って歩いた。彼女をモデルにして、トラックの海底を散歩するといったタイトルのグラビア写真の注文をとるためだった。

伊五〇九潜が見つかり、時価十億円といわれる金塊を手に入れることができれば、何もいうことはない。だが、何も見つからなかった時のことを考えてのことだった。

海底写真の仕事で行くということになっていれば、最悪の場合でも、往復の旅費ぐらいは出るだろう。

幸い、大手出版のT社で、新しく、男性雑誌を創刊することになっており、それに、グラビア写真を頼まれることになっていた。

「とにかく、衝撃的な写真を頼むよ」

と、三十五歳の編集者は、何度も念を押した。

「モデルが、サメに襲われるとか、海底に眠る昔の日本の軍艦を調べていたら、白骨がごろごろしていたなんて写真がね」

冗談の口調ではなかった。野口は、苦笑して、努力しますよ、といっておいた。

出版社まわりの合間に、野口は、伊五〇九潜の新しい情報集めもやった。

大杉艦長の未亡人が、佐賀の大杉家から、水戸市内の実家に戻って生活していると聞いて、スカイラインを飛ばして、訪ねてもみた。

大きな旅館だった。大杉きみ子は、田島きみ子に戻っていたが、野口の質問に答えて、生前の夫のことを、いろいろと話してくれた。

「伊五〇九潜の艦長になられてから、会われましたか?」

と、野口がきくと、きみ子は、和服姿で、きちんと正座した姿勢で、

「はい。広島の呉で、二度だけ主人に会ったことがございます」

実家に帰っても、五十五歳の品のいい彼女は、再婚はしなかったようである。それだけ

に、「主人」といういい方に、不自然さはなかった。

「その時、どんな話をなさったんですか？」

ひょっとして、金塊の話でもしたのではないかと思ってきいたのだが、家族に軍の機密を打ち明けるかも知れないなどという発想は、戦後生まれだけの発想だったようである。

「主人はとても寡黙《かもく》な人でしたし、軍の機密に属するようなことを、話してくれるはずもございませんから、もっぱら、家の話なんかを」

「そうですか」

「ただ、最後に会った時、非常に重要な任務で、これから出発するとだけ申しておりました」

「しかし、その内容はおっしゃらなかったんですか？」

「はい」

「伊五〇九潜が、トラック島で沈没したことは、通知があったんですか？」

「はい。終戦の年の九月中旬になってから、公報を頂きました」

「なぜ、伊五〇九潜が、トラック諸島付近にいたかという説明は、あったんですか？」

「確か、ある作戦行動中だったとお知らせいただいたと覚えております」

「それだけですか？」

「はい」

「トラックへ行かれたことがありますか?」

「はい。五年前の夏になって、やっと。でも遺骨を引き揚げるのは難しいといわれ、日本から持って行きましたお酒を手向《たむ》けて参りました」

「ほかに、伊五〇九潜のことで、何かご存じのことはありませんか?」

「はい。ただ――」

「ただ、何です?」

「一昨日、男の人の声で、電話がございました」

「知っている人ですか?」

「いいえ。聞いたことのない声でしたし、名前もおっしゃいませんでした。主人の乗っていた伊五〇九潜のことで、何か知っているかとお聞きになるので、何も知らないと申し上げました。そうしたら、なにか、ほっとした様子で、電話をお切りになりましたけれど」

「名前は、最後までいわずですか?」

「はい」

「いくつぐらいの男か、わかりませんでしたか?」

「さあ。あまり若くない方のような感じでしたけれど」

「N造船の佐伯さんは、ご存じですか?」

「はい。主人とは、兵学校で一緒で、大の親友でいらっしゃいましたから」

「最近、佐伯さんに会われましたか？」

「主人の墓は、佐賀にございますが、毎年八月十五日に、一緒にお参りに行ってくださっていました。その佐伯さんが、あんなことになってしまって――」

「八月二十七日ではなく、十五日にですか？」

「最初は、八月十五日に戦死ということになっておりましたので」

「なるほど」

と、野口は、うなずいたが、結局、伊五〇九潜について、新しい知識は、何も得られずに、水戸を後にした。

気になったのは、未亡人に電話して来たという男のことだった。その男は、未亡人が何も知らないというと、ほっとしたようだったという。

誰かが、伊五〇九潜の秘密を、闇の中に閉じこめたがっているのだ。そいつが、たぶん、佐伯元海軍中佐を轢殺《れきさつ》したに違いない。

毎夜、午前二時に聞こえていた不思議な救難信号は、遂に跡絶《とだ》えてしまった。

第三章　トラック諸島

1

やっと、パスポートがおりた。

その間、野口たちは、注意深く、新聞やテレビのニュースを見守っていたが、佐伯をはねて殺した犯人は、逮捕されなかった。

それでも、三人の出発前日になって、奥多摩に放置されていたカローラ・バンが発見され、それを、警察は、佐伯をはねた車と断定したようだった。

だが、この車は盗難車であって、警察は、まだ計画的な殺人とは断定できずにいるらしい。

あの十津川という警部は、何をもたもたしているのだろうかと、野口は、腹立たしかった。佐伯元海軍中佐は、殺されたに決まっている。

江上のマンションは、七百五十万円で売れた。ドルの持ち出しは三千ドルまでに制限されているので、友人で、ドルを持っている者を探して、江上は、全額をドルに替えた。

野口は、貯金を全部おろし、水中カメラを購入した。

由紀子も、有り金全部をドルに替えた。

トラック諸島へ行くには、まずグアムへ行き、そこからさらに、空路を飛ばなければならない。

七月十七日。三人は、日航ジャンボで、グアムに向かった。

日本からグアムへの渡航者のうち、実に九七パーセントが日本人だといわれるように、野口たちの乗った日航機の座席は、ほとんど日本人で占められていた。

羽田を発《た》って一時間ほどしたころ、スチュアデスが、

「お客様の中に、野口浩介さまは、いらっしゃいませんか?」

と、マイクできいた。

野口が、手をあげると、笑顔で近づいてきて、

「東京から、電報が届いています」

「ありがとう」

野口は、受け取って、眼を通した。

〈イ509カラテヲヒケ。コウカイスルゾ〉

発信人は、ヤマダ・タロウとなっているが、もちろん偽名だろう。

野口は、その電報を、黙って、江上と由紀子に回した。

不思議に怖いとは感じなかった。トラックに着けば、十億円の金塊が手に入るかも知れないという興奮が、脅迫文の怖さを打ち消してしまうのだ。それに、ここは東京ではないという安心感もあった。

江上と由紀子も、同じ気持ちらしく、江上は、

「山田太郎なんて、偽名の典型みたいな名前だな」

と、笑った。

「これで、いよいよ、金塊があるのが確実になったじゃないの」

と、由紀子は、はしゃいだ声を出しさえした。

「金塊がないのなら、こんな脅迫があるはずがないものね」

「確かに、ユキベエのいうとおりだ」

と、江上もうなずいた。が、野口は、すぐには賛成できなかった。

「だが、伊五〇九潜の艦内に、金塊が眠っているのなら、なぜ、その電報の主は、自分で引き揚げに行かないんだろう?」

「きっと、行きたくても行けないのよ」

と、由紀子が、あっさりといった。

「おれも、そう思うね」と、江上も賛成した。

「病気で入院しているとか、どうしても手放せない仕事を持っているとかで、トラック諸島には、行きたくても行けないんだろう。だから、せめて、おれたちの足止めをしようとして、こんないやがらせをしてるのさ」

「そうなら嬉《うれ》しいがね」

と、野口はいった。

グアム国際空港は、三十分前に降ったスコールに美しく洗われていた。

ところどころに、小さな水溜《た》まりのできた滑走路に、強い陽光が当たっている。

他の乗客が、島内のホテルに散って行く中で、野口たち三人は、ロビーで、トラック行きの便を待った。

一日一便だから、今日の便を逃がすと、グアムに一泊しなければならなくなる。

トラック行きの飛行機は、すでに滑走路に待機しているのだが、いっこうに搭乗案内がなかった。

予定の時間は、とうに過ぎている。江上が聞きに行き、二人のところへ戻って来ると、

「あと一時間、待ってくれとさ」

と、幅の広い肩を、小さくすくめて見せた。

「理由は？」

野口がきくと、

「それが、はっきりしないんだ。とにかく、あと一時間待ってくれの一点張りだよ」

「呑気《のんき》でいいわ」

由紀子は、クスクス笑ってから、売店で、トラック諸島の地図を二種類買い求めてきた。

地図で見ると、トラック諸島は、約九十の島から成り立っているが、主要な島は、モエン、デュブロン、フェファン、ウマンの四島である。戦時中、ここを基地にしていた日本軍は、この四島に、春、夏、秋、冬と、いかにも日本的な名前をつけていたらしい。

伊五〇九潜が沈んだ冬島は、一番南のウマン島のことである。

一時間どころか、一時間四十分近く待たされて、やっと、搭乗ということになった。ただ、グアムと同じアメリカ領なので、手続きは簡単である。

座席は、半分ほどしか埋まっていなかった。東京から乗って来た日航機と違って、こちらは、日本人は野口たち三人だけだった。別に遅れた理由を説明するでもなく、ボーイング727は、グアムを飛び立った。

トラックは、グアムからさらに一〇〇〇キロ南東にある。

窓の下には、白いちぎれ雲と、紺碧《こんぺき》の海が、果てしなく広がっている。それが、自分たちの途方もなく広がる夢のような気がして、野口は、あきずに眺めていた。

約一時間半で、トラック諸島に到着した。

着陸のために、飛行機が旋回を始めると、野口たち三人は、窓に顔を押しつけるようにして、眼下に見えてきたトラック諸島を眺めた。

トラックが、異常に大きなサンゴ礁に囲まれた群島だということが、空から見るとよくわかる。

礁湖《ラグーン》と呼ばれる内海は、サンゴ礁の防壁によって、外洋から守られているので、モンスーンの時でさえ、ほとんど波が立たず、ラグーンの中の島々は、海軍基地として絶好だったろう。

そのうえ、ラグーンの中は、平均七十メートルと深いため、「大和《やまと》」や「武蔵《むさし》」といった第二次大戦中の日本の巨大戦艦でも、ゆったりと停泊することが可能だった。

だから、日本海軍は、ここに、四万人の兵士と労働者を送り込み、巨大な基地を構築した。

日本の真珠湾《パール・ハーバー》である。

飛行場、地下格納庫、潜水艦基地、病院、それに、艦隊停泊設備などが、着々とつくられていった。

一九四四年二月十七日、アメリカ機動部隊が、トラック基地を猛攻した。

この猛攻は、丸二日間続き、その結果、日本の軍艦十五隻、タンカー六隻、貨物船十七隻がラグーンの中で沈んだ。アメリカは、パール・ハーバーの仇《かたき》をとったのである。

この時沈んだ艦船は、今でも、ラグーンの中に眠っている。トラックを統治するアメリカ政府が、沈没船の引き揚げを許可しないからである。遺骨収集も認めていない。

ボーイング727は、トラックの玄関口ともいうべきモエン島の空港に着陸した。

空港の近くに、トナチャウ山という山があり、飛行機は、その山頂をかすめるようにして着陸する。

他の主な島にも、それぞれ、特徴のある山があり、このトラックを、現地人が「チャック（山）」と呼ぶのは、そのためであろう。

手続きをすませて、空港の外へ出ると、巨大な太陽が、今まさに、礁湖《ラグーン》の向こうに沈もうとしていた。

太陽は赤いという感覚があったのに、この南の島で見る夕陽《ゆうひ》は、黄金色に輝いて見えた。

三人は、空港から少し離れた海辺に立つベイビュー・ホテルに泊まることにした。

全室エア・コン完備の近代的ホテルで、街には、その他、レストラン、バーもあれば、レンタカーの営業所もある。

南の果てという感じは全くない。いかにも、アメリカの信託統治である。

ベイビュー・ホテルは、名前のとおり、ラグーンを見渡す位置にあった。シングルが九ドル、ダブルが十二ドル。由紀子のためにシングルの部屋をとり、江上と野口は、ダブルの部屋に一緒に寝ることにした。

ホテルのレストランで、アメリカ風の夕食をとったあと、身体《からだ》は疲れていたがすぐ眠る気にはなれず、三人は、ホテルを出て、椰子《やし》の樹《き》の並ぶ海岸を歩いてみた。

月が明るい。

樹陰《こかげ》で、アメリカの観光客らしい若いカップルが、抱き合ったまま、じっと動かずにいる。

眼を沖に向けると、月明かりの礁湖《ラグーン》の中を、純白の帆船《クルーザー》が、滑るように走って行く。

「あたしたち、とうとうやって来たのね」

由紀子が、歩きながら、唄《うた》うようにいった。

「明日からが大変だぞ」

野口は、自分自身にいい聞かせるようにいった。

「きっと上手《うま》くいくわよ」

由紀子は、ラグーンを渡ってくる風に、髪をなぶらせながら、楽しそうにいう。

江上が、からかうように、

「ユキベエは楽天家だな」

というと、由紀子は、笑った。

「あたしは、いつも上手《うま》くいくんだって自分にいい聞かせることにしているの」

「それで、今まで上手くいって来たのかい？」

「そうね。君たちみたいな素敵な二人の男性に会えたし、こうして、胸がドキドキする冒険にも参加できたしね」

「君たち」と、野口は、ちょっと怒ったような声を出した。

「おれたちが、表向きは、サンゴ礁の海を写真に撮りに来たことを忘れないでくれよ。おれは、T出版から派遣されたカメラマンなんだ」

「わかってるわ。あたしは、そのモデルね」

「そして、おれは、君の撮影助手だろう。明日は、助手らしく走りまわって、基地にする出物《でもの》の帆船《クルーザー》を探してくるよ」

2

翌朝、朝食をすませると、江上はレンタカーを借り、船を探しに出かけ、野口と由紀子は、海岸で彼を待ちながら、何枚か、島や、ラグーンの写真を撮った。

海から吹いてくる風は涼しいが、直射日光は強烈で、シャツを着ていても、じりじりと肌が焼けてくる。

今はやりのプリントシャツスタイルの由紀子をモデルに、南の島らしい風景を撮ってから、二人は、樹陰に腰を下ろした。

暑い日中は、島民も観光客も、樹陰でのんびりと涼をとったり、仮眠を楽しんだりしている。

元気に走りまわっているのは、子どもだけだった。

野口は、煙草《たばこ》を取り出し、由紀子にもすすめてから、

「ユキベエに、前から聞きたいと思っていることがあったんだがな」

「なに？」

「ユキベエは、おれと江上と、どっちが好きなんだ？」

「困っちゃったな」

由紀子は、本当に困ったという顔で、海に視線を投げた。

「二人とも好きだわ」

「じゃあ、おれが結婚してくれといったら、オーケーして、君のいう小さな島で、一緒に暮らすかい？」

「正直にいうわ」

「うん」

「今もいったように、あたしは、野口クンも江上クンも好き。二人とも、あたしが今まで

出会った中で、一番素敵な男性だわ。でも、あたしは、きっと、二人のどちらとも結婚しないと思う」

「なぜだい？」

「あたしね。君たち二人が、あたしのことで、仲違《なかたが》いして欲しくないんだ。あたしが自惚《うぬほ》れてるなんて思わないでね。君たち二人を見てると、本当に羨《うらや》ましいんだ。女のあたしが嫉《ねた》ましくなるくらい仲がいいもの。それをこわすようなことをするのが怖いんだ」

「――――」

野口は、黙って海を見た。

確かに、江上は、たった一人の親友だった。偏屈で、人嫌いなところもあって、怒りっぽくって、世渡りが下手で、そう数えあげていくと、欠点だらけみたいに見える野口だった。その野口にとって、江上は、この世界で、心の許せるただ一人の友人なのだ。江上にしたって同じだろう。寂しがり屋のくせに、人嫌いなあいつにとって、おれがただ一人の親友なのだという気が、野口にはある。

（江上が、ユキベエと結婚したら、おれは喜んで祝福してやれる）

と、思っても、どこか自信がない。思うのは簡単だが、現実になったとき、そう振舞えるだろうか。

江上のレンタカーが戻って来た。

野口も、由紀子も、それぞれに、ほっとした気持ちで、車のところへ駆け寄った。

「いい出物があったかい？」

と、野口が聞くと、江上は、運転席から顔を突き出して、

「北の方に入江があるんだが、そこに泊まっているヨットが、売りに出ていたよ。持ち主《オーナー》は、オーストラリアの若い夫婦で、ほかに三人のクルーが乗っている。アメリカ、ハワイと経由して、ここまで来たんだが、若夫婦の父親が、シドニーで重態だという電報を受けとったんだそうだ。それで、飛行機で帰りたいので、ヨットを、ここで処分して行きたいといっている」

「値段は？」

「二万ドルだ」

「いい値段だが、それだけの値打ちがある船かい？」

「手ごろな船だよ。おれたち全部が使う船だから、これから見に行こうじゃないか」

「オーケー」

と、野口はうなずいた。

三人が乗ったレンタカーが、走り出すと同時に、スコールにぶつかった。

さすがに熱帯のスコールで、ワイパーを動かしても、海の中に突っ込んだみたいに前が見えなくなる。ただ、対向車がほとんどないので、江上は、のろのろと、スコールの中を

車をころがして行った。

熱帯のスコールは、降り出すときも唐突だが、止《や》むときも唐突だった。再び、かあっと太陽が照りつけ、家の中で雨をさけていた島民たちも、ぞろぞろと外へ出て来た。

生活が、単調で呑気なせいか、やたらに太った女性が眼につく。そして陽気だ。

島の北部にあるポー湾に着く。

美しい入江に、四隻の大型クルーザーが、錨《いかり》を下ろしていた。

「一番手前のやつだ」

と、入江がいった。

純白といったが、長い航海で、鼠《ねずみ》色に変色している。

江上が、そのヨットの近くで車をとめ、三人がおりると、ヨットのほうからも、背のやけに高い白人のカップルが、細い桟橋を踏み鳴らして、陸に上がって来た。

これが江上のいう持ち主《オーナー》だろう。夫婦そろって、日焼けした真っ赤な顔で、男のほうは、ヒッピー風に赤毛の髪を長く伸ばしている。その毛が逆毛なので、まるでライオンだった。

他の三人のクルーは、年齢もまちまちに見え、同好者の集まりという感じだった。この三人は、少しでも高く船を売りつけるためか、上半身裸になって、せっせと甲板を磨きたてている。

江上が、赤毛のライオンに、野口と由紀子を、マイ・フレンドと紹介した。

ノッポのライオンの名前は、フレッド・アンガー。女のほうはエリザベスで、「マイ・ワイフ」と、フレッドが紹介した。アンガー夫妻というわけだが、本当の夫婦かどうかはわからなかった。

「君たちは、実に幸福だ」

と、フレッドは、真顔でいった。こんな立派なヨットを、一万ドルで買えるのは幸福だというのである。こんな時、彼らは、全く照れずにいう。

江上たちも、負けずに、船にあがって、けちをつけた。

マストに傷がある。金具が錆《さ》びている。船体を塗り直さなければならない。ライフジャケットが不備である。エトセトラ、エトセトラ。

交渉が微妙な段階に入ると、フレッドは、機関銃のように、早口でまくしたてた。訛《なま》りの強い英語のうえに、早口だから、いっている言葉の意味が、ほとんどわからない。かろうじてわかるのは、このヨットが安い買い物だと力説しているらしいということだけだった。肺活量が大きいのか、彼の冗舌は、いっこうに止《や》みそうにない。そのうち、他のクルーも、フレッドの応援を始めた。

どちらかといえば、気の短いほうの野口が、突然、両手を大きく広げて、

「うおッー」

と、けもののように吠《ほ》えた。

フレッドたちは、一瞬、呆気《あっけ》に取られた顔で、しゃべるのを止めてしまった。

「何だってんだ」と、野口は、日本語で怒鳴った。

「ピーチク、パーチク《ウォッチューセィ》さえずりやがって」

「何だって？」

フレッドが、きょとんとした顔できいた。

その顔を、野口は、じろりと睨《にら》んで、

「八千ドル《エイト・サウザンド》！」

と、大声でいった。

「ノー。一万ドル《テン・サウザンド》！」

フレッドが、間髪を入れず、いい返した。

「一万ドル《テン・サウザンド》！」

と、細君のエリザベスが、甲高い声で叫んだ。

野口は、「ばかばかしい」と、また、日本語でいった。

「おい。帰ろうじゃないか」

「しかし、野口。明日から――」

と、江上が、ためらうのを、その肩を押えるように、

「一万ドルなんて、べらぼうだよ。ユキベエも帰ろうじゃないか」

と、いいながら、由紀子には、フレッドたちに見えないように、軽くウインクしてみせた。

野口たちが帰りかけると、フレッドが、あわてて追いかけて来た。

「君たちは、上手い商人だ」

と、フレッドが、肩をすくめた。その機を逃さず、野口は、

「八千ドル！」

と、いった。

「九千ドル」

と、フレッドが負けずにいう。

(こん畜生。そっちこそ、したたかな商人じゃないか)

と、野口は思った。

江上が、二人の間に入って、「O・K」とフレッドにいった。

「八千五百ドル」

「O・K」

と、フレッドもいった。

くなった。

3

野口のハッタリで、ヨットは、八千五百ドルで入手できたものの、三人の所持金は少なくなった。

ヨットの新しいオーナーとしての登録をすませると、三人は、さっそく、船の中で生活することにして、ホテルを引き払った。一ドルでも節約したかったのだ。

T出版社から、写真を頼まれてはいるが、前金をくれるほど甘くはなかった。いい写真が撮れたら、その時点で金を払うという約束になっていた。

船体のペンキが、ところどころ剝《は》げ落ちていたが、ペンキを買う金も惜しかったし、時間の余裕もなかった。

野口たちは、ラグーン内での海底撮影は許可されていても、沈没船からの金塊引き揚げが許されるはずがなかった。それだけに、なるべく早く、伊五〇九潜を見つけなければならなかった。

それでも、ペンキを二罐だけ買って来て、船尾に書かれた「QUEEN-II」の文字を消し、代わりに、新しい船名「YUKI-I」を書きつけた。

由紀子は照れ臭がったが、野口と江上が、構わずに、彼女の名前にしてしまったのだ。

「ユキⅠ世号。いい名前だ」

と、江上が、満足気にいった。

「ああ、いい名前だ」

と、野口もいった。

由紀子は、クスクス笑っていた。

次は、食糧と、潜水用具の調達だった。

幸い、船には、大型の冷蔵庫があったので、由紀子が買い出しに出かけ、野口と江上は、潜水用具を借りに出かけた。

市内のメインストリートから、海岸へちょっと入ったところに、「International Divers Association」（国際ダイバー協会）の看板をかけた店が見つかった。

上半身裸の青年が、店番をしていた。

中をのぞくと、床に、タンクや、足ひれ《フィン》や水中ライトなどが、雑然と並べてある。

野口が、用具を借りたいというと、金髪《ブロンド》の青年は、難しい顔で、

「ライセンスを持っているかね？」

と、二人を見た。どうやら、観光客の中には、ライセンスもなしで、無茶な潜水をやるのがいるらしい。

野口たちは、日本から持参したライセンスを、相手に見せた。

青年は、「O・K」と、表情を和《やわ》らげてから、

「このラグーンには、日本海軍の船が、いたるところに沈んでいる」

と、いった。

「知っている。海面に突き出ている沈没船のマストを見たよ」

「困ったことに、沈没船の部品を、スーベニールとして持ち去る観光客がいてね。海産資源局が、神経をとがらせているんだ。ここでは発見者は所有者ではない。それを心得たうえで潜ってほしい」

「わかってるよ」と、野口は、笑顔を作った。

「僕たちは、日本の出版社に頼まれて、モデルを使い、トラックの美しい海底写真を撮りに来たんだ」

「モデル？」

青年の視線が、江上に向いた。江上は、あわてて、

「おれじゃないよ。若い美しいモデルがいるんだ」

「これが、彼女のライセンスだよ」

と、野口が、由紀子から預かってきた日本潜水士免許を見せた。

野口と江上は、三人分の潜水用具を、二週間分の料金を払って借りた。二人とも、二週間が勝負と考えていた。それ以上、潜っていては、怪しまれるだろうし、金が続かなくな

る恐れもあったからである。

4

白いシーツを長方形にきり、赤インクで円を描いた即製の日の丸をはためかせて、「ユキI世号」は、船内エンジンで、ポー湾を出港した。

まず、野口が、舵《かじ》をとった。

燃えるような太陽は、完全に水平線の彼方《かなた》に没してしまい、月の光が、青白さを増していた。

礁湖《ラグーン》の中は、波一つ立っていない。遠く、環礁《かんしょう》に砕ける白い波頭だけが、このトラック諸島が、太平洋の真っただ中にあることを教えてくれる。

けだるい静けさが、ラグーンを支配していた。その静けさの中に、ユキI世号のエンジン音だけが、周囲にこだましている。

伊五〇九潜が沈んでいるといわれるウマン島（冬島）が近づいて来た。

野口たちは、岩礁や、沈没船のことを考え、五十メートルほど沖に船をとめた。

翌朝、船室《キャビン》から甲板に出た野口が、思わず「あっ」と大声をあげてしまったのは、舷側《げんそく》すれすれに、沈没船の赤錆《さ》びたマストが、一メートル近く海面から突き出ていたからである。

昨夜は、満潮でわからなかったのだが、朝の干潮になって、姿を現わしたのだ。

江上と由紀子の二人も、海面を見て、同じように顔色を変えた。が、落着きを取り戻すと、三人とも、眼の下の沈没船に興味を持った。

舷側から身体を乗り出し、海底を凝視した。

透明度の高い海である。じっと凝視していると、十七、八メートルのところに、何か、巨大な古代生物を思わせるものが横たわっているのがわかった。動くこと、浮かぶことをやめてしまった巨船の亡骸《なきがら》だ。

「潜水艦?」

由紀子が、のぞき込んだ姿勢できいた。

「いや。違うみたいだな」

と、野口。

「商船じゃないか」

と、いったのは、江上だった。

今度の計画を立ててから、三人とも、戦争を扱った本や写真集を買い集めた。特に、伊五〇九潜が写っている写真集は、参考のために、持って来ていた。

そうした写真集から知った伊五〇九潜の艦型とは違うようだ。

「とにかく、潜ってみよう」

と、野口がいった。

ラグーンの中で、船がどんな状態で沈んでいるものか知っておく必要があったし、T出版社と契約した仕事もすませておかなければならない。

モデルになる由紀子のために、派手なオレンジ色のウェット・スーツを用意してきていた。足ひれ《フィン》も、同じオレンジ色である。サンゴ礁の青い海底では、オレンジ色が目立つだろうという計算だった。

船の上で、借りて来た器材を点検する。レギュレーター、タンク（ボンベ）、それに、万一の時に必要な水中銃などを点検してから、三人は、一緒に海に潜った。

たちまち、眼の前が、神秘的な青の世界に一変した。重量感のある海水が、野口たちを押し包み、雑音が消えた。

水深五メートルあたりで、由紀子が、熱帯魚を追いかける姿を、何枚か撮った。この深さでは、驚くほど明るく、フラッシュは必要なかった。

野口は、二人に向かって、指で、下へ潜るぞと合図を送った。

この辺りは、魚の宝庫だ。可愛らしいスズメダイの群れにぶつかったかと思うと、狂暴な歯を持つ体長一メートルあまりのオニカマスの大群が、行く手をさえぎったりする。

野口は、手まねで、水中銃を構えさせ、オニカマスを狙《ねら》わせた。命中した瞬間を、写真に撮りたかったのだが、由紀子の手元から発射されたモリは、見事にはずれ、オニカマスの群れは、消えてしまった。

さらに潜ると、眼の前に、巨大な船の甲板が見えてきた。

三十年以上、海底に眠りつづけてきたに違いない船体は、貝やサンゴがくっつき、人工の魚礁に変わっていた。ブリッジや煙突の近くを、名前のわからぬ熱帯魚が、群れをなして、華やかな色彩の乱舞を見せていた。

野口が、手袋をはめた手で船体に触れると、赤い錆《さび》や、泥が、舞いあがった。

野口たちは、沈没船の船首から船尾に向かって、甲板をなめるように泳いで行った。

長さ百五、六十メートルはある巨《おお》きな船だった。一万トンクラスの船である。

中央部にある煙突は、真ん中から真二つに折れていた。

甲板のところどころに、大きな穴があいている。爆撃でやられ、ここに沈んだらしい。

野口たちは、ぽっかりと開いた穴から、船内へ潜って行った。

急に周囲が暗くなる。

野口は、水中ライトをつけた。黄色い光芒《こうぼう》が、船倉を照らし出した。

直径十五、六センチはある大きな弾丸がごろごろ転がっていた。信管はついていないのだろうが、それでも不気味だった。もし、信管がついていて、爆発でもしたら、助かる見込みは、まずないだろう。

魚雷も転がっている。緑色に錆がつき、貝殻がこびりついている。水中ライトは、次に、何か白っぽい小さな塊《かたま》りを照らし出した。

(人間の頭蓋骨《ずがいこつ》だ)

と、気づいた瞬間、野口の背中を、鋭い戦慄《せんりつ》が走った。それは、三十二年前の死であっても、死という厳粛な事実であることに変わりはなかった。

江上と由紀子も、同時に気づいたらしかった。若い由紀子は、平気で、手を差しのべ、その頭蓋骨を拾いあげた。気を取り直した野口は、カメラを向け、フラッシュを光らせた。

〈海底のサロメ〉

とでも題をつけたら、T出版社が買うかも知れない。

隣りの船倉にも、白骨が散乱していた。今度は、野口が拾いあげようとすると、ふいに、眼孔から、海へびが飛び出して、彼をぎょっとさせた。

不気味に身をくねらせながら、野口の眼の前を横切って消えて行った一メートルあまりの海へびは、この船と運命を共にして行った人々の幻影のように見えた。野口が、珍しく感傷的な気分になったのは、トラックの海の美しさのせいだったかも知れない。

船橋《ブリッジ》でも、数体の白骨を見つけた。三十二年間、海水に洗われ続けてきた白骨だった。

野口たちは、船橋《ブリッジ》で、船名を彫った真鍮《しんちゅう》製のプレートを見つけ、それを持って、ひとまず浮上した。

持ち帰ったプレートには、漢字で「平洋丸」と彫ってあった。やはり、日本の船だったのだ。

由紀子が、旧海軍艦艇の写真集を取り出し、三人は、陽光の照りつける甲板《デッキ》で、ページをくっていった。

終わりのほうに載っていた。

平洋丸　潜水母艦　一万一千トン

どことなく、鈍重な感じの写真が出ている。潜水母艦は、潜水艦に、魚雷などを供給する母船である。同時に、潜水艦隊の司令部でもある。

「これで、伊五〇九潜が、ここにやって来た理由がわかったじゃないか」

と、江上が、眼を光らせて、野口と由紀子を見た。

「伊五〇九潜は、降伏を拒否した。だが、備品に不足するものがあったんじゃないかな。それで、トラックに潜水母艦の平洋丸がいたのを思い出して、急遽《きゅうきょ》、南下して来たんだろう。だが、その平洋丸は、すでに沈没していたんだ」

「とすると、伊五〇九潜も、この近くに沈んでいる可能性があるわけね」

と、由紀子が、嬉しそうにいった。

5

次の潜水計画を相談しているとき、島かげから、純白の快速艇が、猛スピードで、こちらに近づいて来るのを見つけた。船首近くに、沿岸警備隊《コースト・ガード》の赤いマークが入っている。ミクロネシア市庁に協力しているアメリカの警備艇らしい。甲板には、拳銃《けんじゅう》を腰にぶら下げた赤毛の大男が突っ立っていた。

「気をつけろよ」と、江上が、小さく叫んだ。

「アメリカの警備艇だ」

「何しに来たのかな?」

「何をやってるか、見に来たんだ。潜水具を借りた店の青年がいってたじゃないか。沈没した船の品物を、スーベニールに持ち去る者がいて困るって。それを調べに来たんだ」

「あたしが応対するわ。女のほうが、相手もなごやかな気分になると思うからね」

と、由紀子はいい、ビキニ姿で立ち上がった。

快速艇が、「ユキI世号」に横づけされた。

「ハロー」

と、由紀子が、赤毛の男に向かって微笑した。

「ハロー」

と、赤毛もいった。頬《ほお》のあたりに、産毛《うぶげ》が光っている。年齢は三十七、八といったところだろうか。栄養過多の見本みたいな男で、九十キロは楽に越えているだろう。シャツのボタンが、今にも引きちぎれそうだ。

赤毛は、インスペクション（臨検）という言葉を繰り返した。要するに、船の中を見せろということらしい。

「どうぞ」

と、由紀子が、笑顔でいった。

赤毛に続いて、ちょっと映画俳優のアル・パシーノに似た小柄な青年が、「ユキⅠ世号」に乗り込んで来た。

赤毛は、ぶすっとした顔で、船内をじろじろ見まわしてから、

「パスポートを見せたまえ」

と、事務的な口調でいった。アメリカ人というのは、陽気で、ジョークが好きといわれるが、この赤毛は、変に生真面目《きまじめ》である。アメリカ人にだって、くそまじめなのがいるということなのか、それとも、沿岸二〇〇カイリ時代で、神経質になっているのだろうか。

三人がパスポートを渡すと、赤毛が丹念に一冊ずつ調べ、それをまた、助手のアル・パシーノが点検する。

「入国の目的は、水中撮影かね？」

赤毛は、腰の拳銃にさわりながら、三人の顔を見た。

「ええ。あたしは、そのモデル」

と、由紀子が答える。さっきから、野口と江上が黙っているのが奇妙に見えるとみえて、
赤毛は、不審気に、

「君がボスかね？」

と、由紀子にきいた。

彼女が、クスクス笑い出した。

「僕たちは、英語が下手だから、黙っているのさ」

と、野口が、わざとブロークンにいった。

アル・パシーノは、ニヤッと笑った。が、赤毛は、面白くもないといった顔で、肩をすくめただけだった。

「君たちに警告しておくが」と、赤毛の大男は、厳しい声でいった。

「このラグーンの中にも、外にも、多数の船が沈んでいる。その所有権は、ミクロネシア市庁とアメリカ政府にある。従って、たとえ、沈没船の破片といえども、持ち去ることは許されない。もし、そのようなことをすれば、逮捕し、処罰する。千ドルの罰金か、六カ月の懲役だ」

「官僚め」

と、野口が、日本語で毒づいた。

「わかりました。気をつけますわ」

由紀子が、ニッコリ笑っていった。

赤毛は、もう一度、念入りに、船室内の隅から隅まで調べてから警備艇に戻って行った。

ただ、アル・パシーノのほうは、「ユキI世号」から、警備艇に戻る時、由紀子に向かって、ウインクして見せた。

三人は、甲板に並んで、赤毛たちを見送った。

「もう来るなよッ」

と、手を振りながら、野口が、日本語で思い切り毒づいた。

沿岸警備艇の姿が、島かげに消えると、三人は、ほっとして、甲板に座り込んでしまった。

「それにしても、平洋丸のプレートが見つからなくてよかったな。見つかっていたら、今ごろ、さんざん油をしぼられて、島から追い出されていたかも知れない」

野口が、二人に向かっていうと、江上が、笑いながら、

「警備艇の姿を見たとたん、あぶないと思って、海へ投げ捨てたんだ」

「さすがは――」

「年の功ね」

「よせやい」

6

翌七月二十日、野口たちは、船を二十メートルほど北に移動させ、伊五〇九潜を探すことにした。

沿岸警備艇の眼を警戒しなければならないので、一人がヨットに残り、あと二人がコンビとなって潜水することになった。

朝食のあと、まず、江上と由紀子の二人が海に潜った。江上は、念のため、偽装の水中カメラ持参である。

船に残った野口は、マストにもたれ、双眼鏡で、ラグーンの中を見まわした。

幸い、沿岸警備艇の姿はない。

三十フィートクラスのヨットが、滑るように、ラグーンを出て行く。三色旗が船尾にはためいている。ここから、フランス領タヒチにでも向かうのだろうか。甲板《デッキ》で、白人の男女が、こちらを向いて手を振っている。どちらも、六十歳ぐらいの老人だった。たぶん、夫婦だろう。外国には、勇敢に、のんびりと、ヨットで世界一周を楽しむ老夫婦が多い。

その姿に、野口は、自分と由紀子の姿をダブらせてみながら、彼も手を振って、

「良い航海を《ボン・ボワイアージュ》！」

と、叫んだ。

ウマン島のほうから、現地人が、二隻の丸木舟を漕《こ》ぎ出して来た。逞《たくま》しく日焼けした漁師たちだった。野口たちは、ここに、十億円の金塊を探しに来たのだが、考えてみれば、このラグーンは、もともと、現地人の漁師たちにとって、生活の場だった。

ヨットの近くで、漁を始められたら困ると思ったが、幸い、こちらより三百メートルほど沖に出て、糸を垂れた。のんびりとした釣りである。

野口は、もう一度、島のほうへ双眼鏡を向けた。が、彼は、おやっという顔になった。島の海岸でも、一人の男が、椰子《やし》の根元に腰を下ろし、同じように、双眼鏡でこちらを見ていたからである。

白人ではなかった。が、現地のポリネシア人なのか、東洋人なのかわからない。じっと見つめたが、距離が遠いうえに、椰子の樹陰《こかげ》になっているので、顔だちは、はっきりわからなかった。

わからないだけに、余計に気になり、野口は、なおも凝視を続けた。現地人にしては少し小柄な感じもする。

（中国人かな）

と、思った。この島にも、華僑《かきょう》の姿が、かなり眼につくからだった。

(それにしても、あの男は、双眼鏡でいったい何を見ているのだろうか？)

野口が首をひねった時、海面が白く泡立って、江上と由紀子の二人があがってきた。

海面に顔を出したまま、江上が、

「この辺りに、沈没船は見当たらないよ」

と、いった。

「いるのは熱帯魚だけ」

と、由紀子が、船にあがりながら、野口にいった。

「それに、サメを一匹見たよ。体長二、三メートルのやつだ」

江上は、船にあがり、ボタボタ頭から水を落としながらいった。

「こっちのほうも、妙な男を見つけたよ。海岸に座って、双眼鏡でユキI世号のほうを見ているんだ」

野口がいうと、由紀子が、眉《まゆ》を寄せて、

「昨日の赤毛の大男の仲間かしら？」

「違うと思うんだが——」

野口は、自信がなかった。沿岸警備隊《コースト・ガード》が、東洋人を使って、ラグーンにいる外国船を見張らせていることも、十分に考えられたからである。

「どれ、どんな奴《やつ》か拝見するか」

と、江上は、野口から双眼鏡を受け取って眼に当てたが、

「いないぞ」

「いない？」

野口も、あわてて、島の海岸に眼をやった。確かに、双眼鏡の男が消えてしまっていた。

由紀子も、タオルで濡《ぬ》れた顔を拭《ふ》きながら、海岸のほうに眼を向けて、

「このヨットを見張っていたのかしら？」

「それがわからないんだ。こっちを見ているような気もしたんだが、双眼鏡で見たって、われわれが海中で何をやっているかまでは、わからないはずだからね」

「そりゃあそうだ」と、江上は、甲板《デッキ》に、どっかりと腰を下ろしていった。

「沿岸警備隊《コースト・ガード》の連中じゃなければ、どうってことはないさ。トランシーバーで、どこかと、連絡していたようかい？」

「いや。そんな様子はなかったな。カメラで写真を撮ってる気配もなかったよ」

「じゃあ、無視して大丈夫さ。それより、これからの調査方法を検討しようじゃないか。ただ漠然と潜ってても、伊五〇九潜は見つからないかも知れないからね。昨日、今日で、だいたいの要領がわかったから、じっくり考えたいんだ」

江上の言葉で、三人は、船室《キャビン》に入り、トラック環礁の海図を広げた。

伊五〇九潜が、冬島（ウマン島）沖に沈んでいることは、まず間違いないとみていいだろう。日本で仕入れた情報は、すべて、ウマン島沖で沈没と伝えていたからである。

だが、島の東西南北、どこの海面かはわからない。

今、野口たちは、島の西側にいる。

「この海図によると、島の西側と北側は水深が深く、東側と南側は、環礁《リーフ》に近いので浅い」

と、江上が、まず口火を切って、自分の考えを話した。

「とすると、ラグーンに入った伊五〇九潜は、西側か北側に接近したと考えていいと思うんだ。水深のあるほうが安全だからさ。だから、沈んだ場所も、西側か北側だと、おれは思う」

「それでも、かなり広い海面だぜ。君のいうように、やみくもに潜っても、見つからないかも知れない。偶然、見つかる場合もあるだろうけどね」

「だから、じゅうたん爆撃の要領でやりたいんだ」

「じゅうたん爆撃って？」

由紀子がきいた。

江上は、彼女に向かって微笑した。

「若いユキベエは知らないだろうが、戦争中、東京が、アメリカのB29という爆撃機に、めちゃにやられたことがある」

「あたしだって、話には聞いてるわ」

「その時の爆撃の方法が、じゅうたん爆撃さ。東京を、いくつかの区画に分けて、その一区画、一区画を、徹底的に叩いていくんだ」

「わかった。その方法で行こう」

と、野口が、すぐ賛成した。

島の西から北へかけての海面を、百メートル、百メートルの正方形に分割し、一日に一区画ずつ調べていく方法がとられることになった。つまり、ユキI世号は、一日に百メートルずつ移動していくわけである。

7

翌日、計画に従って、ユキI世号は百メートル北に向かって移動した。

二人ずつ組んで、海底に潜る。

昨日の怪しい男は、午後二時ごろになると、また海岸に現われ、椰子のかげから、双眼鏡をユキI世号に向けた。

近くに、ユキI世号のほかに船はなかったから、この船を見ていることは、まず間違いなかった。

　それに、男の位置が、昨日よりいくらか北に動いているのを野口は知った。明らかに、ユキI世号の移動につれて、向こうも移動しているのだ。

　どうやら、向こうは、倍率三〇倍くらいの大型双眼鏡を使っているようだが、野口たちのは、小型で倍率が小さい。それでも、じっと凝視していると、少しずつ、相手の男の輪郭がわかってきた。五十歳前後の年齢らしい。白っぽい開襟シャツを着ている。しかし、わかるのは、せいぜい、そのくらいの外形だけだった。

　男は、昨日と同じように、別にどこかと無線で連絡している気配はない。ただ、椰子のかげから、双眼鏡で、こちらを見つめているだけなのだ。薄気味が悪いが、こちらとしては、どうしようもなかった。

「問題は、あいつが、おれたちの敵か味方かということだな」

　と、江上が、いまいましげにいった。

「飛行機の中で、野口クン宛《あ》てに脅迫状を送ってよこした奴の仲間じゃないかしら？」

　と、由紀子が、野口を見た。

「かも知れないが、それなら、なぜ、おれたちの邪魔をせずに、ただ黙って見ているだけなのかな？」

　と、野口は、首をかしげた。

結局、いくら考えても、男の正体はわからなかった。

男は、三十分ばかりすると、姿を消した。

この日、野口たちは、午前中に二回、午後三回、海に潜った。が、伊五〇九潜どころか、どんな沈没船も見つからなかった。

次の日は、海図の上の第三ブロックに移動した。

しかし、空振り。

四日目も、収穫がなかった。見つかったのは、海底に眠る零戦《ゼロせん》の残骸だけである。たぶん、この島の上空で、敵の戦闘機と交戦し、墜落したのだろう。残骸の横に由紀子を置きカラー写真を撮ったが、それは、あくまでも、今度のトラック旅行では、付録の仕事でしかない。

このころから、少しずつ、疲労が重なってくるのがわかった。妙に怒りっぽくなってきて、詰まらないことで、野口たちは、口論した。

朝、昼、晩の食事は、三人が交代で作ることになっていたが、四日目の夕食は、江上が当番なのに、作るのを忘れてしまい、それが原因で、激しい言葉のやり取りになってしまった。

「作るのを忘れたのは悪いが、おれは、疲れているんだよ」と、江上は、憮然《ぶぜん》とした顔でいった。

「君たちと違って、おれは、ご存じのように年寄りなんでね」

「都合のいい時だけ、年寄り面はするなよ」

と、野口が、突っかかっていった。

いつもの野口なら、こんな時に怒りはしないのだが、疲労と、焦燥で、神経がピリピリしているのだ。

「二人ともやめなさいよ」

と、由紀子までが、とがった声を出した。

翌五日目は、そのぎくしゃくした雰囲気が続いていたのだろう。江上が、危うく死にかけた。平常なら、絶対に起こりそうもない単純なミスだった。潜る前に、レギュレーターの検査を忘れ、海水で窒息しかけたのである。

このままでは、事故が、野口と由紀子にも起きて来そうだった。

三人は、相談し、午後は、捜索を中止し、気分転換に陸《おか》にあがることにした。島のレストランで食事をし、砂浜で、のんびり泳いだり、釣りをしたりした。

六日目から、野口たちは、気分を一新して、再び海に潜った。

六日目収穫なし。

七日目。五千トンクラスの日本の油送船《タンカー》を発見。船名は「東亜丸」。

例の男は、いつも海岸に現われ、双眼鏡で、ユキⅠ世号を見ていることに変わりはなかった。

八日目の午後三時ころ、あの赤毛とアル・パシーノが、警備艇でやって来た。前と同じように、「インスペクション」を連呼し、船内を調べて帰って行った。

九日目も収穫なし。

十日目は、朝から珍しくどんよりと曇り、ときどき、雨が落ちてくる不安定な天候だった。風も強く、いつもは、鏡のような礁湖《ラグーン》が、波立っている。

それでも、野口たちは、水中ライトを片手に、第十ブロックの海底に潜った。

今日は、漁船の姿がない。危険だから出漁しないというよりは、日本人のように、しゃかりきになって働かないということなのかも知れない。

それでも、例の双眼鏡の男は、昼過ぎになると、小雨の浜に出て来て、こちらを見つめた。

午後二時。野口が、由紀子と組んで潜った。

今日は、陽が射さないせいか、海中の視界が悪かった。十メートルも潜ると、薄暮に近い暗さになった。野口たちの身体を押し包む海水も、いつもより重く感じられる。

水中ライトの光を頼りに、野口と由紀子は伊五〇九潜を求めて、さらに深く潜って行った。

腕にはめた水深計が、二十メートルを指した。が、沈没船の姿はない。

さらに深く、三十メートルまで潜る。しかし、水中ライトの光芒の中に現われるのは、色とりどりのサンゴの林と、名の知れぬ熱帯魚の群れだけだった。

野口は、親指を立てて、由紀子に浮上のサインを送った。

彼女がうなずいて、先に浮上していく。野口は、念のために、もう一度、周囲を見まわした。

水中ライトの光の中に、ふいに、何か黒っぽいものが映った。

（サメか――？）

と、一瞬思った。

巨大なサメの頭部に見えたのだ。

今日まで、何匹かサメを見ていた。いずれも、体長三メートル近いサメだったが、別に怖いとは感じなかった。海中のダイバーが、サメに襲われるということは、めったにない。サメが襲うのは、海面を泳いでいる人間である。だから、サメを見つけた時、あわてて浮上するのは、もっとも危険なのだ。落ち着いて、見守っていればいい。

だから、今度も、野口は、落ち着いて相手を見つめた。

岩礁のかげから、三角形の頭部がのぞいている。だが、サメにしては、大き過ぎた。ジンベイザメのように、体長二、三十メートルというサメもいるが、今、野口の眼の前に横たわっている頭部から推測されるサメは、体長は百メートル近いだろう。こんな巨大なサメがいるはずがない。

沈没船の船首に違いない。それも、普通の船の船首は、あんな紡錘形はしていまい。

（とすると――）

（潜水艦だ！）

水中マスクの中で、野口の眼が光った。

野口は、足ひれ《フィン》を強く叩いて、岩礁の向こう側に泳いで行った。そこは、五メートルばかり深くなった海底の谷間だった。

その谷間に、長さ百メートル近い、細長い船体が横たわっていた。

中央部に、小山のような艦橋がもりあがっている。甲板に据えられた一二センチ砲が、主《あるじ》を失って、空《むな》しく海水に洗われていた。船体全体に、貝殻がつき、海草がからみつき、赤や青のサンゴが、妖《あや》しく咲き競っている。

明らかに、旧日本海軍の潜水艦だ。

だが、探している伊五〇九潜だろうか？

野口は、板を張った甲板の上を、なめるように、艦橋に向かって泳いでいった。

艦橋に辿《たど》りつく。

電探や、潜望鏡や、無線のアンテナが、緑色に錆びつき、貝殻をこびりつけて、艦橋に林立している。野口は、側面に回って、水中ライトを当てた。

（あった！）

そこに、かすかだか、「イ５０９」の文字を、野口は、読み取った。

第四章　金塊

1

その日は、目印の浮標《ブイ》を、伊五〇九潜の真上の海面に浮かべ、艦内の捜索は、翌日に回すことにした。

天候が依然《いぜん》として悪かったし、三人とも疲労していたからである。伊五〇九潜が見つかったのだ。あわてて怪我人《けがにん》を出してはなんにもならない。

明日を期して、三人は、早目に寝台《バース》に横になったが、野口は、興奮してなかなか眠れなかった。

江上も眠れないらしく、ときどき寝返りを打っている。

由紀子は、カーテンの向こうに寝ているのだが、たぶん、同じように眠れずにいるだろう。

野口は、落ち着けなくて、そっと甲板《デッキ》に出た。

嬉しいことに、天候は回復に向かっていた。雨雲が切れて、星がまたたいているのが見える。風も弱くなっていた。

野口が、甲板に仰向《あおむ》けに寝て、夜空を見上げていると、江上も、船室《キャビン》から出て来て、野口の傍《そば》に腰を下ろした。

黙って、野口に煙草を差し出してから、

「金塊はあると思うかい？」

「あるさ」

と、野口は、夜空に向かって、煙草の煙を吐き出した。東京の夜には考えられない静けさだった。

「だが、戦争が終わってから、もう三十年以上たってるんだぜ」

江上は、暗い海面を眺めながらいった。野口は、むっくりと起き上がり、

「おい、おい。急に弱気になっちまったのか？」

「そうじゃないさ。おれだって、金塊があって欲しいさ。だが、三十二年間も、そのまま艦内にあるというのが奇蹟《きせき》のように思えるんだ。伊五〇九潜に、金塊が積まれていたことを知っていた日本人がいたことは確かなんだ。彼らは、なぜ、三十二年間、金塊をそのままにしておいたんだろう？」

「それは簡単さ。手に入れたかったが、肝心の伊五〇九潜が、どこに沈んでいるかわからなかったんだ。あの奇妙なSOSがあって、初めて、伊五〇九潜の沈没箇所がわかったんだからね」

「それなら、このトラック島の住民はどうだい？　彼らは、もちろん、伊五〇九潜に金塊が積まれていたことは知らないだろう。しかし、三十二年間、沈没船を調べなかったとは思えないんだ。ひょっとして、金塊でも積んでるかも知れないと考えるのが人情だからね。艦内を調べて、もう金塊を運び去っちまってるかも知れない」

「大丈夫だよ。その可能性はない」

野口は、断定するようにいい、吸い殻を、夜の海に向かって、はじき飛ばした。

「なぜ、そういい切れるんだ？」

「理由は三つさ。第一に、大量の金塊が発見されていれば、島の話題になったはずだが、島内を歩きまわっても、そんな話は耳に入って来なかった。第二に、あれはただの沈没船じゃない。艦内には、多数の死者が眠っているんだ。伊五〇九潜は遺骨を納めた巨大な棺《ひつぎ》といってもいい。だから、この島の人間も、中を調べるようなことはしなかったと思う。これは、われわれが、日本を出発する直前に新聞で読んだんだが、オーストラリアの沿岸で沈んでいる日本の潜水艦を、現地の人間が引き揚げて、部品を売ろうと計画したところ、日本政府は、潜水艦は戦没者の墓だから引き揚げは中止するようにと要求し、オーストラリア政府も了承したと書いてあったよ。第三に、おれは、伊五〇九潜の船体を調べてきたが、甲板上の三つのハッチは、いずれも、貝殻やサンゴがくっついていて、あけられた形跡はなさそうだ。以上だよ」

2

翌日は、予想どおり快晴になった。焼けつくような南の太陽が、海と「ユキI世号」を照らしつけてきた。

例の双眼鏡の男は、不思議なことに、姿を見せなかった。

朝食のあと、まず、野口と江上が、潜ることにした。

二人は、浮標《ブイ》のところまで海面を泳いで行き、浮標《ブイ》と、伊五〇九潜の艦橋とを結んだロープに沿って、まっすぐに潜って行った。

今日は、晴れているので、三十メートル近くまで明るかった。

細長い、優雅な船体が、再び野口の眼下に見えてきた。その船体をサンゴが飾り立てている。

江上が素晴らしいというように、野口に向かって、手を振って見せた。

二人は、伊五〇九潜の甲板に取りついた。

手足が触れると、三十二年の間に積もった泥土が、海中に舞いあがった。

野口が、水中用筆記ノートを取り出して、甲板の上に置いた。それには、伊五〇九潜の簡単な構造が書いてあった。

金塊が、まだあるとすれば、たぶん、艦長室に保管されているだろうと、野口たちは、考えていた。

まず、そこから調べてみるべきだろう。

艦内への入口であるハッチは、前部甲板に一つ、後部甲板に二つあった。艦長室には、前部甲板のハッチから入るほうが近い。

野口は、ノートをしまい、江上に、眼の前にあるハッチを指さした。江上が、オーケーのサインを送ってくる。

ハッチは、赤や黄色のサンゴで分厚くなっていた。

二人は、ハッチについているハンドルを力を合わせて回した。錆びついたハンドルは、意外に簡単に回ってくれた。

鉄製のハッチは、水中でも重かった。ゆっくりと開けたあと、ハッチのふたが水圧で突然閉まるのを防ぐため、用意して来たロープで、甲板に固定した。

二人は、中をのぞき込んだ。直径約一メートルの円形の穴の向こうは、洞穴のように暗い。

このハッチの真下は、前部兵員室のはずだったが、充満した海水は暗く澱《よど》んでいて、何も見えなかった。考えてみれば、この伊号潜水艦を呑《の》み込み、三十メートルの海底に沈めた海水は、三十二年間、艦内にとどまっていたのだ。もちろん、少しは流入し、また流出しただろうが、この礁湖《ラグーン》の中では、海水の流れは、ほとんどなかったろう。だから、艦内の海水は、三十二年間、この伊五〇九潜と運命を共にした乗組員たちの遺体を押し包んでいるのだ。

野口は、ハッチの穴から内部をのぞきながら、ふと、そんなことを考えた。

二人の水中ライトが、不気味に静まりかえった艦内を照らし出した。野口が、先に、頭から艦内に潜って行った。

潜水艦の内部は狭い。しかも、兵員室、士官室、発令所、機械室など各部屋は、万一に備えて防水扉によって分離されている。

だが、ありがたいことに、防水扉は閉まっていなかった。

前部兵員室で、野口と江上は、多数の白骨を発見した。それは、バラバラにばらまかれたように、兵員室全体に散らばっていた。たぶん、三十二年の間に、海水が、少しずつ、骨を散らしていったのだろうか。

それらの白骨の主がしていたに違いない腕時計も見つかった。三十二年前の時刻を指している時計である。

不気味だったのは、靴だった。衣服などは、三十二年の間に海水に溶けてしまったのか、どこにも見当たらなかったが、革靴だけは、原形をとどめて、床に何足となく転がっていた。それは、まるで白骨が靴をはいていたような錯覚を、野口と江上に与えた。

古風な扇風機もあった。昭和十五年の製造年月日の入った扇風機だった。

士官室も同じだった。

バラバラの白骨や、靴や、腕時計や、万年筆などが、床に散乱していた。

士官室の隣りに、艦長室がある。

二人は、大きな期待をこめて、室内を調べてみた。だが、金塊は、そこにも発見されなかった。艦長のものと思われる白骨がなかったのは、たぶん、司令塔で死亡したからだろう。

二人は、電信室、機械室と調べ、最後には、まだ魚雷が積まれたままの発射管室も調べてみたが、どこにも金塊はおろか、一本の金の延べ棒も見つからなかった。

3

二人は、タンク（ボンベ）の空気《エア》が少なくなったので、いったん浮上して、「ユキI世号」に戻った。

江上は、もともと半信半疑だっただけに、すっかり気落ちしていたが、野口は、

「まだわからないさ」

と、元気な声でいった。

「艦内を、ざっと見ただけだからな。乗組員たちは、きっと艦が沈んだとき、金塊を、見つかりにくい場所に隠したに違いない。だから、念入りに探せば、きっと見つかるさ」

「だがな」と、江上は、由紀子のいれてくれたインスタント・コーヒーを口に運んだ。

「七百キロの金塊といえば、厖大《ぼうだい》な量だよ。あの狭い艦内に、隠すようなところがあったろうか？」

「きっとあるさ。七百キロの金塊といったって、ひとつの塊りじゃない。小さな延べ棒になっているんだろうから、艦内に何カ所かに分散して隠すことは可能だよ」

「あたしも、野口クンの意見に賛成だな」

由紀子は、特徴のある広い額に手を当てるようにして自分の考えをいった。

「理由は？」

と、江上がきく。

「乗組員の遺品は、そのままになっていたんでしょう？」

「ああ、腕時計や万年筆は、いくつも見つかったよ」

と、野口が答えた。

「それに、乗組員が、今でいうピン・アップにしていたんだろうな。昔の女優のブロマイドがあったよ。田中絹代なんかの若いころの写真だ」

「もし、誰かが、艦内に入って、金塊を持ち出したのだとしたら、そうした遺品も、持ち去ったんじゃないかしら？　スーベニールとして、高く売れるもの」

「確かにそうだ。艦内は荒らされた感じはなかったからね」

「おれだって、もちろん、金塊があって欲しいよ」

と、江上もいった。

「よし。あと三日間、伊五〇九潜を徹底的に調べてみよう。それでも見つからなかったらはじめて諦《あきら》めようじゃないか」

野口は、それを結論にした。江上と由紀子も賛成した。

午後、野口と由紀子が潜った。

野口は、こちらへ来て買ったウイスキーを、由紀子は、船の中で煙草の空箱を利用して造花を作り、それを持って、伊五〇九潜の中に入って飾った。それは、江上を含めた三人の、死者に対する手向けであった。

しかし、積まれているはずの金塊は、依然として見つからなかった。魚雷発射管や、便所の中まで調べたが無駄だった。

浮上して休息したあと、今度は、野口と江上が潜った。沈没のとき、金塊を艦外へ投げ捨てた可能性も考えて、伊五〇九潜の船体の周囲も、水中ライトで調べてみたが、何も見つからなかった。

この日の夕食は、さすがに重苦しいものになった。

伊五〇九潜は、全長一〇五メートル、幅約九メートルの細長い円筒形の艦である。客船のように、客室がいくつもある船ではない。探すといっても、三回の潜水で、探しつくしたといってよかった。あとは、伊五〇九潜の船体をバラバラにしてしまうぐらいしかなかった。

「残念だが、金塊はないと考えたほうがいいんじゃないかな」

江上が、ことさら顔に笑いを浮かべていった。

「それに、無くたっていいじゃないか。トラック島へ来て、ヨットを手に入れて、きれいな南の海で潜れたんだ。T出版の仕事もやった。おれは、結構楽しかったよ」

「だが、残念だ」

若い野口は、溜息をついてから、

「伊五〇九潜に、最初から金塊は積んでなかったんじゃないかな？」

と、二人の顔を見た。

「それは、どういうこと？」

由紀子が、あごに手を当て、テーブルに頬杖《ほおづえ》をつく格好できき返した。

「あと、伊五〇九潜で調べるところといえば、船体自体だけだ。前に映画で、車で金を密輸するのに、車自体を金で作ってしまうというのを見たけど、戦争中に、まさか、金で潜水艦を建造するはずがない。すると、考えられるのは、最初から、金塊なんか積んでなかったということだよ」

「じゃあ、あたしたちは、騙《だま》されたってこと？」

「おれたちに、金塊のことを話してくれた元軍人さんが、積極的に騙そうとしたとは思えないね。真剣に話してくれたからね。だが、あれは、そんな噂《うわさ》を耳にしていて、それを、本当のことのように話したんじゃないかな。戦争中のことというのは、謎《なぞ》めいたことが多くて、真偽が確かじゃないことが多いんだ。ナチスの財宝とか、山下兵団がフィリッピンの山中に隠した五千万ドルの金貨とかね。伊五〇九潜の金塊も、その一つだったんじゃないかな」

「それを知る方法はないかな？」

と、江上は、腕を組んで考え込んだ。

「知るというのは、金塊の噂が、単なる噂かどうかということかい？」

「そうだ。伊五〇九潜の金塊が単なる噂で、事実ではないとわかれば、諦めがつくからね。本当かも知れないとなると、あやふやな気持ちで、帰らなければならないじゃないか」

「しかしねえ。なにしろ三十二年前の話だ。それに、当時だって、軍隊内部のことは、秘密のベールに包まれていたようだしね。おれたちは、本当だと信じてここへやって来たんだが、噂の真偽を確かめる方法はないんじゃないか」

野口が、首をかしげていった時、由紀子が、眼を光らせて、

「あるわ」

と、大きな声を出した。

「あるって、どんな方法だい？」

江上が、びっくりした顔できく。野口も、由紀子を見た。

「そんな真剣な顔で見ないでよ」

と、由紀子は、笑ってから、

「船では、船長《キャプテン》が、毎日必ず航海日誌を書くと聞いたことがあるわ」

「義務なんだ。われわれだって、この船を手に入れた以上、三人の中の誰かが、責任者として航海日誌を書かなきゃいけないんだよ」

江上が、年長者らしくいった。

「でしょう――」と、由紀子は、うなずいた。

「昔の海軍だって、同じことだったと思うの。だとすれば、伊五〇九潜だって、艦長が、毎日、航海日誌をつけていたはずだわ。あの艦内から、航海日誌が見つかれば、金塊のこともわかるんじゃないかしら。本当に、金塊を積んで、ドイツに向かっていたのなら、そ

う書いてあるだろうし、噂が嘘《うそ》だったのなら、金塊の記述は、ないはずだわ」

「そのとおりだ」と、野口は、うなずいた。

「明日は、艦長の書いた航海日誌を捜してみよう」

「しかし、三十二年間も海水に浸《つか》っていたんだ。おれも、艦長が航海日誌をつけていたと思うが、その日誌が、無事に残っているだろうか？」

江上が、首をかしげていった。

海水に三十二年間浸っていたノートが、果たしてどうなってしまうものか、野口にもわからない。映画女優のブロマイドが無事だったからといって、普通のノートは別だろう。ノートの紙は、海水に溶けてしまっているのではあるまいか。紙は原形をとどめていても、インクは海水に滲《にじ》んで、判読不可能になっているかも知れない。

だが、ここでいくらあれこれ考えても、仕方のないことだった。明日潜ってみて、航海日誌が見つからなかったり、見つかったとしても、判読不可能だったら、伊五〇九潜の金塊は、永遠の謎になってしまうのだ。

その夜、眠ってから、野口は嫌《いや》な夢を見た。彼は、夢の中で大学生に戻っていて、場所は何番教室かで、ノートを広げると、どれも文字が消えている。そんな夢だった。

眼が覚めてから、それが、航海日誌からの連想と説明がついても、嫌な夢だったことに変わりはなかった。

夜が明けた。

天候はよく、海は凪《な》いでいる。朝食をすませてから甲板《デッキ》に出た野口は、対岸の砂浜に、また例の男が双眼鏡でこちらを見ているのに気がついた。

野口の知らせで、江上と由紀子も、船室《キャビン》から出て来た。

「気味の悪い男ね」

と、由紀子が、眉をひそめていった。

「どうも、何を監視しているのかわからないね」

江上は、いらいらした声でいった。得体のわからない人間に、双眼鏡で見られているというのは、確かにいらいらする。

「あたしたちが、金塊を見つけるかどうか監視しているんじゃないかしら？」

由紀子が、まっすぐ男のほうを見つめていった。

「じゃあ、金塊なんかないと、教えてやろうじゃないか」

野口は、甲板《デッキ》に立ち、両足をふん張ると、両手でメガホンを作り、

「ここには、何もないぞ！」

と、日本語で怒鳴った。

そのとたん、双眼鏡の男は、あわてて立ち上がり、椰子林の中に逃げ込んだ。途中で、二、三度よろけて、砂浜に転びそうになったところを見ると、よほどあわてたのだろう。

それとも、老人で、足元がおぼつかないのか。

「日本語がわかったのかしら?」

由紀子は、不思議そうに、男の逃げ込んだあたりの椰子林を見つめている。

「それはどうかな」と、江上が、慎重にいった。

「何語だって、怒鳴ったのはわかったろうから、それで、あわてて逃げたのかも知れないよ」

野口にも、どちらかわからなかった。が、うとましい監視の眼が無くなったのは、ありがたかった。

今日は、三人で一緒に潜ることになった。二日間の潜水で、伊五〇九潜の内部がよくわかったし、内部にも周囲にも、危険物はないことが確認されたからである。一人が船内に残って、万一に備える必要なしと判断したのだ。

再び、伊五〇九潜の内部に入る。床に散乱している白骨も、見なれて気にならなくなった。

航海日誌があるとすれば、艦長室である。

野口と由紀子が、狭い艦長室に入り、江上が、外で見張り役をした。

スチールの机に椅子《いす》。扇風機。水中ライトが、そんな調度品を照らし出す。床に落ちている海図は、触ると、野口の手の中で、ボロボロにちぎれていった。航海日誌も、これと同じだろうか。

由紀子が照らしてくれるライトの中で、野口は、机の引出しをあけた。

三角定規やペンに混じって、油紙にしっかりと包まれた本のようなものが見つかった。

中身が何か確認したかったが、油紙を広げたら、たちまち、中に入っているものが、海水に濡れてしまうだろう。

水中マスクの中の由紀子の眼が、

(航海日誌？)

と、きいている。

野口は、わからないというように、首を横に振って見せた。

二人は、なおも、艦長室を調べてみたが、この油紙の包み以外に、航海日誌らしきものは見つからなかった。

三人は、艦を出て、浮上した。タンクや、足ひれ《フィン》などをはずすと、船室《キャビン》に入り、さっそく油紙の包みを開けることにした。

包みは、麻紐《ひも》で幾重にも厳重に縛ってあった。指では解けず、鋏《はさみ》を持って来て、麻紐を切った。

油紙自体も、何重にもなっていた。実に、十二枚の油紙をはがして、やっと中身が出て来た。

それは、まさしく、伊五〇九潜の航海日誌だった。

4

航海日誌は、昭和二十年三月七日、伊号潜水艦が、秘密の使命を帯びて、軍港「呉」を出港するところから始まり、昭和二十年八月二十七日、終戦の十二日後で終わっていた。

野口たちは、重要と思われる箇所だけを、拾い読みしていった。

昭和二十年三月七日
初春ニシテハ肌寒シ。
本日一三・〇〇（午後一時）秘密ノ使命ヲ帯ビ、呉ヲ出港ス。
中立国瑞西《スイス》ニ赴《おもむ》キ、水銀等ノ戦略物資購入ガ今回ノ任務ナリ。
ソノタメノ資金トシテ金塊七百キログラムト、物資購入ニ当ル三人ノ民間人ガ同乗。
民間人ノ名前モ秘密ノタメ、頭文字ノミ記ス。
T・K
F・I
R・T

T・Kハ、南原機関ノ人間、後ノ二人ハ、独語及ビ英語ニ堪能ナル商社員ナリ。

T・Kハ、斎木海軍中将閣下ノ知己ヲ得テイルトノコトニテ、ソレヲ鼻ニカケ、不愉快ナル人物ナリ。

同年三月十九日
一八・〇〇昭南港《シンガポール》到着。
直チニ、途中暴風雨ニ遭イ破損シタル箇所ノ修理ニ当ル。
修理完了ハ、三月二十六日ノ予定。ソレマデ、半舷上陸（乗組員の半分ずつを交代で上陸させる）ノ予定。

同年三月二十七日
予定ヨリ一日遅レテ、本日〇九・〇〇昭南港《シンガポール》ヲ出港ス。

コレヨリ、マラッカ海峡ヲ北上シ、ペナン港ニ寄港シタル後、イヨイヨ印度洋ニ出ル予定ナリ。

印度洋ハ、敵連合軍空軍ノ制空権下ノタメ警戒ヲ要ス。

潜水艦「平洋丸」カラノ燃料補給ハ危険ナルタメ、伊一〇二潜ヨリ印度洋上デ補給ヲ受ケル予定ナルモ、潜水艦同士ノ洋上補給ハ前例ナク、不安ナリ。

T・Kハ昭南港《シンガポール》ニテ入手シタル酒ヲ飲ミ、高歌放吟ス。不快。

同年四月三日
本日、南緯四度五三分、東経八七度二〇分ノ洋上ニテ、伊一〇二潜ト会合、洋上ニテ燃料補給ヲ受ク。

途中、厚イ雲上ニ爆音ヲ聞キ、補給ヲ一時中断シ潜航。

半時間後、浮上シテ、洋上補給ヲ再開。

無事成功シ、伊一〇二潜ト別レ、本艦ノミコレヨリ、アフリカ南方海面へ向ウ。

同年四月二十二日
アフリカ南端、喜望峰ノ沖五百キロニ到着。
喜望峰ニハ英国空軍基地アリ。ソノ哨戒《しょうかい》圏ハ八百キロト推定サル。ソノタメ、最小限五百キロ沖合ヲ迂回《うかい》セヨトノ命令ナリ。
コノ附近ノ海面ハ、南緯四〇度ヲ中心ニ、東西約千六百キロ、南北約三百二十キロニワタル広大ナル暴風圏（ローリング・フォーティーズト呼称）ヲ構成ス。

予想通リ、朝ヨリ西寄リノ強風。風速約四十メートル。艦首ハ絶エズ波間ニ隠レ、艦橋モ波シブキガ洗イ、浮上航行ニモ拘《かかわ》ラズ、サナガラ潜航ノ観ヲ呈ス。

民間人三人ハ、早クモ船酔イノタメ倒レタリ。

同年四月二十六日
ヨウヤクニシテ暴風圏ヲ脱出セリ。

三日間ニワタル苦闘ノタメ、乗組員ノ疲労甚ダシ。サレド、全員、意気軒高タルモノアリ。

上甲板ノ三ケ所破損。幸イ、主機械ノ故障ナシ。

今日ヨリ大西洋ニ入ルモ、独逸《ドイツ》ヨリノ電報ニヨレバ、アフリカ沿岸ヨリ、ビスケー湾マデノ間、完全ナル敵空軍ノ支配下ニアリトノコトナリ。

ソノタメ本日ヨリ、次ノ如《ごと》ク行動スル予定ナリ。
一、深度三〇乃至《ないし》四〇メートルニテ、昼夜トモ潜航。
早朝及ビ夕刻三、四時間浮上シ高速航行。

水上航行中ノ見張員ハ、先任将校、航海長、准士官一、下士官一ノ四人ニテ、九〇度宛分担。

別ニ、見張員二、機銃員二ヲシテ上空監視。

二、毎日三回急速深深度（八〇メートル）潜航訓練、並ビニ、毎日一回機銃試射ノ実施。

同年四月二十九日
独逸ノ状勢悪化。
独逸・仏蘭西《フランス》海岸線ハ、全《すべ》テ敵連合軍ニ制圧サレタリ。
コノタメ、瑞西《スイス》行ハ不可能ノ状態ニナリタリ。
残念ナガラ、秘密任務ヲ断念シ、呉ニ引キ返スコトヲ決意ス。
乗組員、民間人共ニ、流石《さすが》ニ意気消沈。当然ナリ。

同年五月九日
印度洋上デ、独逸全面降伏ノ知ラセヲ傍受ス。
嗚呼《ああ》、伊太利《イタリー》スデニ脱落シ、今マタ独逸ノ敗北ヲ聞ク。
本日ヨリ我ガ大日本帝国ハ、タダ一国ニテ全世界ヲ相手ニ戦ワザルヲ得ズ。勝利ノ目算ハナケレド、軍人トシテ全力ヲ尽クサザルベカラズ。

同年五月二十一日

〇八・〇〇過ギ、昭南港《シンガポール》入港直前、突如米国潜水艦ヨリ魚雷攻撃ヲ受ク。一本ハ回避シタルモ、一本ガ左舷後部ニ命中。浸水甚ダシク、艦ハ傾斜シタルモ、救助ニ駈《か》ケツケタ嚮導艇《きょうどうてい》ニヨリ、港内ドックニ辿《たど》リ着クヲ得タリ。

戦死、山田水雷長以下三名。

修理ニハ、約二ケ月ヲ要スルトノコト。切迫セル時局下、僚艦ガ特攻人間魚雷「回天」ヲ搭積、必死ノ戦闘ヲ展開中ナルニ、二ケ月間、髀肉《ひにく》ノ嘆《たん》ヲカコツハ誠ニ無念ナリ。

伊五〇九潜ノ修理ガ終了スルマデ、我等ハ上陸シ、臨時ニ、第十根拠地隊ニ編入サレルコトニ決ル。

ココニテ、独逸敗北ノ詳細ヲ聞ク。最モ我ガ心ヲ捕エタルハ、同ジ潜水艦ノUボートノ最後ナリ。伝エラレタルトコロニヨレバ、連合軍ノ降伏命令ヲ拒否セルUボートノ乗組員ハ、敢然トシテ、各艦ヲ自沈サセタリト。ソノ数実ニ、二二一隻。

武人ノ最期ハ、スベカラク、カクアルベキナリ。

同年六月二十五日

本日、沖縄敵ノ手ニ落ツ。

シカルニ、我ガ伊五〇九潜ハ動カズ。何ヲ為《な》スコトモ得ズ。

沖縄ニ散華サレタル英霊ニ対シ、申シワケナシ。

同年八月十日

予定ヨリ十六日遅レテ、ヨウヤク修理完了ス。

一六・〇〇勇躍出港。

前途多難ナレド、乗組員ノ士気高シ。

同年八月十五日

小笠原沖ニテ、帝国ノ降伏ノ報ニ接ス。ミッドウェイ以来、状勢日々我ニ利アラザルコトハ、承知シアリ。然《しか》レドモ、無条件降伏ノ報ニ接セントハ。

連合艦隊司令部ノ命令ハ、現在位置ニテ浮上シ、呉ニ帰投シ、連合国側ニ艦ヲ引キ渡セトノコトナリ。

如何《いか》ニ態度ヲ決スベキカ、艦内ニテ議論百出。

自沈スベシトイウ者アリ。

徹底抗戦ヲ叫ブ者アリ。

但シ、降伏スベシトイウ者一人モナシ。

我モマタ、陛下ヨリ給ワリタルコノ艦ヲ、ムザムザ敵ニ渡スコトニハ反対ナリ。単ナル自沈モ我ガ志ニアラズ。

敵艦隊ニ一矢《いっし》ヲ報イ、然ルノチ、艦ト運命ヲ共ニスルコトコソ、海軍軍人トシテノ誇リナリ。

全員、我ガ考エニ賛意ヲ表ス。カタジケナシ。

我ガ伊五〇九潜ハ、特殊任務ヲ命ゼラレタルタメ、魚雷ノ数少ク、一四センチ砲ノ弾薬モマタ十分ナラズ。

潜水母艦「平洋丸」ハ、現在、トラック島ニ停泊中ノ筈《はず》ナリ。米軍モ、四、五日ハ、トラック島ニ上陸ハスマジト考エ、コレヨリ、急遽、トラック島ニ向イ、平洋丸ヨリ魚雷、弾薬ノ補充ヲ受ケタルノチ、南太平洋ニテ、米海軍ト一合戦セント決意ス。

但シ、問題ハ、三人ノ民間人ト、七百キロノ金塊ナリ。

民間人ニ我等ト運命ヲ共ニセヨト命ズル権限ハ我ニハナク、マタ、我ガ志ニモアラズ。

マタ、七百キロノ金塊ハ、日本国及ビ日本国民ノモノナリ。日本帝国再建ニコソ使用スベキモノナルベシ。

同年八月十九日
〇三・〇〇、潮岬《しおのみさき》ヲ見ル。
暗闇《くらやみ》ノ中ニ浮上。ゴムボート二隻ニ、民間人三名ト金塊ヲ乗セ、潮岬近クノ地点ニ上陸セシム。
ソノ際、T・K、F・I、R・Tノ三名ニ金塊ハ絶対ニ私セズ、日本国及ビ国民ノタメニノミ使ウコトヲ確約セシム。
マタ、乗組員中ニ、僅《わず》カ十七歳ノ少年兵、森明夫アリ。我等ト運命ヲ共ニスルニハ、アマリニモ若ク、アマリニモ痛々シ。ヨッテ、森明夫水兵モ、彼等ト共ニ上陸セシメタリ。

同年八月二十五日
トラック環礁ニ到着。
予期シタルゴトク、未《いま》ダ米軍ハ上陸シアラズ。
但シ、潜水母艦「平洋丸」ノ姿モナシ。

同年八月二十六日
一六・〇〇、冬島近クニテ触雷。
艦底ニ亀裂《きれつ》ヲ生ジ、浸水ヲ始ム。艦ハ急速ニ沈下。水深三十メートルニテ海底ニ鎮座ス。
電池モ海水ヲカブリ停電。暗黒ノ世界トナル。サレド、全員沈着冷静、懐中電灯ヲ頼リニ防水作業ニ努メ、一七・三〇浸水止ム。
全員ニテ浮上ニ努ムルモ、未ダソノ効果ナシ。
電池ガ海水ニ浸《つ》カリタルタメ、塩素ガス発生。
艦内ノ温度上昇。現在四十二度。
明リハ懐中電灯ノ光ノミ。

同年八月二十七日
全員ノ必死ノ努力ニモ拘ラズ、艦ハ浮上セズ。
艦内温度五十度。甚ダ息苦シ。
サレド、艦ヨリ脱出ヲ願ウ者一人モナシ。
全員、愛スル艦ト運命ヲ共ニスルノ決意ナリ。
最後ニ気ニカカルハ、七百キロノ金塊ガ、真ニ日本ノタメニ役立チタルカ否カナリ。
左ニ全乗組員ノ氏名ヲ記ス。モシ、何年カノ後、我等ノ屍《しかばね》ヲ発見スルコトアラバ、
願クハ一輪ノ花ナリト捧《ささ》ゲラレンコトヲ。

伊五〇九潜艦長
海軍中佐　大杉良成

第五章　南原機関

1

最後に、八十七名全員の名前が、書き並べてあり、航海日誌は、この日で終わっている。

筆跡は最後まで乱れていなかったが、八十七名の中に、少年の故に、三人の民間人と一緒に日本内地に上陸させたはずの森明夫の名前まで書いてあった。発生したガスのために、意識が不明瞭《ふめいりょう》になったのか、それとも、名前だけでも、伊五〇九潜と運命を共にさせてやりたい艦長の親心なのか。

艦長の大杉は、八十七名の名前を書きつけたあと、いつの日か、伊五〇九潜の最後の有様を知ってもらいたくて、航海日誌を厳重に油紙で包んで、机にしまったのだろう。

乗組員たちが、いつ死亡したのかはわからない。八月二十七日に死亡したのかも知れないし、一日か二日、なおも浮上への努力が続けられたのかも知れない。

いずれにしろ、全乗組員が死亡し、海水は、少しずつ艦内に満ちていったのだ。

野口も由紀子も、戦後の生まれだから、戦争を知らない世代だ。江上は、終戦の時五歳で、東京にいて空襲にもあっているが、戦争を本当に知っているとはいえまい。だから、戦いが終わったにもかかわらず、艦と運命を共にして死んでいった伊五〇九潜の乗組員の気持ちが、本当にわかったとはいえなかった。むしろ、理解しにくいといったほうが、正直なところだった。

それでも、三人の間には、微妙な反応の違いがあった。

一番若い由紀子は、あっけらかんとして、

「やっぱり、金塊は、あの潜水艦に積んであったんだわ」

と、いっただけだった。

三十七歳の江上は、黙って、航海日誌を読み返していたが、小さな溜息《ためいき》をついて、

「みんな、若くして死んでいるんだろうな。水兵なんかは、たぶん、全員二十代だ」

「なんだい。変にセンチになってるじゃないか」

と、野口は、笑った。

「君と違って、おれは焼け跡派なんでね。根が涙もろいのさ」

「おれは、この航海日誌をどうすべきかで頭が一杯で、センチになんかなっていられないよ」

「どうするの？　出版社にでも売りつける？」

　由紀子が、きいた。

「それは、第一に考えたよ。T出版社に、水中写真と一緒に持って行けば、喜ぶに決まっている。八月十五日の終戦特集号なんかには、最適の材料だからね」

「高く売れる？」

「まあね」

「大杉艦長の未亡人に渡せば、一番喜ぶんじゃないかな」

　と、江上が、口をはさんだ。彼は、自分でいったように、感傷的になっていた。

「そうかも知れないが、それじゃあ、金にならないよ」

　と、野口がいった。

「それに、出版社に渡せば、そっちから当然、遺族に伝えられるから、未亡人だって、すぐ、この航海日誌を読めることになるさ。だが、おれは、この航海日誌を、出版社にも渡したくないんだ」

「じゃあ、どうする気？」

　由紀子が、眼を大きくしてきいた。

　江上も、野口を見た。

　野口は、脚を組み、煙草《たばこ》に火をつけてから、

「ひょっとすると、この航海日誌は、何億円という価値があるかも知れないと、おれは考えたんだ」

「なぜ?」

質問しながら、由紀子の眼が、一層大きくなった。

「いいかい。この航海日誌によれば、三十二年前にしろ、伊五〇九潜に、七百キロの金塊があったことだけは、事実なんだ」

「でも、今となっては、どうしようもないわ」

「そうとも限らないよ」

「なぜ?」

「金塊は、この航海日誌に出ている三人の民間人の手に渡ったんだ。T・K、F・I、R・Tと頭文字《イニシアル》で呼ばれた三人だ。森明夫を加えれば四人になる」

「それで?」

「彼らは、七百キロの金塊を、必ず日本国民のために役立てると艦長と約束した。絶対に私しないともね。この金塊は、もともと日本国民のもので、彼らのものじゃないんだから、当然の話だよ」

「うん」

「だが、もし、彼らが、終戦のどさくさにまぎれて、金塊を着服し、それを元手に大儲《もう》けをしていたらどうするね？　それも、一流の実業家や政治家になっていたらどうだい？」

「うん。そいつは面白いぞ」

江上が、ニッコリ笑って、テーブルを叩《たた》いた。

「もし、君のいうようになっていたら、この航海日誌をネタにゆすれるな」

「彼らが、現在、名士になっていればいるほど、過去の汚点はかくしたがるだろうから、うまくすれば、金塊分の十億円を手に入れるのも夢じゃなくなると、おれは考えたんだがね」

野口が、得意気に、鼻をうごめかせた。

それに対して、由紀子が、

「でも、彼らが、艦長と約束したとおり、金塊を日本国民のために使っていたらどうするの？」

と、当然の質問をした。

「そうなれば、諦《あきら》めて、出版社に売るさ」

と、野口が答えると、江上が、

「大丈夫だよ。その可能性は、まずないと思うよ」

と、断定的にいった。

「なぜなの？」

「いつもいうが、おれは、焼け跡派だ。だから日本の戦後史ってやつに、すごく興味があってね。それに関する本を、何冊も読んでいるんだ。とくに、終戦直後のことを書いたものをね。もし、七百キロの金塊が、彼らによって、当時の日本社会のために使われたとすれば、当然、一つの美談として戦後史に残っているはずだよ。伊五〇九潜の話もね。だが、おれの読んだ本には、一行だって、そんなことは書いてなかった。アメリカ側から、終戦直後の日本を書いたマーク・ゲインの『ニッポン日記』にも出ていない。ということは、彼らが、七百キロの金塊を、ひそかに、着服してしまったということじゃないかい？」

「そうだわ。きっと」

由紀子も、うなずき、声を弾ませた。

「すぐ日本へ帰って、彼らが今どうしているか調べてみようじゃないか」

野口が、二人を誘い、江上と由紀子も、すぐ賛成した。

一度決断すると、三人とも若いだけに、行動するのも素早かった。

「ユキI世号」に乗って帰国したのでは、時間がかかり過ぎるので、売り払うことにした。八千五百ドルで買ったヨットだったが、同じ値段では急には売れず、仕方なく、半値以下の四千ドルで、アメリカ人夫婦に売却した。

その日のうちに、野口たちは、飛行機に乗った。

2

八月一日の夕刻、野口たちは、羽田に帰った。

日本も、すでに梅雨明けを迎えていて、雲一つない夜空が、三人を歓迎してくれているように見えた。

三人は、ひとまず、調布にある野口の家に落ち着くことにした。

「明日から攻撃開始だが、問題は、どうやって、四人を見つけ出すかだ」

と、野口は、畳の上に両足を投げ出して、二人を見た。

由紀子も、すんなりと形のいい足を伸ばし、柱に背をもたせかけている。

「すぐ見つかる？　森明夫は名前がわかってるけど、あとの三人は、イニシアルしかわからないんだから」

「だが、航海日誌に、三人についての簡単な説明があったはずだよ」

と、野口は、航海日誌のページを繰ってから、

「ここにある。F・I、R・Tの二人は商社員で、T・Kは南原機関の人間だと書いてある。商社員だけじゃ、漠然としすぎているが、南原機関という名前は、具体的だから、このT・Kという男が、調べやすいんじゃないかな。南原機関という名前に心当たりがある

かい？　戦後史にくわしい人」

　と、江上を見た。

「確か。戦時中、軍に協力して、外地で活躍していた組織だよ」

「スパイ組織みたいなもの？」

　顔を突き出すようにしてきく由紀子へ、江上は、

「よくはわからないが、似たようなものだったろうね。ただ、戦後、アメリカ占領軍の命令によって、こういう組織は、全部、解散させられたはずなんだ」

「じゃあ、森明夫を見つけるほうが早いんじゃないかしら？　昔の軍隊のことは、ちゃんと記録に残っているんでしょう？」

「厚生省の復員局で、戦争が終わって帰国した兵隊の記録は、全部とったはずだ。おれの叔父が、インドネシアから帰ったときも、復員局が窓口だったからね」

「じゃあ、そこに行けば、森明夫についての記録もあるんじゃないかしら？」

「かも知れないな。明日、厚生省へ行って、当たってみよう」

　と、江上がいった。

「おれは、南原機関の線を追ってみる」

　と、野口がいった。

「あたしは、何をすればいいの？」

由紀子が、髪を指先でかきあげるようにしながら、二人にきいた。

「君は、撮って来た写真を持って、T出版へ行ってみてくれないか」と、野口がいった。

「売り込むには、男のおれより、若くて美人の君のほうがいいからね」

3

翌日、野口は、スカイラインGTRで、江上と由紀子を、それぞれ、厚生省と、T出版社へ送りつけてから、自分は、三宅坂にある国会図書館へ向かった。南原機関のことを書いた本を探すためだった。

国会図書館の索引カードによると、南原機関について書かれた本は一冊だけだった。昭和四十年五月に出版された『南原機関の謎《なぞ》』と題された本である。

野口が、貸出しカードに記入して提出すると、しばらく待たされてから、

「あいにくですが、この本はありませんね」

という返事が戻って来た。

「じゃあ、現在、貸出し中ということですか?」

野口がきくと、二十七、八歳の眼鏡をかけた係員は、

「いや。この本は紛失したことになっています」

「紛失ですって？」

「そうです」

「マイクロフィルムにとってないんですか？」

「新聞や、稀少《きしょう》価値のある文献類はマイクロフィルムにとってありますが、一般書籍はとってありません」

「しかし、どうしても、この本は読みたいんだがなあ」

野口が、残念そうにいうと、係員は、当惑した顔で、

「この本の出版元へ行かれたらどうですか？」

「行けば、ありますか？」

「それはわかりませんが、絶版になっていても、少部数の在庫があることがありますからね」

他に方法はないようだった。古本屋を探して歩くのもいいが、出版元へ当たるほうが早いだろう。

索引カードによれば、その本は、
菊地三郎著『南原機関の謎』四谷出版　昭和四十年五月刊

となっている。ページ数二五二ページとあるから、普通の厚さの本だろう。

野口は、電話帳を繰ってみた。四谷出版というのは、あまり聞いたことのない名前だったから、潰《つぶ》れていたら弱るなと思ったが、ありがたいことにまだ健在だった。

電話帳で住所を知ると、野口は、電話で問い合わせずに、車で直接乗りつけることにした。

四谷出版は、国鉄四ツ谷駅に近く、木造二階建ての小さな出版社だった。社員も、社長以下三人という小所帯である。

応接室もなく、野口は、近くの喫茶店に案内された。

応対してくれたのは、塩見という四十五、六歳の中年の男で、四谷出版ができたときからいるという古参社員だった。

人当たりのいい男で、うちでも、写真集を一冊出したことがあるので、そのうちに、あなたの写真集も出させてもらいたいですねと、ニコニコ笑いながら話していたが、野口が、

「おたくで、昭和四十年五月に出版した、『南原機関の謎』という本のことなんですがね」

と、切り出したとたんに、なぜか、塩見の顔色が変わった。

「もし、在庫があったら、一冊売ってもらいたいんですけどね」

と、野口が、頼んでも、ぶっきらぼうに、

「ありません」

「一冊もないんですか？」

「そうです」

「じゃあ、返本なしで、全部売れたということですか？」

「そうです。八千部刷って、全部売り切れたんです」

「返本が一冊もないほど売れたのなら、増刷したはずだと思うんだけど、その増刷分も、売り切れてしまったんですか？」

「増刷はしませんでした」

塩見は、妙に堅い声でいった。

どこかおかしいと、野口は思った。増刷しなかったというのも妙だし、百パーセント売り切れた本のことを話すにしては、塩見の表情が暗過ぎる。

「前に、同じような話を聞いたことがありますよ」と、野口はいった。

「五、六年前だったかな。新興宗教の教祖のことを、徹底的に叩いた本が出たことがあったけど、その本を、その新興宗教が、全部買い占めてしまった。形の上では、百パーセント売り切れたんだが、本は一冊も店頭に出なかった」

「――――」

「それと同じケースなんじゃありませんか？」

と、野口が問い詰めると、塩見の善良そうな顔が、苦しげにゆがんだ。

「まあ、そうです」

「いったい、誰が買い占めたんです？」

「私にはわかりません。社長が、紙型《しけい》ごと売ったといってましたが、その相手の名前は、私には、いいませんから」

「紙型ごと売ったんじゃ、増刷はできないな」と、野口は、苦笑した。

「社長さんなら、相手を知っているわけですね？」

「さあ、ただ、社長は、今、アメリカへ旅行中で、あと二週間しなければ、帰国しません」

「本の内容を覚えていませんか？　印刷に回す前に、読まれたんでしょう？」

「読みましたが、十年以上も前のことですからね。どんな本だったか、覚えていませんね」

塩見は、熱のない声でいった。この話題を早く切りあげたいという気持ちが、ありありと出ている喋《しゃべ》り方であり、表情だった。

「全部買い占めたというけど、国会図書館には、一冊送ったようですよ」

と、野口は、粘り強くいった。

「そりゃあ、国会図書館には、必ず見本として送付しなければなりませんからね。見本刷りの段階で送付したんです。もう、これで、あの本のことはいいでしょう。とにかく、在庫は一冊もないんですから」

「何を怖がっているんです？」

「別に何も怖がってはいませんよ」

「それだったら、この本の著者である菊地三郎という人に、紹介してくれませんか？　会ったことはあるんでしょう？」

「ありますが、紹介は無理ですね」

「なぜです？」

「菊地さんは亡くなったからです。本ができてすぐにね」

「死んだ？　病死ですか？」

野口が食い下がると、塩見は、明らかに、いらだった様子で、眉《まゆ》をぎゅっと寄せて、

「そんなこと、どうでもいいでしょう」

「いや。教えてください」

「確か、車にはねられて亡くなったんですよ。新宿の西口でね。事故死です」

「車にはねられた――？」

野口は、いやでも、佐伯元海軍中佐の死を思い出さざるを得なかった。佐伯も、車にはねられて死んだのだ。これは、偶然の一致だろうか？

「それで、菊地さんをはねた犯人は逮捕されたんですか？」

「さあ。覚えていませんね」

「じゃあ、もう一つ教えてください。菊地さんは、南原機関の人間だったんですか?」

「知りませんね。ふらりとうちの社に見えて、南原機関のことを書いた原稿を置いていったんです。眼を通してみると、なかなか面白いんで、本にした。それだけのことで、菊地さんの素性については、何もわかっていないんです」

「菊地さんの家族は、どこにいます?」

「さあ。知りませんね」

「しかし、本の印税は、家族に送ったんでしょう?」

「いや。送ってはいません」

「なぜです?」

「菊地さんは、秘密主義の人でしてね。印税も、うちの社へ取りに来るといっていたんです。それが、突然亡くなられて、宙に浮いているんです。これで、いいでしょう。忙しいので、失礼しますよ」

塩見は、荒々しく席を立ち、喫茶店を出て行った。

4

本からの追跡の道を絶たれた野口は、辻堂に、もう一度、和辻老人を訪ねてみることにした。旧軍人なら、南原機関について、何か知っているかも知れないと思ったからである。

野口は、辻堂まで車を飛ばした。午後の西陽《にしび》の強い中で、和辻老人の家に着くと、老人は、この前と同じように、笑顔で野口を迎えてくれた。

冷たいレモン・ティをすすめてくれてから、

「伊五〇九潜のことで、何かわかったかね？」

と、和辻のほうからきいた。

「トラックのウマン島沖に、沈んでいるのがわかりました」

「やっぱり、沈んでいたか」

和辻は、軽く合掌のポーズを作った。

「それで、和辻さんに、またお聞きしたいことがあるんですが」

「どんなことかね？」

「和辻さんは、南原機関というのをご存じですか？」

と、野口は、直截《ちょくせつ》にきいてみた。

和辻は、ゆっくりと、手拭《てぬぐ》いで、額の汗を拭ってから、

「少しは知っているがね」

「戦時中、どんなことをやっていたんですか？」

「軍の命令で、主に、占領地での物資調達に当たっていたんじゃないかね。中国や、インドネシア、ビルマなんかでだよ。軍にしたら、民間人の彼らにやらせたほうが、現地人との間にトラブルが起きなくて、好都合だったんだろう。しかし、私は、彼らが嫌いだった」

「なぜですか？」

「中には立派な人物もいたんだろうが、多くは、虎《とら》の威を借りる狐《きつね》でね。軍の後ろ盾をいいことに、相当あくどいこともしたらしいからな」

「南原機関の人間と、会ったことはありますか？」

「昭和十九年の春ごろだったかな。何かの宴会で、その一人と会ったことがある。いっぱしの国士気取りの若い男だった」

「その男の名前を覚えていませんか？」

「名前ねえ。さあ、何といったかなあ」

和辻老人は、首をひねっていたが、とうとう最後まで、思い出せなかった。

5

野口が、家に帰ると、江上と由紀子は、先に戻っていた。

由紀子のいれてくれたコーヒーを飲みながら、野口が、自分の調べてきたことを、まず話した。

「結論をいえば、南原機関について、ほとんど、わからなかったということなんだが、君たちのほうは、どうだい？」

「おれのほうは、妙なことになったよ」

と、江上は、冷蔵庫から、罐ビールを取り出しながら、野口にいった。

「妙なことって？」

「森明夫の名前が、復員名簿にのってないんだ。代わりに、昭和二十年八月十五日に、戦死したことになっている。この日付は、あとから、八月二十七日に訂正されていた。つまり、伊五〇九潜と運命を共にしたことになっているんだ」

「しかし、艦長の航海日誌には、金塊と一緒に上陸させたと書いてあるぜ」

「だから、二つのことが考えられると思うんだ。一つは、本当に伊五〇九潜と運命を共にしたということ。もう一つは、日本に上陸したが、何かの理由で死んだことになってしまい、現在、別の名前で生きているということ。このどちらかだと思うんだがね」

「もう一つの場合があるわ」

由紀子が、コーヒー茶碗《ちゃわん》を、掌《て》の中であたためるように持ちながら、江上にいった。

「第三の場合？」

「ええ。他の三人の民間人と、七百キロの金塊を持って、日本内地に帰った。だけど、そこで、金塊の奪い合いがあって、殺されてしまったという可能性もあるんじゃないかしら？」

「確かにそうだ」と、野口が、うなずいた。

「むしろ、殺された可能性のほうが強いかも知れないぜ。七百キロ、十億円の金塊を真ん中において、四人の男がいたんだ。奪い合い、殺し合いがあったと考えたほうが自然かも知れない。もし、殺し合いがあったとすれば、年少だった森明夫が、真っ先に殺されたということも、十分に考えられるよ」

「そうだな」

と、江上もうなずいてから、罐ビールを美味《うま》そうに飲み干したが、

「だとしても、この四人の中の誰かが、七百キロの金塊を手に入れたことは事実なんだ。そいつが誰で、今、どこで何をやっているか、早く知りたいものだね」

「おれは、明日、潮岬へ行ってくる」

「潮岬へ、何しに行くんだ？」

「航海日誌によれば、四人は、潮岬に上陸したことになっているからさ。彼らの行動を逆に辿《たど》ってみたいんだ。そうすれば、何かわかるかも知れないと思うんだが」

「しかし、三十二年も前のことが、わかるかなあ。それに、潮岬沖でボートに乗せたと書いてあるだけで、潮岬に上陸したとは書いてないぜ」

と、江上が、疑問を投げた。

「わかってるよ。だが、四人が上陸したのは、まだ、夜の明けぬうちだったことになっている。暗ければ、いやでも、潮岬の灯台の明かりを目標に上陸したはずだと思うんだ。とすれば、遠く離れた場所ということは考えられない。灯台の近くと考えていいと、おれは考えているんだ。君のいうとおり、三十二年前のことはわからないかも知れないが、一応は、調べておきたいんだ」

「おれは、引き続き、森明夫のことを調べてみるよ」と、江上がいった。

「彼の家が、群馬県にあるらしいんだ。たぶん、そちらにも、森明夫は戦死したという通知が行っていると思うけど、念のために調べてみたいんだ」

「あたしは、何をしたらいいの？」

由紀子が、細い指先で、野口の煙草をつまみながらきいた。

「T出版のほうはどうだった？」

野口は、彼女の煙草に火をつけてやった。

「なかなかいい写真だけど――」

「だけど、何だって？」

「一応、あずからしてもらうですって。使うかどうかは、検討のうえ、返事をするっていってたわ。まるでお役所みたいな返事ね」

「まあいいさ。それなら、当分は、伊五〇九潜に全力投球ができて助かるよ。ユキベエは、戦時中の日本の商社のことを調べてくれないか」

「名前を調べるだけでいいの？」

「その中から、特に、ヨーロッパ関係に強かった商社の名前が知りたいな」

「わかったわ。航海日誌にあった二人の商社員は、その商社の社員だったんじゃないかというわけね」

「そうだ」

と、野口は、うなずいて見せてから、急に、江上を、由紀子から離れた場所へ引っ張って行った。

「どうしたんだ？」

と、きく江上へ、野口は、

「おれがいない間、ユキベエを口説いてもいいぞ。遠慮するなよ」

第六章　匿名の手紙

1

「左手をどうしたのかね？」

と、本多捜査一課長が、眉を寄せて、十津川警部を見た。

十津川の人差し指に、白い包帯が巻いてあったからだった。

十津川は、頭をかいた。

「昨日、包丁で切りまして」

「包丁？」

本多は、愛用のパイプに火をつけてから、不審気に、

「君が料理でもしたのかい？」

「はあ。大根を千枚におろしているとき、うっかり」

「そうだ。君はまだ独り者だったな」

「はあ」

十津川は、また、頭に手をやった。こういう話は苦手で、自然に、冷や汗が出てくる。

「君はもう三十六歳だったろう？」

「いえ。先月の二十七日に、三十七歳になりました」

「三十七にもなって、独身というのはよくないなあ」

「はあ」

十津川は、この男には珍しく、身体《からだ》を小さくした。

「独り者はよくない」と、また、本多はいった。

「警察官としても、結婚しておらんと、信用がなくなるんじゃないかね。私も、心掛けておくから、早く結婚しなさい」

「わかりました」

「じゃあ、仕事の話にかかろうか」

「助かりました」

十津川は、ほっとした顔になって、ハンカチで額の汗を拭《ぬぐ》った。そんな十津川の様子を、本多は、苦笑しながら見ていたが、

「佐伯賢次郎の件は、何かわかったかね？」

と、きいた。

「残念ながら、はねた犯人は、まだ見つかっていません。しかし、私は、佐伯賢次郎が、偶然にはねられたのではなく、計画的に殺されたのだと、確信しています」

「君は、前からその意見だが、理由は、やはり、半年前の南房総での橋本邦栄元海軍大佐の死との関係ということかね？」

「そのとおりです。橋本邦栄は、海釣りに来て波にさらわれたことになっていますが、彼は用心深い男で、危険な場所で、釣りなどするはずがないという知人の言葉です」

「そして、この二人は、共通の犯人に殺されたというのだね？」

「もちろん、あくまでも、私の推測でしかありませんが」

「しかし、この二人に共通していることは、単に、戦時中、海軍の士官だったということだけじゃないのかね？」

「それだけでもないことが、わかってきました」

「ほう。どんな共通点が見つかったのかね？」

本多一課長は、膝《ひざ》を乗り出した。

「伊五〇九潜です」

「戦時中の日本の潜水艦かね？」

「そうです。まず、橋本邦栄ですが、彼は戦時中、軍令部にいて、ある作戦を立案しました。それが、伊五〇九潜に、秘密任務を与えて、ドイツに派遣することだったのです」

「秘密任務というのは、どんな内容だったのかね？」

「それが、わからないのです。当時のことを知っていると思われる人物に当たってみているのですが、よほどの極秘任務だったらしく、知っている者は、まだ見つかっていません」

「佐伯賢次郎のほうは、どう関係してくるのかね？　その伊五〇九潜の乗組員か何かだったのかね？」

「いえ。佐伯は、別の潜水艦に乗っていました。ただ、佐伯は、伊五〇九潜の艦長大杉良成の友人です。そして、最近、伊五〇九潜のことを調べていたふしがあります」

「なるほどね。ところで、問題の伊五〇九潜は、どうなったのかね？」

「防衛庁の資料によると、昭和二十年八月二十七日に、トラック島で、沈没しており、乗組員は、全員、艦と運命を共にしたことになっています。これは、大杉艦長の未亡人にも会って、確かめてきました」

「どうもわからんな。伊五〇九潜は、三十二年前に沈没している。それなのに、今になって、その潜水艦が原因で、二人の元海軍軍人が、事故死に見せかけて殺されたというのかね？」

「あくまでも、私の推測です」

「しかし、確信を持っているのだろう？」

「ある程度までは、です」

「ところで――」

と、本多は、語調を変えて、

「君は、佐伯賢次郎が運ばれた病院で、妙な青年に会ったといったな？」

「はい。野口浩介というカメラマンです」

「そうだ。野口浩介だったな」

本多は、ひとりでうなずいてから、一通の封書を取り出して、十津川の前に置いた。

「読んでみたまえ。私宛《あ》ての投書だ」

「拝見します」

十津川は、その封書を手に取った。

白い封筒の表には、かなりの達筆で、

〈警視庁捜査一課長殿〉

と、書かれてあったが、差出し人の名前はなかった。

中身は、便箋《びんせん》が一枚。それに、同じ筆跡で、次のように書かれてあった。

〈理由は申し上げられないが、次の三人の身に危険が迫っている。警察が守ってくだされば幸いである。

野口浩介　江上周作　氏家由紀子〉

2

十津川は、じっと、そこに書かれてある文字を睨《にら》んだ。

「どう思うかね?」

と、本多がきいた。

「正直にいって、わかりませんな。だが、非常に興味があります」

「そこに出ている野口浩介というのは、君が会ったカメラマンと、同一人物と思うかね?」

「十中、八九、同じ人間でしょう」

「その三人に危険が迫っているというのは、殺されるかも知れないということだろうか?」

「そう考えるのが自然ですね」

「なぜ、この三人が危険なのかな？　それに、手紙の主は、いったい何者で、何のために、こんな手紙をよこしたのだろう？」

「危険な理由はわかっています。この三人も伊五〇九潜に関係しているからだと思います。病院で、野口浩介に会った時、彼は、旧海軍の潜水艦のことを、佐伯未亡人にきいていましたから」

「しかし、野口浩介は、若い男なんだろう？」

「二十七、八歳といったところです」

「じゃあ、戦争を知らぬ世代じゃないか。前に事故死した二人とは、世代が違う。江上周作と、氏家由紀子にしても、野口と同じように、若いんじゃないかね。そうだとすると、なぜ、世代の違う人間が、伊五〇九潜で結びつくかが問題だな」

「それを、さっそく調べてみます。この手紙のように、野口たち三人が、次の犠牲者になっては困りますから」

「手紙の主の想像はつくかね？」

「男の手紙ですね。それに文章から見て、あまり若い男とは思えません」と、十津川は、もう一度、手紙に眼を通しながら、課長にいった。

「当然のことですが、手紙の主も、何らかの理由で、伊五〇九潜に関係していると思われます」

「手紙の主は、この三人の男女の味方ということだろうか？」

「われわれに、三人の保護を頼んできたところをみると、一見、そのように思えますが、本当にそうかどうか、今、断定は危険だと思います。とにかく、伊五〇九潜と、彼らがどう結びついているのか、それを調べてみたいと思っています」

「伊五〇九潜か」

四十五歳の本多は、ふと、遠くを見るような眼になった。

「私は、戦時中、海軍兵学校に入りたくてねえ。年齢が足りなくて、駄目だったが、もし入っていたら、潜水艦に乗っていたかも知れんな。私は、潜水艦が好きだったからね」

3

十津川は、投書を借り受けて、自分の部屋に戻った。

「カメさん」

と、亀井《かめい》刑事を呼んで、手紙を見せた。亀井刑事は、十津川と一緒に、橋本元海軍大佐、佐伯元海軍中佐の事故死を調べているベテラン刑事である。

「君は、戦時中、海軍に入りたかったかね？」

十津川がきくと、亀井刑事は、読み終えた手紙から顔をあげた。

「私は、終戦の時、三歳でしたから、そういう意識はありませんでした」

と、笑った。

「君は、そんなに若かったかねえ」

「髪は薄くなっていますが、まだ三十五歳です」

「そいつは失礼したな」

と、十津川は、頭に手をやってから、

「君は、その三人のことを調べてくれ。野口浩介はプロのカメラマンだそうだから、調べやすいはずだ。あとの二人は、たぶん、野口の友人と恋人だろう」

「三人の何を調べますか？」

「最近の行動を重点的に調べて欲しい。彼らのうち、野口は、少なくとも戦争を知らない世代だ。他の二人も、たぶんそうだろう。それが、三十二年前に沈んだ伊五〇九潜と、どう関係しているのか、それが知りたいんだ」

「つまり、橋本元大佐や、佐伯元中佐との共通点ということですね？」

「そうだ。それがわかれば、われわれの探し求めている敵がわかるかも知れない」

それは、十津川の希望であって、その段階で、敵が姿を現わすかどうかわからない。橋本元大佐と、佐伯元中佐を、事故死に見せかけて殺した犯人が、いったいどんな人物なのか、まだ、輪郭さえつかめていないのである。

十津川は、橋本が死んだ館山《たてやま》の海岸へも出向いてみた。彼が釣糸を垂れていたという磯《いそ》に腰を下ろし、半日近く海を眺めて過ごした。いつもなら、そうしていると、犯人の輪郭が、おぼろげに浮かんでくるのだが、今度は、駄目だった。伊五〇九潜という三十二年前に沈んでいる過去の遺物が介在しているからだろうか。

亀井刑事が、野口浩介たち三人の名前をメモして出かけて行ったあと、十津川も、警視庁を出た。

十津川が、足を向けたのは、佐伯未亡人宅だった。新宿御苑《しんじゅくぎょえん》に近いこの家に、十津川が足を運ぶのは、これで三度目である。

「忌中」の紙は、すでになくなっている。

未亡人の明子も、喪服を脱《ぬ》いでいた。

「少しは、落ち着かれましたか」

と、十津川は、まず、丁寧にいった。

明子の顔に、微笑が浮かんだ。

「おかげさまで。身のまわりの整理もつきました」

「というと?」

「故郷《くに》へ帰ろうと思っております」

「ご家族もですか?」

「息子だけは、東京に残ります。今年、大学に合格しましたので」

「それは、おめでとうございます。どこの大学ですか？」

と、十津川がきいたのは、本多課長の娘が高校三年で、いよいよ大学受験が近くなったと、心配顔に話していたのを思い出したからだった。

「東明大学ですの」

と、明子は、いくらか誇らしげにいった。

東明大学は、幼稚園から大学まであるマンモス大学である。東明高校からなら、ストレートに入れるはずだが、合格したというところをみると、他の高校から受験したのだろう。新興の私大だが、最近の充実ぶりは眼をみはるものがあり、特に医学部の施設や、教授陣は、国立医大をしのぐという評判である。

学長であり、同時に経営者でもある神谷信博は、なかなかの傑物で、有名教授を、強引に引き抜いて来て、医学部に限らず、他の学部を充実させた。最近では、憲法学者としては、第一人者といわれている塚田一夫を、T大から引き抜いて評判になった。卒業生も、一流会社に数多く就職している。

明子が、誇らしげにいったのは、そうした東明大学の最近の充実ぶりがあったからだろう。

十津川は、すすめられたお茶を口に運んでから、

「今日は、ちょっと、厚かましいお願いに参りました」

「何でございましょうか？」

「佐伯さんの書斎を拝見したいのです」

「警察は、まだ、主人が殺されたとお考えですの？」

明子は、眉を寄せてきいた。

「警察が、というより、私が、そう思っています」

「でも、この間も申し上げたように、主人は穏やかな性格で、誰からも恨まれるようなことはなかったはずですが」

「ご主人が、敵のない方だったことは、N造船のほうからも聞きました。しかし、それでも殺されることがあるのが現代です」

「私は、事故と信じておりますけど、どうぞ、ご覧になってください」

明子は、二階にある洋間に案内してくれた。

南向きの、明るい書斎だった。明子は、クーラーのスイッチを入れてから、

「この部屋は、どう整理していいのかわからないので、そのままになっております」

「ご主人が亡くなってから、誰か、この部屋に入られましたか？」

「いえ。誰も」

よかったと、十津川は思った。明子が、終わったら呼んでくださいといい残して、階下

へおりて行ったあと、十津川は、ゆっくりと、室内を見まわした。

本棚に並んでいるのは、ほとんど船に関する本だった。

黒檀《こくたん》の重厚な机の上には、海上自衛隊の新鋭潜水艦の精巧な模型が飾ってある。佐伯は、潜水艦と縁の切れなかった男だったようだ。

状差しには、最近の来信が三十通ばかりはさんであった。それを一枚ずつ、丁寧に見ていったが、これはと思う手紙は見つからなかった。

次に、机の引出しを一つずつ調べた。一段目から四段目まで、何も出て来ない。日記でもつけていてくれたらと期待したのだが、日記どころか、メモも見当たらなかった。

一番下の五段目の引出しには、鍵《かぎ》がかかっている。十津川は、明子を呼んで、あけてもらった。

鍵がかかっているからには、何か重要な書類でも入っているに違いないと思ったのだが、その引出しに入っていたのは、たった一冊の大学ノートだけだった。

十津川は、回転椅子《いす》に腰を下ろし、明かりの射《さ》し込む窓に向かって、大学ノートのページをくっていった。

〈伊五〇九潜（艦長大杉良成）に関する事〉

と、堅い字で、第一ページに書きつけてあった。

「うむ」

と、十津川は、小さくうなずき、ポケットをごそごそやって、煙草を取り出して火をつけた。ヘビー・スモーカーの十津川は、煙草をくわえていたほうが、落ち着くし、集中力が出る。

防衛庁へ行って、伊五〇九潜が、昭和二十年八月二十七日に、トラック諸島冬島で沈没したことを確認したことが、記入してある。

戦争中の資料を調べ、伊五〇九潜が、五隻目の連絡艦として、ドイツに向かったこと、その連絡が、何か秘密の使命だったらしいことも書いてある。

だが、十津川は、次のページを繰って、がっかりしてしまった。

明らかに、何ページかが、破り取られているのだ。少なくとも三枚の紙が、破られている。

佐伯自身が、破り捨てたのだろうか。それとも、他の人間が破り捨てたのか。そのいずれにしろ、肝心の部分は、無くなっているのだ。

失望して、ノートを閉じたとき、ページの間から床に落ちたものがあった。

封書だった。

十津川は、あわてて拾い上げた。

〈佐伯賢次郎様〉

と、墨で、達筆に書かれていた。裏を返すと、

〈港区白金台×丁目――番地　神谷〉

と、差出し人の名前が記してあった。

伊五〇九潜についてのノートにはさんであったのだから、当然、この旧海軍の潜水艦に関する手紙だろうと思って、十津川は、中身を取り出した。

だが、全く違っていた。

〈御子息の当校への御入学の件、確《しか》と、承知仕《つかまつ》り候《そうろう》。御安心下され度候。

一月十六日

東明大学学長　神谷信博

佐伯賢次郎様

〉

十津川の顔に、微笑が浮かんだ。

一月十六日といえば、明らかに、受験の前だ。佐伯も、人並みに親馬鹿で、手づるを頼んで、東明大学の学長、神谷に、息子の入学を頼んだのだろう。相応の金を渡したのかも知れない。百万単位か、それとも、一千万、二千万といった金額だったのか。その金額がいくらであるにしろ、よくある話だった。

十津川は、もとのように、その手紙をノートの間にはさみ、引出しにしまってから、階下へおりて行った。

「何かわかりまして？」

と、未亡人がきくのへ、十津川は、逆に、

「ご主人は、東明大学の神谷学長と面識がおありだったんですか？」

と、きき返した。

東明大学が、伊五〇九潜と関係があるとは思えなかったが、あのノートにはさんであったことが、なんとなく引っかかったからだった。それに、面識があったとすれば、逆に、神谷学長から、佐伯のことを聞けるかも知れない。

「最初は、なんの面識もございませんでした」

「はあ」

「それが、やはり親馬鹿なんでございましょうね。一人息子の恵一が、東明大学志望とわかると、いろいろな手伝《つて》を探して、神谷学長さんに会っていたようですわ。学長が引き受けてくれたからもう大丈夫だといっておりましたけど、私は、恵一は、実力で合格したと思っております」

「ご子息は、何学部を受験されたんですか？」

「経済学部ですわ。将来、一流商社に入りたいと申しまして」

と、未亡人はいった。

4

外は、六時を回っていたが、まだ明るかった。クーラーのきいていたところから、街へ出ると、むっとする暑さである。

十津川は、神谷に会ってみる気になって、タクシーを拾った。

目黒の白金《しろかね》迎賓館に近く、高い塀をめぐらし、その向こうは、うっそうとした庭木に蔽《おお》われている邸《やしき》だった。さすがにマンモス大学の学長にふさわしい邸宅だった。

門の前に立ち、インターホーンについているボタンを押した。

「どなたですか？」

という若い女の声が聞こえた。

「警視庁の十津川という者です。神谷さんにお目にかかりたいのですが」

しばらく待たされてから、十津川は、中へ通された。

虎の皮を敷いた応接室に案内される。いかにも、金のかかった部屋という感じで、国宝級の感じの仏像が、無造作に飾ってあったりした。一方に、そんな仏像が置かれているかと思うと、部屋の隅には、西洋の甲冑《かっちゅう》が飾ってある。なんとなく、統一のとれない感じだった。

ドアが開いて、和服姿の神谷が入って来た。

大柄な男である。年齢は六十二、三歳といったところだろう。新聞や雑誌で、何度か見た顔だった。写真より多少、老けて見えるが、それだけ重厚な感じでもある。

「ええと、警察の方だそうだが――？」

神谷は、ソファに腰を下ろし、微笑しながら、十津川に話しかけた。

「警視庁捜査一課の十津川警部です」

と、十津川も、丁寧にいった。

「三浦君は、元気かな？」

「三浦といいますと、三浦刑事部長ですか？」

「ああ、その三浦君だよ」

「あの部長はタフですから、いつも元気ですよ。よくご存じなんですか？」

「何かのパーティの席で、現在の治安問題について、話し合ったことがある。わたしも、公安委員の一人でね」

「ああ、そうでした。どうも、申しわけありません」

「別に君が謝る必要はない」

神谷は、愉快そうに、あははは、と、声に出して笑ってから、テーブルの上に置かれた葉巻の箱を開けて、十津川にすすめた。

「フィリッピンの葉巻だ。吸ってみたまえ」

「頂きます」

十津川は、遠慮せずに、一本とって口にくわえた。葉巻独特の匂《にお》いが立ちこめた。

「フィリッピンには、よく行かれるんですか？」

「フィリッピンに限らず、東南アジアには、よく行くよ。うちの大学に、十年前から国際部を設けて、主として東南アジアの留学生を迎え入れている。今年は確か二百人近い留学生を受け入れたんじゃないかね。国際親善が、わたしのモットーでね。すべての費用を、こちらで持つことにしているのだ。その葉巻は、そうしたわたしのささやかな努力に対して、フィリッピンの大統領から贈られたものだよ」

「なるほど」

「ところで、わたしに何の用かね？」

神谷は、自分も葉巻をくわえ、穏やかな眼で、十津川を見た。

十津川は、葉巻を消した。どうも、馴《な》れないものを吸うと、話しにくい。

「佐伯賢次郎という方をご存じですか？」

「佐伯ねえ。君がいうのは、先日、自動車事故にあって亡くなられたN造船の佐伯さんのことじゃないかね？」

「そのとおりです」

「あの佐伯さんなら、何回もお会いしているよ。ただ、佐伯さんとだけ覚えていたので、フルネームは忘れてしまっていた。はねた犯人は、まだ見つからないのかね？」

「残念ながら、まだのようです」

「よう――というのは？」

「あの事件は、所轄署で捜査していますので」

「なるほどな。それで、君は、何を調べているのかね？」

「佐伯さんの交友関係を知りたいと思っています」

「その一人が、わたしというわけかね？」

「佐伯さんの一人息子が、今年、東明大学に入っていますね？」

「ああ、確か、経済学部だったと思う。実は、佐伯さんは、人を介して、わたしに、息子が東明大学を受験するので、よろしくといわれたんだよ。あの立派な方が、やはり親なんだねえ。おろおろしておられた。わたしも、見るに見かねて、相談に乗ったりもした。息子さんは、無事合格されたが、これは、全く情実なしの実力によるものだ。そんなことがあってからのおつき合いだった」

神谷は、東明大学に限って、不正入学は絶対にないと、何度も強調した。

「左伯さんは、どんな方でしたか？」

「一言でいえば、誠実な人だったね。職業軍人には、悪いのもいたが、立派な人もいた。あの人は、立派な軍人の典型だといっていいだろうね」

「戦争中のことも、話されましたか？」

「そりゃあねえ。君」と、神谷は笑った。

「わたしや、佐伯さんぐらいの年齢の人間にとって、共通の話題というと、戦争体験ということになるからね。ただ、向こうは海軍さんだし、わたしは陸軍だったから、話が合わんときもあったがね」

「神谷さんは、陸軍におられたんですか？」

「いたといっても、赤紙で引っ張られた口でね。終戦の時にやっと上等兵になったくらいのぺいぺいだったから、あまり、いい思いをしたことはなかったね」

また、神谷は、声を立てて笑った。

「佐伯さんが、伊五〇九潜のことを話題にしたことはありませんでしたか？」

「伊五〇九潜？　佐伯さんが乗っていた潜水艦は、確か、伊六三五潜だったと聞いたんだが」

「伊五〇九潜というのは、佐伯さんの友人が艦長をしていた潜水艦です」

「ほう。だが、その話は聞いたことがなかったねえ。何か面白い話なら覚えているんだが。その伊五〇九潜というのは、特別な船だったのかね？」

「そのようですが、私も、詳しいことは知らんのです」

「どうやら君は、佐伯さんの死に疑問を持っているようだね？　違うかね？」

神谷は、鋭い眼になって、じっと、十津川を見つめたが、彼が黙っていると、

「やはりか」

と、うなずいた。

「君は、なぜ、佐伯さんが殺されたと思うのかね？」

5

十津川は、曖昧《あいまい》な返事でごまかして、神谷邸を辞したあと、収穫の少なかったことに失望しながら、警視庁に戻った。その直後に激しい雷雨になった。

近くに落雷したのか、窓ガラスが、びりびりふるえ、五、六分間、停電してしまった。

亀井刑事は、その豪雨の中を帰って来た。

「やれ、やれ」

と、濡《ぬ》れた肩の辺りを、ハンカチで拭《ふ》いてから、

「これで、少しは涼しくなりそうですね」

と、十津川にいった。

十津川は、お茶をいれてやってから、

「どうだったね？」

「三人のことは、簡単にわかりました。カメラマンの野口が、写真家の組合に入っていましたから。氏家由紀子は、二十三歳でモデル。江上周作は、三人の中では一番年長の三十七歳で、ヨットの設計をやっています。スキューバ・ダイブの仲間です」

「タンクを背負って、海に潜るやつか」

「そうです」

「それで、三人の最近の行動は？」

「二週間、トラック諸島へ旅行しています。旅行目的は、T出版の仕事で、トラック諸島の海中撮影ということで、T出版でも、今度出る雑誌のグラビアに頼んだことは認めています」

「それは、カムフラージュさ」

「は？」

「トラック諸島か」

十津川は、ニッコリと笑った。雷雨が止《や》んだらしい。十津川は、窓を開けた。さすがに、天然クーラーの威力は素晴らしい。入ってくる夜気は、ひんやりと冷たかった。

「カメさん。伊五〇九潜は、トラック諸島の海に沈んでいるんだ。野口たち三人は、伊五〇九潜を探しに行ったのさ。間違いない」

「しかし、なぜ、戦後三十二年もたって、彼らは、伊五〇九潜を見つけに、わざわざ、トラック諸島まで行ったんでしょうか？　私が人に聞いたところでは、トラック諸島には、もっと大きな船も沈んでいるということで、沈没船を探すのなら、そっちのほうが面白いし、見つけやすいと思うんですが」

「それは、こういうことだと思う。伊五〇九潜には、三十二年たった今、三人の若者の心を引きつける何かがあるんだ。その何かのために、橋本元海軍大佐と、佐伯元海軍中佐の二人も殺されたんだ」

「その何かというのは、どんなことでしょうか？」

「それがわかれば、今度の事件は、もっとはっきりして、犯人像も浮かんでくるんだがね、三人は、トラック諸島から帰って、今は、何をしているのかね？」

「わかりません。野口浩介の家が、調布の仙川にありますので、電話をかけてみましたが、誰も出ませんでした。居ないのか、居て出ないのかわかりませんが」

「明日にでも行ってみよう」

と、十津川はいった。

だが、翌日早く、野口の家を訪ねた十津川は、鍵のかかった、誰もいない家を見つけただけだった。

第七章　潮岬《しおのみさき》

1

野口が、紀勢本線の串本《くしもと》駅におりたのは、午後四時に近かった。

冷房のきいた列車からおりて、改札口を出ると、むっとする熱気の中に放り出された感じになった。

東京に比べると、この辺りは、光線の密度が濃い感じがする。道路が白く光って見える。考えてみれば、串本は、八丈島と同じくらいの緯度なのだ。

駅前は、どこも同じだが、食堂と土産物店が、軒を並べ、タクシーが人を待っている。

野口は、駅前からバスに乗った。

海水浴シーズンで、バスの中は、若者で一杯だった。

バスは、海沿いの道路を、人間のこぶしの形に突き出した潮岬に向かって走る。左手にヨット・ハーバーが見え、続いて、漁船や観光船の並ぶ串本港が見えて来た。

バスの中は、がやがやと賑《にぎ》やかだ。そして暑い。

吊革《つりかわ》につかまった野口は、隣りの若い女の麦藁帽《むぎわらぼう》のつばが、鼻にぶつかるのに閉口した。

約二十分で、岬の先端に到着した。

潮岬の灯台を見物するという若いカップルを含めて、十人ばかりが、野口と一緒にバスをおりた。

彼らが、灯台のほうへ消えたあと、野口は、崖《がけ》の上から、青く広がる太平洋に眼をやった。

その視線を足下に近づけると、無数の岩礁が、顔をのぞかせている。その岩礁に向かって、白く泡立つ波濤《はとう》が、押し寄せては、砕け散っていく。この辺りの海岸は、いつも、荒々しいのだろう。

野口は、手で庇《ひさし》を作り、もう一度、遠くの水平線に眼をやった。

大杉艦長の航海日誌によれば、昭和二十年八月十九日の払暁《ふつぎょう》、伊五〇九潜は、この海のどこかに浮上し、四人の人間と、七百キロの金塊をおろしたのだ。

四人は、どこの海岸へ上陸したのだろうか？

その答えを見つけるために、野口は、さっきの道路を、今度はバスに乗らず、ゆっくりと歩き出した。すぐ汗が吹き出してきた。歩きながら、ハンカチで、何度も汗を拭《ふ》いた。

観光センターの建物が見えた。昭和二十年八月十九日に、この建物はあったろうか？　あるはずはない。観光バスだって走っていなかったはずだ。

終戦のわずか四日後なのだ。むろん、海水浴客もいるはずがない。たぶん、この岬全体が、疲労と虚脱の中で、ひっそりと静まりかえっていたに違いない。

一般の家が、軒並み、「民宿」の看板をかかげているのが、いかにも観光地の感じだった。

野口は、その一軒に入ってみた。出て来た三十五、六のおかみさんに、ちょっと休ませて欲しいと頼むと、気軽く、座敷へ上げてくれた。

まん丸い、陽焼《ひや》けした顔の、いかにも人のよさそうなおかみさんだった。まめまめしく、扇風機の角度を、野口に向け、冷たいシロップを出してくれた。

海水浴客が一杯泊まり込んでいるらしく、奥から、賑やかな子どもの声や、若者の笑い声が聞こえてくる。廊下を、ばたばたと走る足音が聞こえたかと思うと、海水着姿の五、六歳の女の子が、ひょいと顔をのぞかせ、野口を見て、ニッと笑ってから、また、駆け出して行った。

野口は、持って来たカメラを横におき、出してくれたシロップを口に運んでから、

「実は、僕は雑誌の仕事をしているんですが、終戦直後のこの辺りのことを知りたいんですよ。誰か、当時のことをよく知っている人はいませんか？」

「とうちゃんなら、知ってるかもしれないけど――」

と、おかみさんはいったが、そのとうちゃんは、白浜へ働きに行っていて、七時ごろにならないと、帰って来ないという。

野口は、部屋が一つ空いているというので、今日は、そこへ泊めてもらうことにした。

三畳の、西陽の強く当たる部屋だった。

夕方になり、わかしてくれた風呂《ふろ》に入り、海の幸の豊かな夕食に箸《はし》をつけているところへ、とうちゃんが帰って来た。

小柄で、頭の禿《は》げた四十七、八の男だった。笑うと、眼がなくなった。五年前まで漁師だったが、今は、工場で働いているのだという。

「ここで生まれたんですか？」

と、野口がきくと、とうちゃんはかみさんの注《つ》いだビールを美味《うま》そうに飲み干してから、

「親の代から、ここの漁師ですよ」

「終戦の時は？」

「確か、十五歳だったかな。もう、漁船に乗っていましたねえ」

「昭和二十年八月十九日に、沖の方に、日本の潜水艦が浮上したという話は聞きませんか？」

「八月十九日というと、終戦の四日後ですねえ。さあ、そんな話は聞きませんね」

「じゃあ、十九日ごろ、この辺りで、何か事件がありませんでしたか？」

「終戦の翌日に、串本の町で、日本が敗けたのが残念だといって、青年が一人、割腹自殺しましたが、ほかに事件というようなものはなかったですねえ」

「そうですか」

野口は、失望した。

とうちゃんは、気の毒そうな顔になって、

「事件というと、どんなことですか？」

と、きいてくれた。

「殺人事件です」と、野口はいった。

「これは、あくまでも、僕の推測でしかないんですが、終戦の八月十九日ごろ、この辺りで、殺人事件があったんじゃないかと考えているんです」

野口がいい終わると、とうちゃんとかみさんは、顔を見合わせた。その動作に、何かあると感じて、野口は、

「それらしいことが、何かあったんですか？」

と、二人を見た。

「去年のちょうど、今ごろでした。この近くの雑木林で、白骨になった死体が見つかったんですよ」

と、とうちゃんがいった。

野口の眼が光った。

(白骨か)

一瞬、野口の脳裏に、トラック島の伊五〇九潜の艦内で目撃した何十という白骨が、浮かんだ。

「それで?」

と、野口は、膝《ひざ》をのり出した。

「大騒ぎになりましてねえ。刑事さんが十人近くやって来て、調べてましたよ。なんでも死んでから二十年以上はたってるということでした。しかし、殺人事件でも、もう、時効だということを、刑事さんは、いってましたね」

「殺されたことは、わかったんですか?」

「くわしいことは知りませんが、駐在さんの話だと、白骨に弾丸《たま》の当たった痕跡《あと》があって、錆《さ》びついた弾丸も見つかったそうです」

「死体は、いくつあったんですか?」

「確か、二つでしたね」

「身元は、わからずですか?」

「ええ。まだわからないんじゃないですか」

とうちゃんは、あまり自信のなさそうにいい、詳しいことは、駐在で聞いてくださいといった。

翌日、かみさんに駐在所の場所を聞いて、野口は訪ねてみた。

「痴漢の季節です。注意しましょう」というポスターの貼《は》られた駐在所には、五十五、六の巡査がいて、喜んで、去年の事件について、話してくれた。

「白骨死体は、いずれも、推定年齢二十歳から三十歳ということだったよ」

「他殺だということですが？」

「両方の肋骨《ろっこつ》に、錆《さ》びついた弾丸が、食い込んでいたからね、射殺されたんだな。それで、よけい大騒ぎになった」

「白骨は、どんな状態で見つかったんですか？」

「地下約一・五メートルの深さに、身体《からだ》を二つに折った形で埋まっていたんだ。二人を殺した犯人は、身元が割れるのを恐れて、衣服を剝《は》ぎ取り、裸にして埋めたんだろう」

「身元は、まだわからずですか？」

「わからないまま、近くの寺に無縁仏として、埋葬されたよ。なにしろ、二十年以上もたっているというんだから、身元確認といってもねえ」

「身元確認に役立つようなものは、何もなかったんですか？」

「ああ。いや。一つだけあったな」

「なんですか？」

「片方の白骨の左手薬指に、金の指輪がはまっていたんだ。犯人は、身元をかくすために、衣服を剝ぎ取ったのに、指輪のほうは、ついうっかり見逃してしまったんだろうね。その内側に、イニシアルが彫ってあった」

「どんなイニシアルですか？」

「ちょっと待ってくれよ」

巡査は、キャビネットから去年の日誌を取り出してページをくっていたが、

「ここに出ている。ええと、十八金、甲丸リングで、内側に彫られてあった文字は、R・Tだ」

「R・T――」

伊五〇九潜をおりた四人の一人は、確か、イニシアルが、R・Tだった。商社員の一人だ。同一人物と考えて、まず間違いないのではないだろうか。

やはり、潮岬に上陸したあと、四人の間で七百キロの金塊を奪い合って、殺し合いが行なわれたのだ。

「ほかにわかったことはないんですか？　公開捜査は行なわれなかったんですか？」

野口が、勢い込んできくと、巡査は、また、キャビネットをごそごそやってから、スクラップ・ブックに貼られた去年の新聞記事を見つけ出してくれた。

八月三日付朝刊

七月三十一日に、潮岬萩尾《はぎお》地区の赤松林の中で発見された二体の白骨遺体について、本日、和歌山県警は、公開捜査に踏み切った。

いずれも、射殺死体で、死後二十年以上を経過している。

A——推定年齢二十歳から三十歳。男子。身長約一六三センチ。

B——推定年齢二十歳から三十歳。男子。身長約一六五センチ。左手薬指に、十八金の指輪。裏側にR・Tのイニシアルが彫刻されている。鑑定の結果、この指輪は戦前に作られたものと思われる。

指輪の写真も、大きくのっていた。

「この新聞が出て、何か反応があったんですか？」

「新聞社に、何人かから問い合わせがあったらしい。その中の一人が、わざわざ、ここへ見えてね。心当たりがあるというんだよ。確か名刺を貰《もら》ったはずだが」

巡査は、机の引出しから、ゴムバンドで束ねた名刺を取り出し、一枚一枚調べていったが、

「ああ、この人だ」

と、その中の一枚を、野口の前に置いた。

〈塚田設計事務所　塚田寛一〉

住所と電話も、東京だった。

野口は、その名刺を、自分の手帳に引き写しながら、

「この塚田という人は、どんな人でした？」

と、きいた。

「年齢は、五十七、八かね。中肉中背の温厚な紳士という感じの人だったよ」

「二つの遺骨のどちらに、心当たりがあるというんですか？」

「指輪の主にだといっていた。それが、妙な話でね。塚田さんには、弟さんが一人いた。名前は、その名刺の裏に書いてあるはずなんだが」

「ありますよ。塚田亮二《りょうじ》とありますね」

「そう。それが、弟さんの名前でね。戦時中、海南商事という商事会社の社員で、海外で働いていたらしい。終戦になってから、シンガポールで、戦争末期、公務中に殉職したと会社から知らせて来たというんだ。それで、郷里の水戸に、弟さんの墓を作ったらしいんだが、新聞にのった指輪が、弟さんのものにそっくりで、驚いて駆けつけたというんだ」

「塚田亮二なら、イニシアルはR・Tで、指輪の文字と一致しますね」

「そりゃそうだが、シンガポールで殉職したはずの人間が、ここで白骨になっているはずがないじゃないか」

「それで、この名刺の塚田さんは、どうしたんですか？」

「指輪は、絶対に弟のものに間違いないといっていたがね。確信だけでは、どうしようもないし、今もいったように、シンガポールで殉職したことになっていてはねえ。とにかく、帰京してもらったが、塚田さんは、東京に帰ってからも、白骨遺体は弟さんに違いないと確信しているらしく、いろいろと調べてまわっているようだよ。一週間ほど前だったかな。突然、塚田さんから電話を貰ってね」

「どんな電話だったんですか？」

「弟さんが、シンガポールで死んでいないことがわかったといっていたよ。何をどうやって調べたのかわからんがね。そのうえ、弟さんが、なぜ、ここで殺されていたかの理由も、わかりかけてきたともいっていたよ」

「どんな理由だというわけですか？」

「それを、きいたんだが、いわなかった。完全にわかったら、もう一度、潮岬を訪ねるからよろしくということだった。しかし、その後、訪ねて来ないところをみると、やはり、塚田さんの思い違いだったようだね」

「では、結局、二つの白骨遺体の身元は、わからずですか？」

「そうなんだ。それで、あんたが、雑誌の仕事をしていると聞いて、話を聞いてもらったのさ。雑誌に書いてもらえば、何かわかるかも知れんと思ってね」

2

野口は、駐在所を出ると、白骨遺体が発見された赤松林を見に、小高い丘へ登って行った。

海沿いの道路から、二十分ばかり歩いたところだった。この松林の持ち主が、ゴミ捨ての穴を掘っていて、白骨が出て来たのだといっていた。

実際に、赤松林に入ってみて、そこが、殺人に絶好の場所だとわかった。山かげになっていて、波の音も、車の音も聞こえて来ない。終戦の昭和二十年ごろなら、もっと、ひっそりと静まり返っていたはずだ。

七百キロの金塊を、ここまで四人で運んで来て、赤松林の中でひと休みしたのだろう。そして、金塊をめぐって、惨劇が生まれた。四人の中の二人が射殺され、土の中に埋められてしまった。

犯人は、誰なのだろうか？

野口は、赤松林の根元に腰を下ろし、煙草《たばこ》に火をつけて、考え込んだ。

二つの遺体は、いずれも二十歳から三十歳ということだから、当時十七歳だった森明夫でないことだけは間違いないだろうと思われた。

二人は、航海日誌にあった商社員だろうか。一人は、塚田亮二（R・T）という男に間違いないように思えた。

商社員二人が殺されたとすると、殺したのは、南原機関のT・Kというイニシアルの男と、十七歳の森明夫ということになるのだろうか。

いや、ひょっとすると、森明夫も、別のところで殺されているかも知れない。犯人にとって、分け前は、多ければ多いほどいいに決まっているからだ。

同行者を射殺して、七百キロの金塊を手に入れた人間が、それを、艦長との約束どおり、社会のために使ったとは、とうてい考えられない。終戦直後の混乱期に、自分の利益のために使ったに違いないし、世界共通の通貨である七百キロの金塊は、強力な武器になったはずである。

もし、そいつが七百キロの金塊を資金《もとで》にして、巨万の富と、高い社会的地位を得ていたら、十分に、ゆすりの価値はある。あの航海日誌をタネにゆすれば、大金を手に入れられるかも知れない。

野口は、吸い殻を投げ捨てて立ち上がると、周囲の景色を、持参のカメラで撮りまくった。あとになって、何かの参考になればと思ったからである。

野口は、その日のうちに、東京へ帰ることにした。調布市仙川の自宅に着いたのは、午後十一時を回っていた。串本から電話を入れておいたので、江上も、由紀子も、まだ起きて待っていてくれた。

野口の報告は、二人を驚かせもし、喜ばせもした。

「どうやら、ユキベエの推理が当たっていたみたいだよ」

と、野口は、由紀子にいった。

「おれは、森明夫も殺されたと思うね」

江上は、いつものように、スルメを肴《さかな》に罐《かん》ビールを飲みながら、自分の考えをいった。

「南原機関のT・Kが、金塊を独り占めにしたということかい？」

「そうだ」

「でも、そのためには、潮岬で見つかった白骨が、二人とも、商社員だって証明されなきゃならないんじゃない？」

由紀子が、古ぼけた籐椅子《とういす》に腰を下ろし、軽くゆするようにしながら、野口と江上にいった。

野口は、「その椅子は、あんまり揺すると、ぶっこわれるよ」と、由紀子に注意してから、

「君の調べて来たリストに、海南商事というのがあるかい?」

「あるわ。戦争中、南京《ナンキン》、シンガポール、ジャカルタに支店があったと書いてあるわ」

「それで、わかったよ」

「何が?」

「塚田亮二が、シンガポールで殉職したことになっていた理由さ。伊五〇九潜に乗って、ドイツに向かうことは国家的秘密だったので、シンガポールで殉職ということになってしまったんだ。兄に当たる人が、東京で設計事務所を開いているそうだから、彼に会えば、もっと詳しいことがわかるかも知れないと思うんだ」

「それ、あたしにやらせて欲しいな」

と、由紀子が、相変わらず、籐椅子をゆらしながらいった。

「君が?」

野口がきくと、由紀子は、大きな眼をキラリと光らせて、

「遺族のことを聞くわけでしょう? それなら女のあたしのほうが適任だわ。そうじゃなくて、お二人さん」

3

由紀子が、二階に上がって、先に布団にもぐり込んでしまったあと、野口は、江上に向かって、ちょっとふざけた調子で、

「江上さん——よ」

「何だい？」

江上は、煙草に火をつけて、野口を見た。

「ユキベエを口説き落としたかい？」

「え？」

「おれが潮岬へ行く時、留守中にユキベエを口説いてもいいと、いっておいたじゃないか」

「ああ、あのことか」

江上はニヤッと笑ってから、

「もちろん、鬼の居ぬ間に、口説かせてもらったさ」

「やっぱりな」

自分でいい出しておきながら、野口は、急に元気のない顔になった。

由紀子のことを考える時、野口は、どうしても自分と江上を比較してしまう。自分は江上より若いし、彼のように過去の傷もない。だが、江上には、年齢からくる落着きがある。女は、やはり、男の落ち着いた態度に信頼を寄せるのではあるまいか。だからこそ、多くの女は、自分より年上の男と結婚したがるのだ。由紀子だって、結婚の相手としては、自分より江上を選ぶのではあるまいか。

「どうしたんだ？　不景気な面をして」

と、江上が笑った。

「昨夜は、君とユキベエの二人だけで、ここに寝たんだろう？」

「そりゃあ、君がいなかったからな」

「じゃあ、チャンスは十分にあったわけだ」

「そりゃあね。昨日は森明夫の両親の家がある群馬県の館林《たてばやし》に行った。七十歳を過ぎた両親が、まだ健在だったが、森明夫は、やはり、伊五〇九潜と運命を共にしたことになっていたよ。市役所で、戸籍謄本を見せてもらったんだから確かだ。長男森明夫戦死となっていた。その仕事が終わって、今夜こそ、ユキベエを口説いてやろうと、勇んで帰って来たよ」

「それで？」

「ところがどうだい。ユキベエはひとりじゃなかったんだ」

「誰がいたんだ？」

「ケイジ」

「何だって？」

「刑事《デカ》さ。ポリスさ。十津川って捜査一課の警部さんが、おれを待っていたんだ」

「十津川警部なら、病院で会ったことがある」

「向こうも、そういってたよ。不粋な刑事さんに、二時間近くも、おれもユキベエも尋問を受けてさ。彼女を口説く前に疲れちまったよ」

「あの警部に、何をきかれたんだ？」

「トラック諸島のことさ。何をしに行ったというから、出版社の依頼で、ユキベエをモデルに、海中写真を撮りに行ったと答えた」

「それで信じたのかい？」

「信じていれば、二時間も尋問されないよ。向こうさんは、沈没している伊五〇九潜を調査しに行ったんだろうというのさ」

「なぜ、警察は伊五〇九潜のことだと、考えたんだろうか？」

野口は、眉《まゆ》を寄せた。江上は、首を振って、

「わからん。警察ってやつは、やたらに尋問するくせに、その理由を説明しないし、こっちの質問には答えてくれないからね。あの警部は、伊五〇九潜に何か秘密があって、それ

を調べに、おれたちがトラック諸島へ行ったと思っている」

「金塊のことを知っているのかな?」

「まだ知らないようだね。だが、遠からず調べ上げると思うよ。あの警部は、口調は穏やかだが、頭は切れそうだからな。とにかく、おれも、ユキベエも、海中撮影で押し通した」

「ほかには、何もいってなかったのか?」

「おれたちに忠告してくれたよ。すでに二人の男が、伊五〇九潜のことで、事故死に見せかけて殺されているとね」

「佐伯元海軍中佐と——?」

「橋本元海軍大佐さ。金塊作戦の立案者だ」

「もう一人いるぞ。例の南原機関に関する本を書いた菊地三郎という男だ。酔っていて、車にはねられたことになっているが、これも殺されたのかも知れない。ただし、この男の場合は、伊五〇九潜の秘密のために殺されたというよりは、南原機関のことを書いたために、消されたんだろうがね」

「それにしても、南原機関のことを知りたいな。この組織の名簿でも手に入れば、T・Kという男の姓名がわかるかも知れないからね」

「そうだな」

と、野口は、うなずいたが、その後で、

「もう一度きくが、本当に、ユキベエを口説かなかったのか？」

4

二人が、階下の六畳で眠りについたのは、午前三時に近かった。

どのくらい眠ったろうか。

「起きて！」

という由紀子の大きな声で、野口と江上は、叩《たた》き起こされてしまった。

野口は、眼をこすりながら、

「何時だい？」

「午前十一時」

「もうそんな時間か」

「おれは、まだ眠たいよ」

と、江上が、生あくびをした。

「しゃんとしてよ。大変なんだから」

由紀子は、両足を開き、まだ寝呆《ねぼ》け眼《まなこ》の野口と江上を見下ろして、怒ったような声を出した。

「大変って、何だい？」

野口がきくと、由紀子は、手に持っていた本を、ポンと畳の上に投げ出した。

「それが、郵便受けに入ってたのよ」

「薄汚れた本だなあ」

と、野口はその本を取りあげたが、表紙を見て、「あっ」と声をあげた。

菊地三郎著『南原機関の謎《なぞ》』

という字が、そこに印刷されていたからである。

「こいつは——」

と、江上も、あっけにとられた顔で、本を見つめていたが、

「誰がこれを？」

と、由紀子を見た。

由紀子は、その本が包まれていたという包み紙を見せた。

茶色い紙で、どこにも、何も書いてなかった。

「その紙に包んで、十文字に紐《ひも》がかけてあったのよ。誰かが、昨夜から今朝の間に、放り

込んでおいたんだと思う。時限爆弾じゃないかと思ったけど、それにしては軽すぎるんで、ほどいてみたら、その本が入ってたのよ」

「誰が、これを?」

と、江上が、同じ言葉を繰り返した。

「おれたちに、味方がいるのかな」

野口は、腕を組んで考え込んだ。野口たちは、南原機関について知りたかった。だから、敵が、この本を送ってくるはずがない。

しかし、味方だとしたら、いったい誰で、何のために、わざわざ、郵便受けに投げ込んでおいたのだろうか?

「とにかく、どんな内容か、読んでみましょうよ」

と、由紀子が、二人の間に、ぐいと身体を入れて来た。

野口が表紙をひらいた。

中表紙のところに、国会図書館の蔵書であることを示す朱印が押してあった。これは、国会図書館から盗まれた本なのだ。

本は、南原機関の誕生から書き起こしていた。

昭和十二年。日中戦争が開始されると同時に、軍部の後押しで、南原機関が誕生した。機関の長は、中国浪人だった南原郷造である。

南原機関の任務は、中国大陸における物資調達、スパイ工作などで、その資金として、陸・海軍双方から、当時の金で、十万円近い金が、毎月与えられていた。

太平洋戦争に突入すると、南原機関の活動範囲は、南方の占領地にまで広がった。物資の調達といっても、軍の威光を笠《かさ》にきて、現地人から物資を徴発して、金は払わないといったことも多く、現地人の間では、「日本の兵隊もよくないが、南原機関の人間はもっと性質《たち》が悪い」という声があがっていたとも書いてある。

南原機関の創始者南原郷造は、昭和二十年一月、病死したが、その後も、南原機関は、終戦まで活動を続けた。

戦後、南原機関は、GHQによって解散させられたが、組織の人間たちは、ひそかに地下にもぐって、お互いに連絡を取り合っており、いまだに、再起を期しているとの噂《うわさ》もある。

南原機関は、最盛期には三百人を越す人員を擁していたが、理事長および理事は、七人だったとし、その名前も、書き並べてあった。

理事長　　南原　郷造
理事　　　林　一夫
　　　　　加藤　安雄

入江竜三郎
阿部　広巳
月田　明
神谷　太郎

「この七人の中で、T・Kのイニシアルに相当するのは、一人しかいないぜ」と、江上は、眼を輝かせていった。

「理事の神谷太郎だ」

「そうだが、この男を航海日誌にあったT・Kと断定していいかどうかわからないよ。最盛期には、三百人を越す大所帯だったと書いてあるからね」

野口が、難しい顔でいうのへ、江上は、

「その他大勢の中には、入っていないよ。この神谷太郎さ」

と、確信を持ったいい方をした。

「なぜだい？」

「T・Kは、秘密任務の主役として、伊五〇九潜に乗っていたんだ。他の二人の商社員と協力して、スイスに行き、軍需物資を購入してくるという秘密任務のね。南原機関の中で、下っ端だったら、こんな重大な任務は、任せられなかったろう。南原機関の幹部で、実績もあったからこそ、軍部も、国家の運命を左右しかねない任務を任したんじゃないかね？」

「確かにそうだ」

と、野口もうなずいた。

「でも、この神谷太郎が、現在も生きているのかどうか、現在、何をしているのか、どうやって調べるの？」

と、由紀子がきいた。

「写真もなければ、略歴ものってないわよ」

「一種のスパイ組織だから、略歴も写真も公表されなかったんだろう」と、江上はいった。

「でも、この男が、現在、かなりの地位にいれば、調べる方法はあるよ」

「わかった」

と、由紀子は、ニッと笑って、

「紳士録を調べるのね？」

「そのとおり。ご正解でした」

5

由紀子が、塚田亮二の兄、寛一に会いに行き、野口と江上は、また、国会図書館に足を運んだ。

種類の違う紳士録を二冊借り出し、野口と江上は、その中から、「神谷太郎」という名前を抜き出して行った。

紳士録にのっていた「神谷太郎」は、三人だった。

神谷太郎（三九歳）神谷精工社長

神谷太郎（四五歳）M物産第三営業部長

神谷太郎（四〇歳）S大理事

「全部違うな」

と、野口は、溜息《ためいき》をついた。

三人とも若過ぎるのだ。四十五歳の神谷太郎でも、昭和二十年には、十三歳でしかない。

南原機関で、幹部七人の中に入っていたのだから、少なくとも、二十五歳以上にはなっていただろう。とすれば、現在、五十七歳以上になっているはずである。

「T・Kこと神谷太郎は、もう死んじまってるんじゃないだろうか？　それとも、潮岬の二つの白骨死体の一つは、神谷太郎だったのかも知れないな」

野口は、憮然《ぶぜん》とした顔でいった。そうだとしたら、また、初めからやり直しだ。

「まだ諦《あきら》めるのは早いよ」

と、江上は、年長者らしく、慎重ないい方をした。

「しかし、神谷太郎に該当者なしだぜ」

「名前の姓のほうは、養子にでも行かなければ変わらないが、名のほうは、変えられるんだ。野球の選手なんかが、縁起をかついで、よく変えているじゃないか。戸籍の名前は変わらなくても、一般に通用している名前は、変わる。特に、神谷太郎に後ろ暗いところがあれば、改名している可能性が強いはずだよ」

「それもそうだ」

と、野口も、気を取り直した。

今度は、神谷姓の人物を、全部書き抜くことになった。

手帳に書き写された神谷姓の男は、全部で十四人。そのうち、現在五十七歳以下の者は消してみると、残ったのは、三人になった。

神谷　泰三（六〇歳）神谷電機社長
神谷　信博（六三歳）東明大学学長
神谷義太郎（五九歳）中央住宅公社理事

この中に、果たして、T・Kがいるのだろうか？

紳士録には、自宅の住所、電話番号、家族構成も書いてある。それを引き写してから、二人は、国会図書館を出た。

外は、相変わらず、ぎらぎらした真夏の太陽が照りつけている。道路にとめておいた車は座席まで熱くなっていた。

少し走らせてから、クーラーのスイッチを入れた。

「これから、どうしたらいい？」

と、野口は、自宅に向かって、スカイラインGTRを走らせながら、江上にきいた。

「この三人の中に、航海日誌のT・Kがいるかどうか、それを調べてみなきゃならない」

「そんなことはわかってるよ。おれがきいているのは、その方法さ」

「方法は、三つある」

「うん」

「第一は、一番オーソドックスな方法だ。この三人に知られないように、新聞社や、雑誌社に頼んで、三人の経歴を調べてもらう。時間はかかるかも知れないが、南原機関にいたかどうか、わかるんじゃないかな」

「第二の方法は？」

「この三人の一人一人に、直接会ってみるのさ。自宅へ訪ねて行き、伊五〇九潜の名前を出してみる。その反応によって、誰がT・Kかわかるかも知れない」

「第三の方法は？」

「これは、少し乱暴な方法だが、三人全部に、航海日誌のコピーを送りつけるんだ。T・Kは、必ず、びっくりする。そうしておいて、この三人を脅迫する。彼らの中に、T・Kがいれば、金を出すはずだよ」

「どの方法がいいと思う？」

「一番手っ取り早くて、効果があるのは第三の方法だと思う。だが、それだけに危険も大きい。T・Kでない神谷は、警察に届けるだろうからだよ。そうなると、航海日誌が公《おおやけ》になってしまって、脅迫する力を失ってしまう恐れがある」

「それはまずいな」と、野口は、前方を見つめたまま、首を小さく振った。

「うまくやれば、何億円もの金を手に入れられるかも知れないんだ。失敗はしたくない。だから、第三の方法は取りたくないね。第二の方法も、相手にとぼけられたら、それで終わりだ」

「じゃあ、一番堅実な第一の方法だな。T出版社に頼めば、この三人の経歴ぐらい調べてくれるんじゃないか？」

「ああ。やってくれると思うが、ジャーナリストってやつは、油断もすきもありゃしないからなあ。伊五〇九潜のことを嗅《か》ぎつけられたら、どんな方向へ引っ張られてしまうかわからないぜ」

「じゃあ、金で人を傭《やと》うさ」

「どうやって？」

「モチはモチ屋だから、興信所か探偵社に頼んで、この三人の経歴を調べてもらえばいい。特に、戦時中の経歴をね。金を払えば、変な詮索《せんさく》なしに調べてくれるはずだよ」

大きな探偵社が信頼できるだろうということで、江上が、途中で車を降り、新宿にある中央探偵社へひとりで行ってくれることになった。

車を降りたところで、江上が、笑いながら、野口にいった。

「ユキベエを口説く気なら、おれは、今夜はラブ・ホテルにでも泊まって、明日帰るよ」

「よせよ」

と、野口は苦笑した。

6

野口が帰宅して、一時間ほどして、由紀子が帰って来たが、野口を見るなり、

「妙な具合なのよ」

と、上気した顔でいった。

「何がだい？」

「これから話すけど、のどが渇《かわ》いちゃったから、コーラでも飲ませてよ」

「いいとも」

野口が、冷蔵庫からコーラを取って差し出すと、由紀子は、形のいい両足を、畳の上に投げ出すように座って、それを受け取り、二口、三口と飲んでから、

「杉並の塚田さんの自宅へ行ったんだけど――」

「家が見つからなかったの？」

「家はすぐ見つかったわ。久我山の駅から歩いて七、八分のところにある大きな家。変なのは、問題の塚田寛一さんなのよ。一昨日《おととい》から行方不明になってしまったんですって」

「行方不明？」

「奥さんの話だと、塚田さんは、潮岬から帰って来てからは、仕事をそっちのけにして、

弟の亮二さんのことを調べていたらしいわ。一昨日も、これから調べたいことがあるといって、朝早く、車で出掛けたんだけど、翌朝になっても帰らず、連絡もないので、警察に届けたんですって、奥さん、蒼《あお》い顔してたわ」

「消されたのかな」

野口は、なんとなく、周囲を見まわすような眼になった。塚田寛一が殺されたと断定するのは早過ぎるが、これまでに、三人の人間が、直接、間接に伊五〇九潜にかかわりを持ったために消されている。塚田寛一も、十分にその恐れがあるし、それは、野口たち自身の危険でもあった。

野口自身は気づかないが、あるいは、すでに、何者かに監視されているかも知れないのだ。いや、トラック行きの飛行機の中で、警告の電報が届けられたところをみれば、伊五〇九潜のことを調べ始めた時から、監視されているとみたほうがいいだろう。

「それじゃあ、何も聞けなかったわけだね？」

と、野口がきくと、由紀子は、ニッコリ笑って、

「一応、調べることだけは、調べて来たわよ。まず、これがR・Tこと塚田亮二さんの写真」

と、セピア色に変色した名刺大の写真を、ショルダーから出して、野口に見せた。

二十七、八歳の青年が写っていた。眼鏡をかけ、三つ揃《ぞろ》いの背広を着、ソフトをかぶっ

ている、いかにも秀才タイプの青年だった。写真の裏には、「昭和十八年十二月八日、開戦記念日に写す」と書いてある。よく見ると、左手の薬指に、指輪がはめてある。小さな写真なので、はっきりと形はわからないが、これが、潮岬で発見された指輪だろうか。

「よくこの写真を貸してくれたね？」

「その代わり、塚田寛一さんを探すのに力を貸して欲しいって、奥さんに頼まれちゃったわ」

その塚田寛一の写真は、三枚、由紀子が持ち帰っていた。渋いネクタイをしめた、白髪の目立つ六十歳前後の男の写真である。

兄弟だけに、当然のことながら、顔立ちはよく似ている。塚田亮二が年をとったら、今の兄のような顔になるだろう。ただ、死んでしまった彼が、年をとることは永久にないわけだが。

「塚田寛一は、殺された弟のことで、いろいろと調べていて、何か摑《つか》んだはずなんだが、奥さんにきいてみたかい？」

「もちろん、聞いてみたわ。でも、彼は、奥さんにはあまり話してなかったみたい。自分の身内のことだからだと思うな。ただね。塚田寛一が、潜水艦のことを調べていたって、奥さんがいってたわ」

「じゃあ、彼も、伊五〇九潜のことを知ったのかも知れないな」

「だから消されたと思う？」

「その可能性が強いと思うね。それは、犯人の心理を考えれば納得できるよ。犯人が、南原機関の一員だったＴ・Ｋ、神谷太郎だったとしてみようじゃないか。神谷は、金塊を独り占めしようとして、潮岬で、二人の商社員を殺した。十七歳の森明夫も殺したんだろうと思う。死体は他の場所に埋めたか、海にでも沈めたんだろうね。奪い取った金塊を元手にして、現在、高い社会的地位についているとしたら、去年、潮岬で白骨死体が掘り出されたというニュースは、ショックだったと思うんだ。内心、びくびくしながら、注意深く見守っていたろうと思うんだが、死体の身元がわからないらしいので安心したものの、塚田亮二の兄の塚田寛一が、調べ始めたので不安になってきた。Ｔ・Ｋが、現在、どんな立場にいるかわからないが、その地位が高ければ高いほど、過去の悪は、押しかくそうとするはずだ。どんな手段をとってもね。過去の殺人事件を暴かれそうになったＴ・Ｋが、塚田寛一を殺したことも、十分に考えられると思うんだ」

「じゃあ、あたしたちも、狙《ねら》われるかも知れないわね」

「怖いかい？」

「そうね」

と、由紀子は、ちょっと上を向いた鼻の頭を、手の甲でこするような格好をして考えていたが、

「怖いのが本当なんだろうけど、正直にいうと、怖さというのが、ぴんと来ないな。まだ本当に狙われてないからかも知れないけど」

「おれも、不思議に怖くないんだ」

と、野口もいった。別に、強がって見せているのではなかった。

たぶん、彼の若さのせいだろう。一見反対のように見えるけれど、人間は、若い時のほうが死を怖がらない。長く生きてきた老人のほうが死を怖がるし、生への執着が強くなる。

「いざとなったら、おれと江上が、ユキベエを守ってやるよ」

と、野口がいった。

「それに、おれたちは、すぐには狙われないと思っているんだ」

「なぜ？」

「敵は、おれたちの行動を、すべて監視しているはずだ。おれが、グアム行きのジャンボの中で受け取った警告が、それを証明していると思うんだ。とすると、当然、おれたちが、トラックで伊五〇九潜を探したことだって、もう知ってるだろう。だが、おれたちが、航海日誌を見つけたことは知らないはずだ」

「わかったわ。敵は、あたしたちが何をトラックで発見して来たか。それを必死で知ろうとしているに違いないということね」

「そうさ。だから、わかるまで、敵は、おれたちを殺さずに、見張っているだろうと思うんだ」

だが、だからといって、敵がすぐ殺さないだろうというのは、あくまでも、野口の想像でしかない。明日にも、敵は、野口たちを殺そうとするかも知れないのだ。

ふいに、窓ガラスが、激しく鳴った。時が時だけに、野口は、ぎょっとして窓に眼を向けたが、外から聞こえたのは、

「ここを開けてくれよ」

という江上ののんびりした声だった。

野口は、サッシの窓の錠をはずして、ガラス戸を開けた。

「どうしたんだ？」

野口が、そこに突っ立っている江上にきいた。

「玄関に鍵《かぎ》がかかってる」

「いけない」

と、由紀子が、はね起きて、

「江上クンも帰ってると思って、さっき帰った時、鍵をかけちゃったんだっけ」

彼女が、駆け出して行って、玄関の鍵を開けている間、江上は、窓から室内に首を突き出すようにして、

「君が鍵をかけたんだと思って、遠慮してベルを押さなかったんだ」

と、小声でいった。

野口は、あわてて、由紀子のほうに視線をやってから、江上に向かって、

「よせよ。おれはね――」

「照れなさんな」と、江上は、ニヤッと笑った。

「君も、ユキベエも若いんだからな。ところで、例の件は、中央探偵社に頼んで来たよ。信頼できる探偵社だ。急いでくれと頼んだから、二日間で、三人の経歴を調べてくれるはずだ」

7

それから二日間、表面的には、何事もなく過ぎていった。

三人は自由に動きまわったが、妨害されることもなかったし、車にはねられそうになることもなかった。

ただ、野口は、スカイラインＧＴＲを飛ばしていて、不審な車に尾行された。あるいは、これは、野口の疑心暗鬼であったかもわからない。偶然、同じ方向に三十分ばかり走っていたのかも知れないからである。

しかし、雑誌の仕事に出かけた由紀子も、自分が誰かに見つめられているような気がし

て仕方がなかったといった。

もう一つ、この二日間に起きたことといえば、塚田寛一のことが、R新聞に載ったことだった。R新聞が、たまたま、「中高年齢層の蒸発」という連載記事をのせていたためのようだった。

さして大きな記事ではなかったが、塚田寛一が蒸発した前後の模様が、細君の談話として、かなり詳しく出ていた。伊五〇九潜の名前は出ていないが、潮岬へ塚田寛一が死体確認に行ったこと、帰って来てから、設計事務所の仕事は棚上げして、戦時中に死んだ弟のことで走りまわっていたことなどが出ていた。

八月七日になって、中央探偵社に依頼していた三人の神谷の経歴が、タイプで打たれて送られて来た。主として、戦時中のことに絞って調べてもらったし、野口たちも、そこに的を絞って、報告書を読んだ。

神谷泰三（六〇歳）
昭和十六年　N電機資材係長。結婚
昭和十七年　召集。陸軍二等兵として、インドネシアに送られる
昭和十八年　ビルマ
昭和十九年　同

昭和二十年　ビルマにて終戦。陸軍上等兵
昭和二十一年　N電機に復帰
昭和二十六年　神谷電機設立

神谷信博（六三歳）
昭和十五年　文部省事務官
昭和十六年　台湾に転任
昭和十七年　現地召集
　以後、中国各地を転戦
昭和二十年　終戦。復員
昭和二十六年　事務機器の輸入業を始めて成功
昭和二十九年　私立東明高等学校設立
　以後教育界に貢献

神谷義太郎（五九歳）
昭和十六年　S大経済学科卒業
昭和十七年　召集。胸部疾患のため、三カ月で除隊

昭和十八年　K造船に入社
昭和二十年　終戦
昭和二十一年　建設省事務官
昭和五十年　中央住宅公社理事

三つの報告書のどこを読んでも、南原機関の名前は見当たらなかった。

「この調査は、信用できるのかい？」

野口は、失望した顔で、江上を見た。T・Kが見つからなくては、航海日誌は宝のもちぐされだった。

「中央探偵社は、日本でも一番信用ができるといわれている探偵社だよ」と、江上はいった。

「それに、この調査をやってくれたのは、おれの知ってる男でね。いい加減な調査をやる人間じゃないんだ」

「しかし、この報告書には、南原機関の、ナの字もないぜ」

「ああ。わかってるさ」

「すると、こういうことになるじゃないか。この三人の神谷は、航海日誌にあったT・Kじゃないということに」

江上も、難しい顔になってしまった。

野口は、いらいらした顔で、煙草に火をつけてから、

「しかし、伊五〇九潜に関係して、二人の元海軍軍人が殺されてるんだ。戦後というより、最近になってだよ。それは伊五〇九潜の金塊問題が、現在、よみがえって、殺人事件になっているということだと思うんだ。つまり、七百キロの金塊を手に入れた奴《やつ》がいて、そいつが、過去の悪を知られるのを恐れて、殺人を重ねているとしか考えられない」

「でも、その人間は、T・Kじゃないんじゃないかしら？」

と、由紀子が、言葉をはさんだ。

「なぜだい？」

「これはと思える神谷太郎すなわちT・Kが見つからないからよ。潮岬で見つかった二つの白骨死体のうち、一つは、どうやら塚田亮二ことR・Tに決まったみたいだけど、もう一つは、商社員のF・Iと決まったわけじゃないんでしょう？　ひょっとすると、南原機関のT・Kが、商社員のF・Iに殺されて、埋められていたのかも知れないわ。そうだとすれば、T・Kが、なかなか見つからない理由も納得いくんじゃないかしら？」

「それは違うよ」

「どうして？」

「潮岬の白骨死体の一つがT・Kで、七百キロの金塊を独り占めにしたのが、商社員のF・Iだったとすれば、南原機関のことを書いた本を、ひた隠しにする必要なんかなかったはずだからさ。しかも、その筆者は、消されてしまっているんだ。南原機関そのものは、戦争中、必要から生まれたもので、その組織の人間だったからといって、別に恥ずかしいことじゃない。それなのに、本を買い占め、著者を殺してまで秘密にしたかったのは、現在まで影響するような悪いことをしているからとしか考えられない。つまり、南原機関の人間として、伊五〇九潜に乗り込み、二人か三人の人間を殺して、七百キロの金塊を独り占めにしたということになるんじゃないかね」

「だけど、それなら、なぜ、T・Kが見つからないの？」

「それはだね」

野口は、もう一度、三枚の報告書を手にとって、ぱらぱらとページをめくりながら、

「この報告書が間違っているか――」

「それは正確だよ」

と、江上が、横からいった。

「それとも、T・Kは、養子にいって、姓が変わってしまったか」

「そうなったら、ちょっとお手あげね」

由紀子が、外国人のように、手を広げて、野口と江上を見た。

第八章　パンフレット

1

クレーン車のエンジンが、低い唸《うな》り声をあげるにつれて、海中から、ボルボ４０４の白い車体が引き揚げられてきた。

車内に溜まっていた海水が、音を立てて流れ落ちて行く。真夏の太陽が、メタリック塗装された車体に反射して、キラキラと光った。

作業員は、吹き出す汗を手で拭《ぬぐ》いながら、慎重に、チェンジ・レバーを操作した。一トン余りのボルボの車体は、ゆっくりと、コンクリートの岸壁に下ろされた。まず前車輪が地面に着き、がしゃんと音を立てて、後車輪が着地した。

それと同時に、見守っていた警官が、車に殺到した。車内に人間がいないかどうか確めたかったのだ。

「いたぞ!」

と、最初にのぞき込んだ警官が、大声で叫んだ。

海中に突っ込んだ時に割れたのだろう。前部フロントガラスは、砕け散って、ぽっかりと大きな空間ができていた。

運転席に、男が腰を下ろしていて、ハンドルにもたれかかる格好で死んでいる。足元の床には、海水と泥が、まだ残っていた。

警官の一人が、ドアをこじ開け、もう一人と、死体を引きずり出した。

海水に浸《つか》っていた初老の男の死体が、岸壁の上に、仰向《あおむ》けに横たえられると、遠巻きに見守っていた人々の間から、悲鳴とも、喚声ともつかぬ声があがった。

午後二時。

真夏の、もっとも暑い時刻である。ずぶ濡《ぬ》れの死体は、みるみるうちに乾いていく。

夏の背広に、きちんとネクタイをしめた死体だった。それに、白髪まじりの頭。生きている時は、きっと、上品な紳士という感じだったろう。

だが、死んでしまった今は、ただの一個の死体に過ぎない。

「可哀《かわい》そうにな」

と、警官の一人がいった。

「無謀運転だろう」

もう一人の警官が、肩をすくめた。

生乾きの上衣《うわぎ》のポケットが調べられた。現金十二万円の入った札入れが、まず出て来た。十二枚の一万円札も、海水にびっしょりと濡れている。

「なかなかの金持ちらしいな」

「設計屋さんだ」

と、名刺入れを見つけた警官が、同じ名前の名刺の束を、陽にかざすようにしながらいった。

「塚田設計事務所・塚田寛二」

「社長さんか」

「だろうね。杉並区久我山か。東京の人間だ」

2

その日の夕方のテレビニュースに、三浦半島での事故死が取りあげられた。

十津川警部が、そのニュースを見たのは、警視庁の食堂でだった。

独身の十津川は、警視庁の食堂の愛用者である。味はまあだし、何より安いのがありがたい。

その夕食を、途中で放り出して、十津川は、捜査一課に駆け戻った。のんびりと、お茶を飲んでいた亀井刑事に、

「カメさん。出かけるぞ！」

と、声をかける。

「どこへですか？」

「三浦半島だ。塚田寛一が死んだ」

「塚田寛一――ですか」

亀井刑事は、十津川の後に続いて階段をおりながら、おうむ返しにいった。

「ああ。R新聞に出ていた設計事務所長だ」

「潮岬から戻って来て、急に、戦時中のことを調べ始めたという男でしたね」

「細君は、旦那《だんな》が、戦争中の日本の潜水艦のことを調べていたと、記者に語っている。その塚田寛一が死んだんだ。しかも、橋本元海軍大佐や、佐伯元海軍中佐と同じように、事故死の形で死んだんだ」

「塚田寛一も、伊五〇九潜に関係したので殺されたとお考えですか？」

「それを調べに行くのさ。細君も、向こうへ行ってるだろうから、何か話が聞けるだろう」

車で東京駅まで行き、横須賀《よこすか》線に乗った。

夕方の電車は通勤客で混んでいた。

十津川は、亀井刑事と並んで吊革につかまりながら、

「例の三人について、その後、わかったことは、何かないかい？」

と、きいた。

「面白いことが一つあります」

「なんだい？」

「われわれが、江上周作と氏家由紀子に会って、トラック諸島のことを聞いた時のことですが」

「あの二人、海中写真の撮影一点張りだったな」

「あの時、野口浩介がいませんでしたが」

「どこに行っていたかわかったのか？」

「潮岬です」

「ほう」と、十津川は、片手で顎《あご》の辺りをこすった。

「そいつは面白いな。塚田寛一も潮岬へ行っている。野口が潮岬へ行ったのは確かなのかい？」

「和歌山県警へ問い合わせて確認しました。野口は、潮岬で去年見つかった白骨死体のことを、派出所でいろいろと聞いて行ったそうです、その白骨死体のことを、その前にも一

人調べに来て、それが塚田寛一だったと――」

「ますます面白いな」

「しかし、それが、どう伊五〇九潜に結びつくんでしょうか？」

「そのうちに、わかってくるさ」

と、十津川は、楽観的な声を出した。彼は、直感的に、事件が向こうから割れて来ているのを感じていた。犯人は、何かの秘密を守るために、次々に消しているのだろうが、そのたびに、少しずつ、十津川たちは、事件の真相に近づいている。

逗子《ずし》駅でおり、二人は、遺体の置かれている逗子警察署へ足を運んだ。

塚田寛一の妻、京子も、すでにやって来て、夫の遺体との対面をすませていた。

「こんな時に、申しわけないのですが」

と、十津川は、京子に話しかけた。

亀井刑事は、逗子署の警官から、車が発見された時の模様を聞いている。

「ご主人は、潮岬へ行かれたあと、仕事をそっちのけにして、戦時中に亡くなった弟さんのことを調べ始めたんでしたね？　新聞にはそう書いてありましたが」

「ええ」

京子は、堅い表情でうなずいた。涙が見えないのは、夫は三日前に失踪《しっそう》しており、そのため、事故死が、さほどショックでなかったのかも知れない。

「ご主人の弟さんのことは、よくご存じでしたか?」

「戦時中、商社員で、シンガポールで殉職したということだけは、主人に聞いておりましたけど」

「それなのに、ご主人は、潮岬で見つかった白骨死体を弟さんだと思い込んだ?」

「ええ。一緒に見つかった指輪が、弟のものに間違いないといっていました」

「しかし、シンガポールで殉職した人の白骨が、なぜ、潮岬で見つかったのか、不思議ですね」

「主人は、一度は、やっぱり弟じゃないんだと考えて、調べるのを止《や》めたんです。R・Tのイニシアルの入った指輪も、たった一つしかないとは断定できませんしね。それが、今年の夏になって、また急に、あれは弟の遺体に間違いないといい出して、仕事を放り出して調べ始めたんです」

「なぜ、ご主人は、今年になって、また弟さんの遺体だと確信したんですかね?」

「わかりません。はっきりわかったら、教えるということでしたから。ただ、カギは潜水艦だといっていました。人に知られずに潮岬へ上陸するには、潜水艦で運ばれて来るのが一番だというようなことをです」

「なるほど」

「どんな意味なんでしょうか?」

「さあ。私にもわかりません。ところで、野口浩介、江上周作、氏家由紀子の三人の名前に心当たりがありますか？」

「その中の氏家由紀子という女の人は、確か、家に訪ねてみえた方だと思いますけど」

「何を話したんですか？　あなたに」

「主人のこと、主人の弟のことを、いろいろと聞いていきましたわ。特に、主人の弟のことをですけど」

「伊五〇九潜という名前を、ご主人なり、氏家由紀子なりが、あなたに、いったことはありませんか？」

「さあ。私は、軍艦のことは、全く知りませんから」

申しわけありませんと、京子は、頭を下げた。そんな態度が痛々しくて、十津川は、それ以上、彼女に質問するのがためらわれ、礼をいって、傍《そば》を離れた。

3

その夜、十津川と亀井刑事は、逗子に泊まり、翌日、ボルボ404が、引き揚げられたN岬へ案内してもらった。

今日も、午前十時に、すでに三十度を越す暑さになった。

ギラつく太陽の下を、コンクリートの突堤を歩いて行った。

幅十二、三メートルある突堤だった。

その中ほどで、逗子署の安田刑事は立ち止まり、青黒い海面を指さした。

「この辺りに沈んでいたのです。この辺りは、急に深くなっているために、なかなか見つからなかったんだと思います。死後三十時間以上経過しているとのことですから」

「この上を、車を転がす人間が、よくいるんですか？」

突堤の先は、まだ工事中だった。

「ここは、連絡船が接岸できるように造っているんですが、まだ工事中です。工事のトラックが入ったり、夜釣りに来た人が車を乗り入れたりしています」

「塚田寛一は、何をしに、ここへ車を乗り入れたんでしょう？」

「さあ」

「夜釣り？」

「いや。車に釣り道具は積んでいませんでした。国道を走っていて、疲れたので、車を突堤に乗り入れて休もうと思ったんじゃないかと、考えているんですが」

「どのくらいのスピードで海に突っ込んだんですか？」

「メーターは、三〇キロを指していました」

三〇キロでも、この狭い突堤では、スピードの出し過ぎだろう。

「事故死の線で、片がつきそうですか？」

「ほかに、ちょっと考えようがありません」

「目撃者は、見つからないのですか？」

「残念ながら、まだ見つかっていません」

「海底に沈んでいる車を見つけたのは？」

「昨日の午前中、この近くでダイビングをやっている連中がいましてね。彼らが、発見してくれたのです」

「車は、どんな状態だったんですか？」

「十二メートルの海底に、ひっくり返った状態で沈んでいました。三〇キロのスピードで、車は海に飛び込んだと思います。その時の衝撃でだと思いますが、フロントガラスは割れて無くなっていました。そのあと、車は、前部を下に、真っ逆さまに沈んで行き、海底に着くと同時に、引っくり返ったんだと思います」

「沈んだあと、塚田寛一が、車の外へ逃げようとした形跡は？」

「ほとんどありません。運転席に腰を下ろし、ハンドルにもたれるような形で、死んでいました。恐らく、海面に突っ込んだ瞬間、気絶してしまったんでしょう」

「殺人の可能性は、ゼロですか？」

「殺人ですか？」

逗子署の安田刑事は、陽焼けした顔を、海面に向けて考えていたが、

「その可能性も考えてみました。死体の頭や顔に、何カ所か打撲傷が見つかりましたから、それを、誰かが殴ったと考えることも可能です。事故死とすれば、海に突っ込んだあと、ハンドルなどにぶつけてできた傷になりますが。それで、殺人となると、犯人は、殴って気絶させた塚田寛一を、運転席に腰かけさせておいて、車のエンジンをかけ、突堤から落としたことになります」

「そうですね」

「この場合、チェンジ・レバーは、ローになっていると思うのですが、発見された車は、チェンジ・レバーがセカンドに入っていたのです」

「犯人が、車を運転して海に突っ込み、そのあと、自分だけ脱出したとは考えられませんか？　フロントガラスが無くなっていたのなら、そこから脱《ぬ》け出せると思うんだが」

「そのとおりですが、そうだとすると、被害者は、助手席かリア・シートで見つからなければならないと思います。ところが、塚田寛一は運転席で見つかりました」

「なるほど」

と、十津川はうなずいた。が、事故死説を肯定したわけではなかった。

十津川は、この事件を、自分がこれまでに調べた二人の旧軍人の死と、どこかでつながっていると考えている。伊五〇九潜の何かとである。

二人の旧軍人の死が他殺ならば、今度の塚田寛一の死も、他殺に違いないのだ。

「塚田寛一の所持品を見せていただけませんか？」

と、十津川はいった。

4

逗子署に戻り、塚田京子の許可を得て、所持品を見せてもらった。

十二万円入りの財布
名刺入れ（塚田寛一自身の名刺十八枚）
キー・ホルダー（車と、家のキー二個）
腕時計（ユニバーサル）
指輪
K・Tのイニシアル入りのハンカチ二枚
ダンヒルのライター
煙草（ケント）
万年筆（モンブラン）

「このほかに、ご主人がいつも持ち歩かれていたものはありませんか?」

と、十津川は、京子にきいた。京子は、一つ一つ見ていったが、

「手帳があるはずなんですけど」

「それは、確かですか?」

「ええ、主人はメモ魔で、いつも黒い革表紙の手帳を持っていました」

と、京子は、はっきりといった。

逗子署の安田刑事は、車の中も調べたが、そんな手帳は見つからなかったといった。

十津川は、いよいよ、殺人なのだという確信を強くした。その手帳は、犯人が持ち去ったに違いない。逆にいえば、手帳に、犯人に不利になることが書かれていたからこそ、持ち去られたのだろう。だが、それが何だったかを知る術《すべ》はない。

「被害者が、ダイイング・メッセージを残してくれていると助かるんですがねえ」

と、亀井刑事が、舌打ちをした。

「ひょっとすると、残してくれているかも知れんよ」

十津川は、諦めずにいい、引き揚げた車を見せてもらうことにした。

ボルボ404は、逗子署の横の空地に置かれてあった。

「引き揚げた時のままになっています」

と、安田刑事がいった。

車体からは、磯《いそ》の匂《にお》いがした。フロントガラスは、全く無くなっていて、ドアを開けると、床には、乾いた泥土が、こびりついていた。

まず、トランクをあけた。予備タイヤや、ジャッキなどが入っていたが、ダイイング・メッセージを思わせるものは、何も見つからなかった。

次に、リア・シートを調べた。

ここにも、何もない。

最後は、運転席と、助手席だった。十津川と亀井刑事は、床のマットまで引きはがして調べてみた。

だが、何もない。針一本見つからなかった。

「ありませんね」

と、亀井刑事が、溜息をついた。

「そうだな」

と、十津川も、うなずいたが、その眼が、何気なく、助手席にもう一度、注がれた。

(おや?)

という眼になって、十津川は、座席の内側の角に手を伸ばした。

「何ですか?」

亀井刑事が、十津川の手元をのぞき込んだ。

「こんなものが、角のところに挟まっていたんだ」

と十津川は、つまみあげた紙片を見せた。

幅三センチぐらいの小さな三角形の紙片、というより、破片といったほうが適切だろう。何かのパンフレットから、引きちぎれたもののようだ。

カラー印刷した紙の破片である。だが、小さ過ぎる破片なので、元のパンフレットに、何が印刷されていたのか、見当がつかない。

十津川は、その破片を引っくり返してみた。

〈八王子市K町のグ――〉

と、小さな字が印刷されていた。「グ」の下の文字は、そこから引きちぎれているのでわからない。

「八王子に行ってみよう」

十津川は、即座に決断した。塚田寛一の死とは、何の関係もないパンフレットの破片かも知れなかったが。

5

その日のうちに、十津川と亀井刑事は、逗子から東京に戻り、中央線で、八王子に向かった。

タフが売りものの二人だが、夏の真っ盛りの強行軍は、さすがに疲れた。午後二時三十分、八王子駅に降りた時には、暑さにげんなりしていた。クーラーのない電車だった。

駅前のクーラーのきいた喫茶店に入り、十二、三分休んでから、市街地図の掲げてある駅前交番で、K町を聞いてみた。

若い警官は、十津川を、本庁の現職警部と知って、こちこちになって、

「K町は、浅川の北側でありまして――」

「そんなに堅くなるなよ」

と、十津川は、笑った。

「北へ向かって歩いて行けばいいのかい？」

「バスで行かれたほうがよろしいと思います。かなり遠いですし、駅前から、K町行きのバスが出ておりますから」

「K町には、何かあるかね？」

「何かと申しますと？」

「たとえば、公会堂とか、大きな工場とか、有名な寺院とか、その地区を代表するものさ」

「K町は、八王子市の一番端ですので、大きな建物はありませんが、グラウンドがあります」

「グラウンド？」

「はい。大学のグラウンドであります」

「そいつだ」

と、十津川は、小さく叫んだ。パンフレットの破片にあった「グ」は、「グラウンド」のグに違いない。

「有名大学のグラウンドかね？」

「東明大学のグラウンドであります」

「うーむ」

「どうかなさいましたか？」

「いや。何でもない。そのグラウンドは、バスの停留所から遠いのかね？」

「いえ。おりてすぐのところです。私も行ってみましたが広大なものです。野球場、テニスコート、陸上トラック、それにプールまで付属しています。金があるんですね。あの大学は」

「だろうね」

十津川は、亀井刑事を促して、バス停へ歩いて行った。

相変わらず、うだるような暑さだった。舗道が、チカチカ光って眩《まぶ》しい。

「東明大学とは驚きましたね」

亀井刑事が、バスに乗り込みながら、十津川にいった。

太陽に照らされて熱くなっている座席に腰を下ろし、ハンカチで、額の汗を拭いてから、
十津川は、

「佐伯元海軍中佐の場合は、子どもの関係で、東明大学につながっているものとばかり考えていたんだが、塚田夫妻には、子どもはいない。となると、東明大学、あるいは、学長の神谷信博が、伊五〇九潜に関係があるのかも知れん」

「しかし、神谷学長は、陸軍の兵隊で、中国大陸を転戦していたということでしたが？」

「そうなんだ。そうなると、伊五〇九潜と結びつかなくなる」

ドアが閉まって、K町行きのバスが動き出した。

商店街を抜けると、住宅地になり、やがて、バスは、浅川を渡った。家並みが、しだいにまばらになり、畑や、雑木林が点在しはじめた。
三十五、六分で、K町に着いた。

交番の警官がいったとおり、バスを降りると、眼の前に、広大なグラウンドが広がっている。

金網越しに見えるのは、陸上のトラックである。人の気配のないアンツーカーがきれいだ。

その隣りは、野球の練習場で、これから練習が開始されるのか、ユニフォーム姿の学生が二人、ホースを使って水を撒《ま》いている。

五階建て、鉄筋の学生寮もある。

「たいした広さですなあ」

と、亀井刑事が、感に堪えぬといった声を出した。

二人は、金網に沿って、学生寮のほうへ歩いて行った。驚いたことに、学生寮の反対側には、グリーンのゴルフコースが広がっていて、数人の学生が、クラブを握っていた。東明大学では、ゴルフも正規の科目の一つに入っているのかも知れない。アメリカには、ゴルフの専門学校もあるそうだから、このくらいのことは、驚くには当たらないのだろう。

グラウンドの入口には、ガードマンが控えていた。

十津川たちは、中に入れてもらった。

水を撒《ま》き終わった野球練習場では、四十人近い野球部員が整列して、監督の訓示を聞いている。これから練習が始まるのだろう。

「あの監督に、神谷信博のことを聞いてみましょうか？」

と、亀井刑事が、歩きかけた時、砂塵《さじん》をまきあげて、リンカーン・コンチネンタルの大きな車体が入って来た。

「待て。カメさん」

と、十津川は、亀井刑事の腕をつかみ、更衣室の陰に身をかくした。

リンカーン・コンチネンタルから降りて来たのは、神谷学長だった。

神谷は、大股《おおまた》に監督の傍に近づくと、監督に代わって、選手に訓示を始めた。

その訓示が終わって、練習が開始されたところで、十津川は、亀井刑事と、神谷の傍に行き、声をかけた。

神谷は、サングラスをはずして、じっと、十津川を見、亀井刑事を見た。

「確か、警視庁の――？」

「十津川警部です。こちらは、私と一緒に働いている亀井刑事です」

「そうだった。今日は、なぜ、ここへ？」

「偶然ですよ。あなたの姿が見えたので、ご挨拶《あいさつ》しようと思いましてね」

「そうか。まあ、見給え。君」

と、神谷は、泥まみれで、守備練習をしている選手たちを指さした。

「ひたむきな若さというのは、素晴らしいじゃないか」

「そうですね」

「秋のリーグ戦では、絶対に優勝せよと、私は命じてある。優勝できるだけの選手を集めたし、そのための支出は惜しまんつもりでいるのだ」

「投手がいいそうですね」

「甲子園の準優勝チームの細矢が、なかなかいいんだ。打線もいい」

「なるほど」

「今秋の目標は、今もいったように東明大学のリーグ優勝。そして、来年は、東明高校の甲子園優勝を目標にしている」

神谷は、胸をそらせていった。

グラウンドでは、打撃練習が始まった。

神谷は、次々にバッティング・ケージに入ってくる生徒の一人一人の名前をいい、長打力があるとか、セーフティ・バントが上手《うま》いとか、細かく説明した。

「よくご存じですね」

と、十津川がいうと、神谷は、嬉《うれ》しそうに顔をほころばせた。

「私の自慢は、生徒一人一人を、把握していることでね。まあ、教育者としては当然のことだが」

グラウンドでは、白球が飛び交い、若者のかけ声がひびいている。ネット裏にいる十津川のところにまで、彼らの汗の匂いが漂ってくるようだった。

「今打っている今西君は、今西代議士の息子さんでねえ」

神谷が、葉巻をくわえて、火をつけてから、十津川に説明した。

「前に文部大臣をやられた今西さんのですか？」

「そうだ。あの人も、昔、K大のスラッガーだったらしいが、息子さんも、うちでは四番を打っている。血筋かも知れんな」

「塚田寛一さんをご存じですか？」

十津川は、何気ない調子で、ひょいといった。

「塚田？」

と、神谷は、きき返してから、

「M化学社長の塚田さんのことかね？　だが、彼の名前は、確か、塚田晋太郎だったはずだが」

「塚田設計事務所の所長です」

「設計家か。腕がよければ、来春、久我山に建てる体育館の設計を頼んでもいい。君の友人かね？」

「死にました」

「何だって?」

神谷は、選手の動きに眼をやりながら、十津川にきいた。

「死んだのです。逗子の近くの海岸で、車ごと海に落ちまして」

「そいつは、お気の毒にな。わたしに、何か力になれることでもあるかね?」

「あるかも知れません」

「ほう。どんなことかね?」

「塚田寛一の乗っていた車のシートから、こんなものが見つかりまして」

「何かね? そりゃあ」

神谷は、初めて、十津川に眼を向けた。

「どうやら、東明大学のパンフレットの切れ端らしいのです。このグラウンドの名前が、印刷してありますから」

「おい。西井君?」

と、神谷は、大声で監督を呼びつけ、一八〇センチはある大男の監督に、学生寮へ行って、東明大学の宣伝パンフレットを持って来させた。

グラビア四ページの、豪華なパンフレットだった。大学の各種設備の写真が並べられ、神谷の「本校建学の精神」なるものが載っている。最後のページの隅に、八王子K町のグラウンドの写真があり、ボルボ404のシートから見つかった破片が、このパンフレットのものだということが証明された。

「このパンフレットに間違いありません」

と、十津川はいった。

「それで、もう一度、うかがいますが、塚田寛一という人間に、心当たりはありませんか?」

「ないね」

神谷は、そっけなく手を振ってから、

「このパンフレットは、何万枚も印刷して、うちの生徒の父兄はもとより、毎年の受験生、マスコミ関係と、広範囲に配っている。たまたま、その一枚を持っていたからといって、わたしが、その人を知っていなければならん道理はないだろう」

「塚田寛一さんには子どももいないし、マスコミ関係の仕事でもありません。それなのに、この学校のパンフレットを持っていたことに、私は、引っかかるのです」

「その塚田という人は、事故死なんだろう? それなら、君が、なぜ調べまわっているのかね?」

「事故死に見せかけた殺人の可能性が強いからです」

「証拠でもあるのかね?」

「残念ながらありません。しかし、私は、一連の殺人事件の一つとして考えています」

「一連の？」

神谷は、じろりと十津川を見た。

「この前にお話ししたと思いますが、旧海軍の潜水艦、特に、伊五〇九潜に関係がある二人の旧海軍士官が、事故死に見せかけて殺されました。今度の塚田さんも、同じく、伊五〇九潜のことを調べていて殺されたのではないかと考えられるのです」

「それで？」

「これで三人が殺されました。その中の二人が、東明大学と何か関係があるのです。佐伯元海軍中佐と、塚田さんが」

「偶然だよ。君」と、神谷は、面倒くさそうにいった。

「偶然のことまで、わたしは責任は持てんよ」

「もう一度、おうかがいしますが、伊五〇九潜の名前を聞かれたことはありませんか？」

「ないね。わたしは、陸軍だからね」

「理事の方は、このパンフレットによると、七人いらっしゃるわけですね？」

「そのうち、鈴木君は今年の二月、肝硬変で亡くなったので、現在は六人だ」

「この六人の中に、旧海軍の出身者はいらっしゃいませんか？」

「さてね。いるかも知れんが、今は、ちょっと思い出せんな。わかりしだい、知らせるが、どの理事も人格高潔で、殺人事件に関係するような者はおらんよ。ところでと――」

神谷は、腕時計に、ちらりと眼をやってから、口元に微笑を浮かべて、

「そろそろ五時だが、わたしに、夕食を奢《おご》らせてくれんかね？」

第九章　脅迫状

1

「もう一度、この三人の神谷を調べてみよう」

と、野口が、三つの報告書を、指先で、ぱちんと叩《たた》いて、江上と由紀子に話しかけた。

「しかし、その報告書は正確だよ」

と、江上がいった。

「わかってるさ。だが、もっと、調べる余地はあるだろう？　この三人の兄弟や、親戚《しんせき》や、知人関係さ」

「それを調べてどうするんだい？」

「おれにもわからないよ。だが、何もせずにいたら、七百キロの金塊分の金《かね》どころか、一円だって手に入らないんだぜ」

「わかったよ。もう一度、中央探偵社に頼んで、君がいったことを調べてもらおう」

「それでも、何も出て来なかったら、どうするの？」

由紀子が、爪《つめ》を噛《か》みながら、野口にきいた。

「その時は、諦《あきら》めるさ。諦めて、あの航海日誌を、T出版社にでも売りつけるよ。八月十五日の終戦記念日が間近だから、二、三十万には、売れるんじゃないか」

「十億円の金塊が、二、三十万円になっちゃうわけね」

「ああ」

野口は、首を埋めるようにしてうなずいた。

江上が、もう一度、中央探偵社に、調査依頼に出かけた。この調査には、やはり、二日間かかるという。

その間、のんびりと待っているほど、三人とも豊かではなかった。江上が自分のマンションを売った金は、まだ五百万ばかりあったが、大金が手に入るという保証がない今、その金に手をつけることは、はばかられた。

それで、三人は、それぞれ、仕事に出かけた。

江上は、湘南《しょうなん》の小さなヨット工場に出かけ、由紀子は、モデルの仕事に、そして、野口は、ある業界紙のグラビア写真を頼まれて、東京湾の写真を撮りに出かけた。

夕方、野口が、仕事から帰ってみると、家の中の様子がおかしかった。

玄関の鍵《かぎ》もかかったままだし、窓の錠もおりていたが、どこかおかしいのだ。

注意深く、野口が、室内を見まわしているところへ、由紀子が帰って来た。

「どうやら、おれたちの留守の間に、家探しした者がいるらしい」

と、野口は、由紀子にいった。

「でも、家の中は、きちんとしているわ」

由紀子は、首をかしげて、野口を見た。

「本棚の日本文学全集を見てみろよ」

「ちゃんと並んでるわ。第一巻から順番に」

「だからおかしいのさ。おれは第一巻から順番に並べたことがないんだ。いつも、ちゃんと並べようと思いながら、そのままにしちゃってあった。それが、今は、きちんと並んでいる。何かを探した奴《やつ》が、気をきかせすぎて、第一巻から並べちまったのさ」

「何かって、航海日誌ね」

「ほかには考えられないよ。しかし、犯人は、おれたちが、伊五〇九潜から持って来たものが何なのか、わかっていないかも知れないな。わからずに探したのかもわからない」

「そういえば、壁のパネル写真が、逆さになってるわ」

と、由紀子が、クスクス笑った。

それは、野口が、朝の富士山を撮ったものだった。湖に映る富士で、あわてた犯人が、湖に映る富士を上に向けてしまったのだ。

由紀子は、笑いながら、椅子《いす》を持って来て、パネルを直しにかかった。

「大丈夫か」

と、野口が寄って行ったとき、彼女が、椅子の上で爪先《つまさき》立ったために、椅子が大きく揺れ、彼女が、「あっ」と、小さな悲鳴をあげて、落ちて来た。

野口の腕が、由紀子の身体《からだ》を受け止めた。

柔らかいくせに、妙に量感のある彼女の身体を、抱きしめる格好になった。

由紀子が、野口の腕の中で、ニッと笑った。彼女は、無意識に笑ったのだろうが、野口は、誘われるように、抱きしめる腕に力をこめ、唇を重ねていった。

2

二日後の八月十日になって、新しく三通の報告書が、三人の手元に届いた。

その報告書の一つ一つに眼を通していった野口たちは、神谷信博に関する、次の箇所で、異口同音に、「これは、――」と、声をあげた。

神谷信博（六三歳）

父　徳之介　昭和十五年　死亡（五九歳）
母　ふみ　同　十九年　死亡（六〇歳）
兄　太郎　同　二十年　死亡（三三歳）

「神谷太郎がいたんだ！」

と、野口が、大声でいった。

「でも、この神谷太郎は、昭和二十年に死亡したことになってるわ」

由紀子が、報告書を見ながらいった。

「そうさ。だが、よく考えてみろよ。現在六十三歳の神谷信博は、昭和二十年には、三十一歳だったんだ。この兄弟は、二つしか年齢の差がなかったことになる。それに、兄弟だから、当然、顔も、身体つきも似ていたに違いない」

「じゃあ、兄弟が入れ替わったってこと？」

「そいつは、十分に考えられるな」

と、江上も、いった。江上は、言葉を続けて、

「終戦直後は、日本全体が混乱していたからね。特に、東京のような大都会は、一面の焼け野原で、親戚どころか、同じ家族でさえ、ばらばらになってしまったと聞いたし、両親を失った浮浪児なんかも、一杯いたらしい。そんな時代なら、兄弟が入れ替わったって、

誰にも気づかれやしないだろうな」

「それに」と、野口は、勢い込んでいった。

「神谷は、今六十歳を越えている。兄弟のことを知っている人たちだって、もう、あらかた死んでしまったはずだ。それに、兄弟に性格の違いがあったとして、入れ替わってから怪しまれたとしても、戦争を経験したことで、性格が変わってしまったといえば、それで通ったんじゃないかな」

「そうすると、あたしたちが探していたT・Kは、弟の神谷信博になりすました神谷太郎というわけね」

由紀子の顔も、紅潮してきた。

野口は、「そうさ」と、うなずいて、

「だから、陸軍二等兵として、中国各地を転戦という経歴も、名前と一緒に、弟のものを盗んだのさ。もちろん、理由はたった一つだよ。伊五〇九潜から脱出したこと、商社員の塚田亮二たちを殺して、七百キロの金塊を独り占めにしたことを、闇《やみ》に葬るためさ」

「その大悪人が、今は、東明大学の学長か」

と、江上は、肩をすくめた。

「この神谷のことを、もう少し調べてみようじゃないか。そして、彼が、T・Kと決まったら、七百キロの金塊相当の金を払わせるんだ。いや、あの航海日誌を、買わせてやろうじゃないか。十億円でさ。おれたちが見つけるはずだった七百キロの金塊を、T・Kは、独り占めにしちまったんだからな」

と、それが結論のように、野口がいった。

三人は、それぞれの方法で、東明大学の神谷学長の周囲を調べてまわった。

パンフレットを貰《もら》って来たのは、由紀子だった。

「なかなか面白いパンフレットよ」

と、三枚も持って来たのを、一枚ずつ、野口と江上に渡した。

「ばかでかい学校なんだな」

と、野口は、パンフレットをめくりながら、呆《あき》れた顔でいう。

「これなら、土地だけでも、何百億だな」

と、江上。

由紀子は、笑って、

「あたしが面白いといったのは、理事の顔ぶれのことよ。その中に、阿部広巳という名前があるでしょう。その名前で、何か思い出さない？」

「待てよ」

「どこかで聞いた名前だな」

「そうだ。南原機関の六人の理事の中に、神谷太郎と一緒に並んでいた名前だ」

「そうなのよ。同姓同名の人が、偶然、東明大学の理事になったとは思えないわ。あたしの想像だけど、阿部広巳が、東明大学の学長に納まっている神谷太郎を見つけて、脅して理事になったか、神谷のほうが、自分を守るために、よく知っている阿部広巳を理事にしたかのどちらかね」

戸籍上の神谷太郎の死亡が、昭和二十年三月七日という戦時中の日付になっていることを確かめてきたのは、江上だった。

「中国で、軍属として活躍中死亡ということになっていたよ」

と、江上はいった。

「それはつまり、南原機関の一員として活躍中ということだろう」

野口が、いった。

「三月七日というのが面白いところだよ。昭和二十年三月七日は、伊五〇九潜が、秘密任務を帯びて、呉を出発した日だ。南原機関の神谷太郎は中国から、商社員の塚田亮二はシンガポールからというように、呉に呼びつけられたんだと思う。だが、それは極秘だった。それで、神谷太郎は、昭和二十年三月七日に、中国で死亡ということになったんだと思うね」

江上が、確信を持っていった。

野口は、現在の神谷学長の評判を聞いてきた。

「彼についての評価は、二つに分かれているようだね。主として、T出版の連中に聞いてみたんだが、教育を一つの産業として考えて成功した、新しい型の学校経営者だという者もあるし、ヤマ師みたいにいう者もいる。だが神谷が成功者だという点では、両者は一致しているんだ。政治家にも友人が多く、公安委員をしている」

「殺人犯が公安委員とはね」

と、江上は笑ってから、

「神谷の地位が高ければ高いほど、その地位を守ろうとして必死になるだろうから、脅迫しやすくなる」

「さて、どうする？」

野口は、改まった顔で、江上と由紀子を見た。

「やろうじゃないか」

と、江上が、ニヤッと笑っていった。

「神谷に会って、あんたは、神谷太郎で、七百キロの金塊を独り占めにし、現在の地位を築いたんだろうって、いったって、相手は、否定するに決まっている。それなら、いっそのこと、ずばりと脅迫したほうがいい」

「これで決まったわ」

と、由紀子も、ニッコリした。

3

まず、伊五〇九潜の、航海日誌のコピーをとった。それと、潮岬で野口が撮った写真、塚田亮二の顔写真のコピーを、脅迫状に添えて、神谷に送りつけることになった。

ここまでは、三人の意見は簡単に一致したが、脅迫状の文面になって、意見が分かれた。

「あたしたちは若いんだから、スマートなのがいいわ」

と、一番若い由紀子が主張した。が、江上が反対した。

「確かに、おれたちは若い。おれは、ちょっと中年に首を突っ込んでいるけどね。しかし、相手の神谷は六十歳過ぎの老人なんだ。スマートな文章に慣れていないかもしれないぜ。慣れていないと、ぴんと来なくて、せっかくの脅迫状の効果が薄くなることだって考えられるんじゃないかな」

「でも、スマートなのがいいな」

と、由紀子がいう。

「じゃあ、いっそのこと、航海日誌と同じ文体にしたらどうだい」と、野口が、二人に提案した。

「伊五〇九潜で死んだ兵士たちが、あの世から、裏切者の神谷を告発したみたいな形になって、奴が、震えあがるかも知れないからな」

「そいつはいい」

江上が微笑した。

が、由紀子は、首をかしげて、

「いいかも知れないけど、あたしたちに、あんな文章が書けるかしら！　あたしは学生時代、古典を読んだけど、文語体の文章なんか書いたことがないもの」

「やってみようよ」

と、野口がいった。

「よし。とにかく、でっちあげようじゃないか」と、江上がいった。

「航海日誌の文章に似てればいいんだから、三人が協力して作れないことはないさ」

江上の言葉は、自信満々のような、やけっぱちのような、荒っぽいものだった。

かくして、三人が協力し、訂正を重ねて、脅迫状ができあがった。

神谷信博コト神谷太郎ニ告グ
昭和二十年八月十九日払暁《ふつぎょう》、君ハ、二人ノ商社員、一人ノ少年水兵ト共ニ、ヒソカニ伊五〇九潜ヨリボートニテ脱出シ、潮岬へ上陸セリ。
ソノ際、七百キログラムノ金塊モ、ボートニ積ミタル筈《はず》ナリ。ソノ金塊ハ、伊五〇九潜ノ艦長及ビ全乗組員ヨリ、日本復興ニ役立タセヨトノ願イヲコメ、君達四人ニ託サレタルモノニアラザルカ。

シカルニ、君ハ、潮岬ニ上陸スルヤ、他ノ商社員等ヲ射殺シテ、地中ニ埋メ、金塊ヲ独占セリ。

ソノ後三十余年、君ハ、私シタル金塊ヲ元手トシテ、現在ノ東明大学、東明高校ナドノ経営者トナリ、社会的評価モ得タリ。

サレド、君ノ栄光、財産、権力ハ、全《すべ》テ、殺人ト裏切リニヨリ手ニ入レタル金塊ニヨリタルモノニアラザルカ。

我等ハ、ソノ代償トシテ、戦死セル伊五〇九潜ノ乗組員等ニ代ワリ、十億円ヲ要求スルモノナリ。

モシ、我等ノ要求ヲ拒否スル時ハ、君ノ殺人ト裏切リヲ天下ニ公表スルモノナリ。サスレバ、君ハ、教育界ヲ追ワレ、全テノ社会的地位ヲ失イ、世ノ指弾ヲ受クベシ。

モシ、我等ノ要求ヲ受ケ入レル場合ハ、承諾ノ証《あかし》トシテ、東明大学ノ正門ニ、サルビアノ鉢ヲ置クコトヲ命ズ。

期限ハ三日以内トス。

コノ手紙ガ、単ナル悪戯《いたずら》ニアラザル証拠トシテ、伊五〇九潜艦長ノ航海日誌ノコピー、君ガ殺害セル商社員ノ一人、塚田亮二氏ノ写真ノコピー、及ビ、君ガ二ツノ死体ヲ埋メタ潮岬ノ写真ノコピーヲ同封ス。

伊五〇九潜ノ英霊ヲ守ル会

4

脅迫状は、八月十二日の朝、「親展」と書いて中央郵便局で投函《とうかん》された。学校が夏休みなので、神谷の私宅宛《あ》てにである。

翌日から、野口たちは、交代で、久我山にある東明大学を見張ることになった。

「まるで、入学試験の発表を見に行くみたいな気持ちだわ」

と、最初に出かける由紀子が、眼をキラキラ光らせていった。

「それで君は、一回で合格したのかい?」

野口は、笑ってきいた。彼にしても、江上にしても、少しも怖がっていなかった。自分たちの行動を楽しんでいた。

塚田寛一が、三浦半島で、車と共に沈んでいたというニュースは、ショックではあった。彼も殺されたのだと確信したが、そのことが、恐怖にならないのは、野口たち三人の若さのせいだろうし、自分たちに、じかに死が迫っていないからだろう。

「もちろん、希望校に一発で合格したわよ」

由紀子は、二人に向かって、軽くウインクして、出かけて行った。

だが、その日、東明大学の正門に、サルビアの鉢は置かれなかった。

十四日は、野口が監視に当たったが、サルビアの鉢を眼にすることはできなかった。

今は、郵便ストもなく、郵便の遅延は考えられない。脅迫状は、神谷の手元に届いているはずなのに、意思表示がないのは、対応に迷っているのだろうか。それとも無視する気なのか。

十五日は、終戦記念日である。この日、監視役は江上だったが、午後になって、植木を積んだトラックが、東明大学の正門に来て止まるのが見えた。

運転手と助手が、何か喋《しゃべ》りながら、植木を二つ、荷台から下ろして、門のところに置いて走り去った。

（サルビアの鉢だ！）

江上の背筋に、一瞬、戦慄《せんりつ》が走り過ぎた。彼は、見張っていた場所から、百メートルほど先にある公衆電話ボックスに向かって走った。ダイヤルを回して、野口と由紀子を呼び出すと、思わず、

「やったぞ！」

と、電話口で叫んでいた。慎重な江上にしては、珍しく、自分が興奮しているのを感じた。

東明大学の神谷学長が、航海日誌にあるT・Kであり、潮岬で、少なくとも二人の商社員を殺して七百キロの金塊を独占し、現在の地位を得たと、江上たちは確信していた。だがそれは、あくまでも、彼らの確信であり、相手を追い詰めたと思っていても、神谷に無視されたら、こちらには、航海日誌を出版社に売り込むほかに手はなかったのである。

それだけに、神谷が、こちらの要求に応じたことは、江上を驚喜させ、野口と由紀子に歓声をあげさせた。

「おれたちが考えてた以上に、あの航海日誌は、神谷にとって脅威だったんだな」

と、野口は、笑いながらいった。

その日の夜、三人は、神谷の私邸に電話を入れた。

最初に、若い男の声が電話口に出た。

「神谷さんを呼んでくれないか」

と、野口がいうと、相手は、

「神谷学長ですか？」

と、いい直した。そんないい方が、神谷の秘書という感じだった。

「そうさ。神谷先生に用があるんだ」

「そちらは？」

「伊五〇九潜の英霊を守る会の人間だ」

「何だって？」

「そういえば、神谷先生にわかるはずだよ」

「ちょっと待ちたまえ」

と、相手がいった。しばらく待たされてから、電話を切りかえる音がして、低い、落着きのある男の声が、

「話は、わたしが聞こう」

と、いった。

「神谷さんかい？」

「いや。神谷学長は、急用があって、東京を離れておられる。わたしが、全権を任されているので、わたしに話したまえ」

「あんたの名前は？」

「理事の阿部という者だ。手紙のことも、神谷学長から聞いている」

「昔、南原機関にいた阿部さんかね？」

「わたしは、そんなものには関係ない」

「いいさ。そんなことはね。こっちは、要求どおり金を払ってくれれば、それでいいんだからな。神谷先生は、何ていってるんだ？」

「亡くなった兄のことで、暗い噂《うわさ》が立つのは悲しいといっておられた。それが、たとえで

たらめであっても」

「何をいってるんだ。神谷信博は、神谷太郎なんだ。終戦の年に、人を殺して、七百キロの金塊を奪い取り、弟になりすまして、現在の地位を得た男なんだ」

「学長は、いわれのない作り話だと、悲しんでおられたよ」

「いわれのないだって？」

「そのとおりだ」

「それなら、なぜ、おれたちの要求に応じる気になったんだ？　おかしいじゃないか」

「学長は、大東亜戦争で亡くなられたお兄さんのことを、今でも敬愛しておられるからだ。たとえ、いわれなき作り話のためとはいえ、敬愛されているお兄さんが、少しでも傷つくのは困るといわれた。だから、君たちの持っている航海日誌とやらを買い取るように、わたしに命ぜられたのだ」

「もったいつけやがって」

と、野口は、舌打ちしてから、

「それで、いくらで買おうというんだ？」

「君たちの手紙にあったような十億円などという大金は支払うことはできん」

「神谷が奪い取った七百キロの金塊は、今なら十億円の価値があるんだぞ」

「作り話に興味はないと、わたしはいったはずだよ」

阿部は、落ち着き払っていった。

「畜生！」

と、思わず野口が叫んでしまった。江上が送話口を手で押えて、

「怒ったら負けだよ」

と、小声で注意した。

野口は、「ああ、わかってるよ」と、江上に答えてから、電話に向かって、

「いくらなら払うんだ？」

「わたしは、詰まらん駆け引きはしたくない」

「こっちだってそんなことで時間を潰《つぶ》したくないさ」

「学長は、亡くなったお兄さんの名誉を守るために、五千万円まで出していいといわれている」

「五千万円だって？」

野口の顔が、真っ赤になった。

「ばかにするのもいい加減にしろ！」

「こちらが払うのは、五千万円だ」と、阿部は相変わらず、落ち着き払った声でいった。

「それ以上は出すことはできない」

「それなら、あの航海日誌を公表するぞ」

「したければ、公表したまえ」

「何だと？」

「したいようにしたらいいといっているのだ。まあ、出版社か、新聞社に持っていくんだろうが、買ってもらえたとしても、君たちが手に入れられる金は、せいぜい、二、三十万円だろうな。それに老婆心でいってあげるが、学長は、政財界にも顔が広い。マスコミ関係にも多くの知己を持っておられる。学長が当惑するようなものを、活字にする出版社や新聞社が、果たしてあるだろうか？」

「逆にこっちを、脅しやがる」

と、野口は、送話口を手で押えて、江上と由紀子を見てから、

「南原機関の本を、買い占めた奴らだ。同じことをやりかねないな」

「おれが代わろう」

と、江上が、野口から電話を受け取った。

野口は、壁に寄りかかると、「ふうっ」と大きな息を吐いた。

江上は、すぐには話しかけず、片手で煙草をくわえ、ライターで火をつけてから、

「三億円だ」

と、吹っかけた。

「頭がおかしいのじゃないかね？」

阿部の呆れたような声が聞こえた。

「あいにくと、正常そのものだよ」

「わたしは、五千万以上は出せんといったのだ。それ以上、高のぞみするのなら、勝手にしたまえといったはずだ」

「本当に、勝手にしていいのかね？」

と、今度は、江上が、反撃した。一瞬、阿部の返事が遅れた。

「なんだと？」

「こっちが勝手にしても、本当に平気なら、なぜ、五千万も払うんだ？」

「それは、学長が、敬愛するお兄さんの遺霊を、少しでも傷つけたくないと思われているからだ」

「よしてくれよ。神谷という男は、そんな人間じゃないはずだよ。五千万出すということで、そっちは、弱味をさらけ出したのさ。だが、おれたちが十億円に固執したら、間に立ったあんたが困るだろう。だから、三億円に要求をダウンしてやる。これが、こっちの譲歩の限度だ。いやなら航海日誌を公表する」

「一人が一億円というわけか」

「なんだって？」

「君たちのことは、すっかり調べあげてある」

「なるほどな。空巣の真似《まね》をしたのも、やっぱり、あんたたちというわけかい。三億円は払うのか？」

「いいだろう」

と、阿部がいった。

「金はすぐ用意できるのか？」

「明日の午前中には、用意ができる」

「では、大きなスーツケース三つに、一億円ずつ詰めておけ。明日になったら、また電話する」

5

江上が電話を切ると、野口が、彼の肩を叩いて、

「やっぱり、君のほうが、おれより頭がいいや」

「カメの甲より、年の功ってやつさ」

と、江上は、笑ってから、

「これからどうする？」

と、野口と由紀子に相談した。

「あたしは、江上クンに任せるわ」

　由紀子がいい、野口も、

「おれも、君のいうとおりに動くよ。こういうことじゃあ、やっぱり、年の功だからな」

「金の受け渡しについては、おれに案があるから任せてくれ。うまくいくと思う」

　と、江上はいった。

「問題は、三億円を手に入れたあとのことだ。神谷は、おれたちのことを、よく知っている。絶えず監視されていたといっていいだろう。今まで、おれたちが無事だったのは、航海日誌があったからだ。だから、金と引きかえに、航海日誌を渡したとたんに、敵は、猛然と襲いかかってくると思わなきゃならない」

「車で逃げるよりないな。おれのスカイラインで逃げればいい」

　野口がいうのへ、江上は、首を横に振って、

「三億円を積み、そのうえ、三人が乗り込んだんでは窮屈で仕方がないだろう。それに、ホテルに泊まるような時、いちいち、金の入ったスーツケースを、車からおろさなければならない」

「それなら、キャンピング・カーがいいわ」と、由紀子がいった。

「大型のキャンピング・カーなら、三億円入りのスーツケースだって、楽に積めるし、車の中に寝泊まりできるから、日本中を走りまわれるわ。それに、三人とも運転免許を持っ

てるから、交代で運転できるし——」

「そいつはいい」

野口と江上が、同時に賛成した。

翌朝、銀行が開くと同時に、虎《とら》の子の五百万円の預金をおろし、野口が、適当なキャンピング・カーを探しに出かけた。

昼近くには、野口が、大型のキャンピング・カーを運転して帰って来た。中古車だが、マリン・ブルーと、ホワイトのツートン・カラーの洒落《しゃれ》た車で、海辺にでも置いたら似合いそうだった。

ベッドが三つのほか、電気冷蔵庫、プロパンガス、トイレ、シャワーと、設備は整っている。

値段は四百万円で、残った金で、野口は、手まわしよく、毛布や、食糧などを買い込んで、車に積んで来ていた。

「これで、いつでも気ままな旅に出られるよ」

と、野口は、いった。

「じゃあ、計画どおりやることにしよう」

と、江上が二人にいった。

まず、野口が、キャンピング・カーを運転して出発した。行く場所はすでに決めてある。

次に、由紀子が銀行の貸金庫から出した航海日誌を抱えて、予定の場所に向かった。

午後二時になるのを待って、最後に、江上が、家を出た。

タクシーを拾い、甲州街道を西に走ってもらう。二十分も走ると、府中近くへ来ていた。西武多摩川線の踏切が見えるところまで来た。

「そこでいい」

と、江上は道路沿いに見えた公衆電話ボックスを指さした。昨夜、三人で、あらかじめ下調べしておいた電話ボックスだった。

タクシーをおりると、江上は、サングラスをかけて、電話ボックスに入った。

十円玉を六枚投げ込んで、神谷邸のダイヤルを回した。

待ちかねていたように、阿部の声が出た。

「三億円は、用意できたかね？」

と、江上がきいた。

「なんとか用意した。三つのスーツケースに一万円札で一億円ずつ入れてある」

「車はあるか？」

「車は三台ある」

「大したもんだ。一番大きな車は？」

「白のリンカーン・コンチネンタルだ」

「あんたは、車の運転ができるのかい？」

「免許を持っている。自分でも車を運転しているよ」

「そいつはいい、白のリンカーン・コンチネンタルのリア・シートに、三億円を積み込み、満タンにしてあんたが運転してくるんだ」

「どこへ行けばいい？」

「それは、三時になったら、また連絡する」

江上は、いったん電話を切り、腕時計が三時をさすのを待ってから、もう一度、神谷邸のダイヤルを回した。

すぐ、阿部が電話に出た。

「用意はできたかい？」

と、江上がきいた。

「ああ。リンカーン・コンチネンタルに、三億円を積んだ。満タンにもなっている。どこへ行けばいいんだ？」

「甲州街道へ出て、八王子へ向かって走れ」

「それで、どこまで走ればいい？」

「左側を見て行くと、電話ボックスの傍《そば》にサングラスをかけた男が、白いハンカチを持って立っているのが眼に入るはずだ。そこで止まればいい。今からまっすぐに来れば、そこから、三十分から四十分で着くはずだ」

「わかった」

電話を切ると、江上は、電話ボックスを出た。ポケットから、「故障中」と書いた紙を取り出し、セロテープを使って、電話ボックスのガラスに貼《は》りつけた。

次に、白いハンカチを出して手に持った。

どんよりと曇っていた空から、陽《ひ》が射《さ》してきた。今日も、やはり雨は降らないらしい。

通りかかった若いアベックが、電話ボックスに入りかけて、故障中の紙を見て舌打ちして行ってしまった。

若い警官が、自転車でやって来て、変な眼で江上を見て行った。

江上は、暑さのためだけでない汗が、脇《わき》の下に流れるのを感じた。

気持ちを落ち着けようとして、煙草《たばこ》に火をつけた。車が次々に通り過ぎて行く。

が、白いリンカーン・コンチネンタルは、なかなか現われない。

足元に、五、六本の吸い殻が散乱したころ、白い車体のリンカーン・コンチネンタルが近づいて来るのが見えた。

大きな車体が、江上の横に止まった。

ドアが開いて、白い麻のダブルを着た初老の男がおりて来た。痩《や》せて、小柄だが、眼つきは鋭かった。

「君か？　伊五〇九潜で電話して来たのは？」

と、相手が、まっすぐに江上を見ていった。

「そうだ。あんたは、元南原機関の阿部さんだな？」

「理事の阿部だ。金を持って来た。航海日誌は、どこにあるんだね？」

「ちゃんと三億円あると確認したら、すぐ渡すさ」

江上は、車のリア・シートにもぐり込んで、そこに積まれているスーツケースを一つ一つ調べてみた。どのケースにも、本物の一万円札が、びっしり詰まっていた。

「オーケーだ」

と、江上は車からおりて、阿部にうなずいてみせた。

「車のキーは？」

「キーをどうするんだ？」

「渡してもらいたい」

「駄目だ。航海日誌が手に入るまでは渡せんね」

阿部は、江上を睨《にら》みつけた。

「航海日誌はすぐ渡すさ。その前に、あんたの身体検査をさせてもらう」

「なぜだ？」

「航海日誌を渡したとたんに、ピストルでズドンとやられたんじゃかなわないからさ」

「わたしは、そんなことはせん」

「あんたは、悪名高き南原機関の幹部だった人だからね。信用はできないな」

江上は、構わずに、服の上から、阿部の身体を調べていったが、その手が、急に止まって、内ポケットから小型拳銃《けんじゅう》を抜き出した。

「何だい？　これは」

「ベレッタ二二口径だ」

「拳銃はわかってるよ。なぜ、こんな物騒なものを持って来たんだ？」

「用心のためだ」と、阿部は、蒼《あお》ざめた顔でいった。

「どこの何者かわからん人間に三億円もの大金を払うんだからな。このくらいの用心をするのは当然だろう」

「泥棒にも三分の理ってやつか」

江上は笑って、ベレッタ二二を、自分のポケットに放り込んだ。ずしりと重い感触が、江上を気強くさせた。

阿部は、嶮《けわ》しい顔で、江上にはずされた上衣《うわぎ》のボタンをかけながら、

「早く航海日誌を渡したまえ」

「すぐ渡すさ」

江上は、腕時計に眼をやった。

「渡すといって、航海日誌はどこにあるんだ？」

阿部が、声をとがらせた時、電話ボックスの中で、突然、電話が鳴った。

江上は、「故障中」の紙を引きはがして、中に入り、受話器を取った。

「江上クン？」

という由紀子の声が聞こえた。

「ああ。こっちはうまくいっている。万事オーケーだ」

「じゃあ、航海日誌を渡していいのね？」

「予定どおり、郵便受けに放り込んでくれ」

「わかったわ」

「すんだら、すぐ、野口の所へ行ってるんだ」

江上は、電話を切ると、外にいる阿部を手招きした。

「神谷邸に電話をするんだ」

「なぜだ？」

「いいから電話しろよ」

と、江上は、命令するようにいい、阿部の身体をボックスに押し込んだ。

「電話して誰か出たら、郵便受けを見るようにいうんだ。そこに航海日誌が入っているはずだ」

「嘘《うそ》じゃあるまいな」

阿部は、半信半疑の顔で、小銭を取り出すと、ダイヤルを回した。

小声で、確認しているのを江上は背後で聞いていた。

「どうだね？」

と、江上は、かけ終わった阿部にきいた。

「どうやら、本物の航海日誌らしいな」

「じゃあ、車のキーを渡してもらおう」

江上はベレッタ二二の銃口を阿部の背後に押しつけた。

「君に車を渡してしまったら、わたしはどうなるんだ？」

「ヒッチ・ハイクで帰るんだな」

江上は、車のキーを奪い取ると、リンカーン・コンチネンタルへ歩いて行った。

阿部が、江上を睨みすえて、

「君や、仲間のことは、しっかり覚えておくぞ」

「結構だ」

江上は、ニヤッと笑い、運転席に腰を下ろし、キーを差し込んだが、急に思い出したように、

「おい！」

と電話ボックスの傍に突っ立っている阿部に向かって、大声で呼びかけた。

「その電話ボックスに時限爆弾を仕掛けておいたぞ。あと五分で爆発する。死にたくなかったら、すぐ逃げろ!」

「なに!」

阿部が、顔色を変えて、電話ボックスから飛びのいた。

江上は、笑って、車をスタートさせた。

時限爆弾は、もちろん嘘だが、阿部は、しばらくは半信半疑で、あの電話を使えないだろう。

6

江上は、西に向かって、リンカーン・コンチネンタルをすっ飛ばした。

「やったぞ」

と、ハンドルを握りながら、江上は自然に口笛を吹いていた。

十億円が三億円になってしまったが、大金であることに変わりはないのだ。三人で分けても、一人一億円にはなる。これで、待望の外洋ヨット《クルーザー》を買うこともできる。

(それに、できればユキベエを乗せて、世界一周をしたいものだ)

と、江上は思う。

つい、スピードを出し過ぎて、そのたびに、江上は、あわてて スピードを落とした。せっかく三億円を手に入れたのに、速度違反なんかで、パトカーに捕まったのでは泣くに泣けないからだ。

八王子近くまで来て、江上は、甲州街道を右へ折れて、雑木林の横の空地に、リンカーン・コンチネンタルを突っ込んだ。

そこに、野口の運転するキャンピング・カーが止まっていた。国鉄を利用して先に着いた由紀子も、野口と一緒に、駆け寄って来た。

江上は、運転席に腰を下ろしたまま、二人に向かって、Vサインを作って見せた。

「三億円はどこにあるんだい？」

と、野口は、車の中をのぞき込んだ。江上は、リア・シートから、スーツケースを一つ取りあげて、

「これが、君の分の一億円だ」

と、野口に渡した。

野口は、ずっしりと重いスーツケースをさげて、キャンピング・カーに向かって歩きながら、

(これが一億円の重さか)

と考え、思わず、ニヤッと笑った時だった。

突然、耳をつんざく轟音《ごうおん》と同時に、野口の一七五センチの身体は、地面に叩きつけられた。眼の前が暗くなり、鼓膜が破れたのか、音が消えてしまった。

野口は、反射的に、リンカーン・コンチネンタルを振り返った。

そこに、地獄絵が現出していた。屋根を吹き飛ばされたリンカーン・コンチネンタルは、斜めにかたむいて、猛然と炎を噴きあげている。

車の周囲には、爆発の際に砕け散った、車体の破片が散乱している。

そして、「助けてくれ！」と叫ぶ江上の悲鳴。

野口自身も、顔から血が吹き出していた。が、痛みは感じなかった。その余裕がなかったのかも知れない。眼に血が流れ込んできたのを、手で拭《ぬぐ》った時、ぬるぬるした感触があっただけだった。

「江上！　ユキベエ！」

と、二人の名前を叫びながら、燃えるリンカーン・コンチネンタルに向かって、這《は》って行った。

車の傍に、血まみれになった江上が、俯《うつぶ》せに倒れて、呻《うめ》き声をあげていた。

由紀子の姿がない。

車を押し包んだ火煙が、また一層強力になった。猛烈に熱い。

由紀子は、この炎の中なのだろうか?

炎の照り返しで、立ち上がった野口の顔が、血に染まったように真っ赤になっている。

その顔で、

「ユキベエ!」

と、叫んだ。

「助けてくれ」

と、江上が悲鳴をあげている。野口はだらだらと血の流れている江上の身体を、ずるずると引きずって、燃えあがる車体から引き離した。

車は、まだ燃え続けている。由紀子は、どこにいるのか。

「ユキベエ!」

と、野口は、もう一度、炎に向かって、絶叫した。

第十章　圧力

1

十津川警部は、暗澹《あんたん》とした顔で、八王子市内にある救急病院に入って行った。

匿名の手紙によって、野口たち三人の危険を予告されていながら、今度の事故を防ぐことができなかったからである。

もちろん、さまざまな制約があった。十津川に課せられていた任務は、伊五〇九潜に関係した人々の奇妙な死を調査することだったし、野口たちから、ガードを依頼されない限り、十津川のほうから、積極的に彼らを守るわけにはいかなかった。それに、十津川は、亀井刑事一人しか部下を使えないということもあった。

それにもかかわらず、十津川の胸を占領しつづけたのは、悔恨だった。

病室の前の椅子に、頭に包帯を巻いた野口が、蒼白い顔で腰を下ろしていた。前にこの男に会った時、若者らしく、きびきびと明るく、自信に満ち、そして、どこか傲慢《ごうまん》だったのに、今の野口は、老人のように疲れた暗い眼をしている。

「やあ」

と、十津川は、野口の肩を軽く叩いて、彼の横に腰を下ろした。

「江上君は、一カ月で退院できるそうじゃないか」

「しかし、ユキベエは死んでしまったんだ。江上も、左腕を手術で切り落とされた」

野口は、重い声でいった。十津川は、その声に、深い悲しみと同時に、強い憎悪を感じて、はっとなった。

「教えてもらいたいのだがね」

十津川は、自分の足元に眼をやった格好で、野口にいった。

「何をです？」

野口は、ぶっきらぼうにいう。

「いったい、何があったんだね？」

「何のことです？」

「リンカーン・コンチネンタルが爆発し、君の仲間の氏家由紀子が死亡し、江上周作が一カ月の負傷、君も怪我《けが》をした。警察の調べでは、車体の裏側に爆薬が仕掛けられたのではないかという。誰が、何のために君たちを狙《ねら》ったのかね？」

「さあ」と、野口は、宙に眼をやった。

「何があったのか、僕にもわかりませんね」

「警察には協力したくないということかね？」

「わからないものは、協力したくたってできないでしょう」

相変わらず、野口の語調は、そっけなかった。

だが、十津川は、粘り強くいった。

「爆発したリンカーン・コンチネンタルの持ち主は、東明大学の神谷学長だが、あの車は、一昨日、盗難にあったものだといっている」

「そうですか」

「だが、私はそうは思っていない。君たちと、東明大学、いや神谷学長とは、どんな関係なのかね？」

「向こうは、何といってるんですか？」

「君たちのことは全く知らんといっている」

「じゃあ、僕も知りませんよ」

「おかしないい方だな」

「そうですか」

野口は、面倒くさそうにいった。十津川と話しながら、全く別のことを考えている感じだった。

「君たちは、あのリンカーン・コンチネンタルをどうしたのかね？」

「別にどうもしませんよ」

「しかしね。盗まれた車が爆発して、その中で、君の仲間が死んだり、負傷したりしていた。それでも、何の関係もないというのかね？」

「そうです」

「しかしね。君」

「おかしいというのなら、僕たちを逮捕したらいいでしょう」

「そうはいかん。今のところ、君たちは被害者だ。被害者を逮捕するわけにはいかないのだ。君たちは、何かをし、その仕返しとして、車に爆弾を仕掛けられたんじゃないのかね？　加害者は、誰なんだ？　教えてくれれば、われわれが、逮捕する」

「別に、被害者も加害者もありませんよ。ただの事故です」

「事故で、車が爆発したというのかね？」

「いけませんか？」

「そんなばかなことが信じられるかね」

「だが事実ですよ」

「自分たちで、氏家由紀子の仇《かたき》を討とうと考えているのだとしたら、君の考えは間違っている」

十津川は、粘っこくいった。が、野口は、口を閉ざして、黙ってしまった。

「君が話してくれないのなら、江上君に聞くよ」

と、十津川は、椅子から腰を上げた。

「同じことですよ」

野口が、冷たい口調でいった。

十津川は、構わずに、江上周作の名札のかかっている病室のドアを開けた。

しみのついた壁と、唸《うな》り声をあげている扇風機がまず眼に入った。この病院は、まだクーラーの入っていない病室もあるようだ。

江上は、眠っていた。十津川が聞いたところでは、左腕切断と、左足の打撲傷だということだった。

三十分近く、十津川は、堅い椅子に腰を下ろして、江上が眼覚めるのを待っていた。

小さな呻《うめ》き声をあげて、江上が眼を開いた。

悪夢でも見ていたのか、べっとりと汗をかいた顔で、江上は、十津川を見上げた。

「誰です？」

「忘れたのかね？　警視庁の十津川だ」

「ああ。そうでしたね」

「ひどい目にあったね。彼女は死んでしまうし――」

「僕の責任なんだ」

急に、激しい調子で、江上がいった。十津川は、腰を浮かして、江上の顔をのぞき込んだ。

「何ですって？」

「何が君の責任なんだって？」

「氏家由紀子が死んだのは、自分の責任だと、君はいった」

「そうですか？」

「君はいったんだ」と、十津川は、押しつけるようないい方をした。

「なぜ、君の責任なんだね？　君たちに、何があったんだ？　あのリンカーン・コンチネンタルに爆薬を仕掛けたのは、いったい誰なんだね？」

「そんなに一度にきかれても、答えられませんよ」

江上は、顔をゆがめて、十津川を睨《にら》んだ。

「じゃあ、一つずつ答えてくれないか。君たちをやったのは誰だね？」

「わかりません」

「東明大学の神谷学長かね？」

「知りませんよ。そんな人は」

「何を怖がっているんだ？」

「別に、何も怖がってなんかいません」

「じゃあ、野口君としめし合わせて、自分たちで、氏家由紀子の仇を討つつもりかね？」

「ねえ刑事さん」

江上は、眼を閉じて、十津川にいった。

「僕は疲れているんです。眠らせてくれませんか」

2

十津川は、空《むな》しく警視庁に戻った。爆発事件そのものは、八王子署で調査が行なわれるが、あの二人があれほど非協力的では、難航は必至だろう。

「神谷信博のアリバイはどうだったね？」

と、十津川は、先に帰っていた亀井刑事にきいた。

「完全なアリバイがあります」と、亀井刑事は、手帳を見ながら答えた。

「二日前から、沖縄の那覇に行き、昨夜帰京しています。全日空にも問い合わせて確認しました」

「那覇へ、何の仕事で行ったんだ？」

「来年開校する那覇東明高校の地鎮祭に出席のためと、沖縄の教育界の人々との懇談のためです」

「向こうにも、彼の学校ができるのか」

「突貫工事で、来年四月には、開校の予定だそうです。こんな譬《たと》えはおかしいかも知れませんが、まるで、デパートの支店でもできる感じですね」

と、亀井刑事は、肩をすくめて見せた。

「神谷にはアリバイありか」

「野口たちのほうはどうでした？」

「全く非協力だったよ。何をきいても知らんの一点張りだ」

「なぜでしょうか？」

「二つの理由が考えられるな。一つは、自分たちで、死んだ氏家由起子の仇を討とうと考えている。もう一つは、彼らも不正なことをやったために、それが明るみに出るのが怖くて沈黙を守っている。この二つのどちらかだと思っている。あるいは、両方の理由が重なり合っているかも知れん」

「そういえば、科学捜査研究所から面白い報告が届いています。車内にあった黒焦げのスーツケースですが、あの中の灰を調べたところ、その成分比から一万円札が詰まっていたのではないかということです」

「二つのスーツケースともかい？」

「そうです」

「金か」

十津川は、椅子から立ち上がって、窓の外に眼を走らせた。

残酷とも思える八月の太陽が、ギラギラと舗道を照らしつけている。通行人が、喘《あえ》ぐように、汗を拭《ふ》きながら歩いていく。

「恐喝かな」

「あの三人が、神谷信博をゆすったということですか？」

「そうだ。救急病院で会った野口は、真新しいスーツケースを脇に置いていた。スーツケースは三つあったんだ。一万円札の詰まったやつがね。あの大きさのスーツケースに、一万円札が、びっしり詰まっているとすれば、約一億円はあるとみていいだろう」

「すると、全部で三億円ですか。もし、あの三人が、神谷をゆすったとすると、よく、神谷がそんな大金を払いましたね？」

「それだけ大きな秘密を持っているということだろう。その報復が、車の爆発だ。三人全部を殺す気だったんだと思う。三億円もろとも、すべてを灰にして、闇に葬る気だったのだろうね」

「その秘密というのは、いったいどんなことだと思いますか？」

「これは、一種のジグソーパズルさ」と、十津川は、振り返って亀井刑事にいった。

「橋本元海軍大佐の死から始まって、今度の爆発事件まで、僕たちは、いくつものパズルの破片を手に入れた。一つ一つは、意味を持たないが、上手《うま》く並べれば、事件の核心が見えてくるかも知れない」

「しかし、どう並べたらいいんでしょうか？　私は、あの嵌《は》め絵というやつが苦手でして」

「僕だって苦手だよ」と、十津川は笑った。

「わかっているだけでも、すでに四人の男女が死んでいる。二人の元海軍士官、塚田寛一、そして今度の氏家由紀子だ。四人に共通しているのは、伊五〇九潜に関係を持っていたということだよ」

「しかし、なぜ、三十二年前に沈んだ潜水艦のために、四人もの人間が死ななければならんのでしょうか？」

「伊五〇九潜が戦時中、秘密任務についていたことはわかっている」

「どんな秘密任務だったんでしょうか？」

「問題はそれさ」

十津川は、考えをまとめようと、もう一度、窓の外に眼をやった。

「それを解く一つの鍵が、去年、潮岬で発見された二つの白骨死体だ。この白骨死体が、伊五〇九潜に関係があることは、野口浩介が、わざわざ潮岬へ行って、あれこれ聞きまわったことでもわかる」

「もう一人、塚田寛一が行っていますね」

「そうだ。塚田は、白骨死体の一つがシンガポールで殉職したことになっている弟だと主張した。その矛盾を解く鍵として、塚田は潜水艦を考えたのだ。つまり伊五〇九潜をだよ。弟は、シンガポールで殉職したことになっているが、本当は、伊五〇九潜に乗っていて、トラック島へ向かう途中、潮岬へおろされたのではないかと」

「しかし、彼の弟は、商社員だったんです。民間人が、潜水艦に乗っていたというのは、おかしくはありませんか?」

「常識で考えればね。だが、伊五〇九潜に与えられた秘密任務に、民間人、特に商社員が必要だったら別だろう。商社員ということで、君は、まず何を考えるね?」

「貿易ですか――?」

「そうだ。商売は、軍人は苦手だ。だから商社員を乗せたのだ」

「しかし、太平洋戦争では、日本は、世界を敵として戦っていたわけでしょう。貿易ということがあり得るでしょうか?」

「厳密にいえば、世界中が敵だったわけじゃない。スイス、スウェーデンといった中立国もあった。そうした中立国から、日本が、戦争遂行に必要な物資を買おうとしたことは十分に考えられる。しかも、戦争末期には、制空権も制海権も敵に握られていたから、潜水艦が、その任務についたこともね」

「なるほど」

「だが、日本の紙幣で、中立国が、物資を売ってくれるはずがない。日本が敗ければ、紙《かみ》屑《くず》同然になってしまうからだ。とすると、万国共通の通貨を運んで行かなければならない」

「つまり、金《きん》か宝石かということですな」

「そうだ。少しずつ、パズルが完成してきたじゃないか。伊五〇九潜は、金塊か宝石を積み、軍需物資の購入という秘密任務を帯びて、日本を出発した。だが、その途中で、日本は降伏してしまったのだ。艦長は、降伏を拒否して、トラック島へ向かった。しかし、伊五〇九潜には、民間人と金塊、宝石が積まれていた。民間人には、死を強要できない。それで、潮岬へ上陸させた。金塊、宝石と一緒にだ」

「すると、それを奪い合って、殺し合いが行なわれたということになりますか？」

亀井刑事は、眼を輝かせて、十津川を見た。

「金塊、宝石と一緒に上陸した人間は、少なくとも、三人いたことになる。殺された二人と、殺した人間とだ」

「殺した奴が、東明大学の神谷学長というわけですか？」

「確証はない。が、そう考えると、不可解な事件の連続が、不可解でなくなってくるんじゃないかな。終戦の時、神谷は、二人の人間を殺して、莫大《ばくだい》な金塊なり宝石を奪い取った。現在の東明大学を頂点とする学校群は、その血まみれの金塊、宝石の上に築きあげられたものだとすれば、連続殺人を犯してでも、その秘密を守ろうとするのは、当然だろう」

「野口たち三人は、トラックへ行き、その秘密を見つけて来て、神谷をゆすったということですね？」

「ほかには考えられないね」

「しかし、警部。神谷信博は、戦時中、陸軍の兵隊として、中国各地を転戦し、中国で終戦を迎え、復員しています。まさか、陸軍の兵隊が、伊五〇九潜に乗ったりはしないでしょう。特に、軍需物資の購入というような秘密任務につく場合には」

「たぶん、神谷の経歴は、ニセモノだろう。もう一度、よく調べてみてくれ」

「わかりました。塚田寛一のことですが」

「うむ」

「犯人は、どうやって、事故死に見せかけて殺せたんでしょうか？　車もろとも海に沈めるのに、犯人自身も、車に乗っていたのだとしたら、危険な賭《か》けになりますが」

「恐らく、犯人は、スキューバ・ダイビングの経験者だよ」

「スキューバ・ダイビングといいますと、タンクを背負って海に潜るやつですか？」

「そうだ。犯人は、塚田寛一を気絶させておいてから、潜水具をつけて運転席に座り、助手席に乗せた塚田もろとも、車で海に突っ込んだんだ。十メートルぐらいの深さなら、タンク一本で、一時間近く海中で作業ができる。犯人は、沈んだ車の中で、塚田寛一を運転席に座らせたあと、フロントガラスをこわして、車の外へ出たんだ。そのまま、海中をかなり遠くまで泳いで行き、人気《ひとけ》のないところで陸に上がった。だから犯人の目撃者がなく、事故死と思われたんだろう。最初の犠牲者、橋本元海軍大佐も、同じような方法で殺されたに違いないと思っている。磯《いそ》釣り中の被害者を、犯人は、海中から近づき、海に引きずり込んで殺したのだ。現場へ行ってみたが、陸上から近づいて突き落とせば、誰かに見られる危険のあるところだからね。殺人とすれば、海中から近づくより仕方がないのだ。それに、大きな魚がかかった時、釣人は、網を持って、海面近くまでおりて行く。犯人が狙ったのは、その瞬間だろう」

「佐伯元海軍中佐は、真相に、近づいていたんでしょうか？」

「たぶんね。だが、自分の一人息子が、東明大学を受験する時だったんで、親心から、自分の摑《つか》んだ真相を、取引につかったんだろうね。神谷学長の約束と引きかえに、ノートに書きつけてあった『真相』を引きちぎって焼き捨てたんだ」

「神谷のほうは、それでも不安で、佐伯を殺してしまったというわけですね」

「すでに時効になっているとはいえ、潮岬で二人の人間を殺し、莫大な金塊なり宝石なりを強奪しているとすれば、万一、それが明るみに出れば、現在の地位を失うのは目に見えているからね」

「しかし、実際に手をくだしているのは、どんな連中なんでしょうか？　今度の爆破事件でもわかるように、神谷は、そのたびに完全なアリバイを作っていると思われますが」

「そうだな。金で傭われた連中なのか、それとも、何か金以外のもので、神谷につながっている連中なのか」

　金で傭われた連中ならば、逮捕した時に自供を得られやすいと、十津川が考えた時、彼の机の上の電話が鳴った。

　十津川が、受話器を取った。

「こちら新宿署の田島です」

　と、相手がいった。

「先月、うちの管内で起きた轢《ひ》き逃げの件ですが、被害者は、佐伯元海軍中佐です」

「ああ。あの事件で何かわかったんですか？」

「犯人を逮捕しました。そちらで関心をお持ちの事件なので、一応、お知らせしておこうと思い、お電話したしだいです」

「すぐ行きます」

　と、十津川は、いった。

「私もお供しましょうか？」

亀井刑事が、腰を浮かしかけるのへ、

「君は、神谷信博のことを、もう一度洗ってみてくれ」

といって、ひとりで、新宿署へ向かった。

午後四時を回っているが、やりきれない暑さだ。

地下鉄をおりて、新宿署まで歩く間も、十津川は、何度となく、ハンカチで、吹き出してくる汗を拭った。

大通りに、車と一緒に若者たちが集まっている。チューン・アップしたエンジンの排気音が、暑さと湿気でねっとりと重い空気を掻《か》き回している。今日は土曜日なのだ。

（優秀なアジテーターがいて、あの若者たちを組織し、目的を与えたら、どんなことでもできそうだな）

十津川は、そんなことを考えながら、新宿署に入り、すぐ、犯人に会わせてもらった。

小山　純（二七歳）　鈴木製薬営業課勤務

それが、新宿署の刑事が教えてくれた犯人のアウトラインだった。

調べ室で向かい合った時、十津川が意外な感じを受けたのは、その男の落ち着いた、礼儀正しい態度だった。

「小山です。申しわけないことをしたと思っております」

と、青年は、ちょっと腰を浮かし、十津川に向かって、深々と頭を下げた。陽焼けした、逞《たくま》しい身体つきの青年だけに、そうした態度は、すがすがしい印象を与えた。

「君がはねたのかね？」

十津川は、なんとなく、はぐらかされたような気分で、相手にきいた。別に理由はないのだが、はねた犯人を、チンピラのような男と考えていたからだった。

「はい」

と、小山はうなずいた。

「なぜはねたのかね？」

「酔っていたのがいけなかったんです。別に弁解しようとは思いませんが、あの日は、会社の帰りに飲んだのが間違いの始まりでした。なんとなく、道にとめてある車を盗んで、走らせてしまったんです。どこを、どう走ったかさえ、よく覚えていません。気がついた時には、人をはねて、夢中で甲州街道を逃げていたんです。私がはねたのが、佐伯という人で、即死だったことも、翌日になって、新聞で知ったんです」

「それで怖くなって、名乗り出なかった、というわけかね？」

「そうです。卑怯《ひきょう》なことはわかっています。すべて私が悪いのですから、どんなに重い罰でも受ける覚悟でいます」

「佐伯という人を前から知っていて、殺すつもりで、車をぶつけたんじゃあるまいね？」

「とんでもない。そんなことをいわれるのは心外です」

小山は、顔を赧《あか》くして抗議した。

「君は、東明大学の卒業生じゃないかね？」

「なぜです？」

「違うかね？」

「違います。私が出たのは、A大の国文です」

「じゃあ、東明大学の神谷学長を知っているかね？」

「名前だけは知っていますが。なぜ、車の人身事故を起こした私の出身校が問題になるんですか？」

小山が、きき返した。

（おや？）

と、十津川が首をひねったのは、その冷静なきき方だった。一方で、被害者に対して、ひたすら申しわけないといい、いかなる厳罰も覚悟しているといいながら、一方では、いやに冷静に反論してくる。

「別に意味はないよ」

と、十津川は、笑って見せてから、

「前科はないようだね？」

「そんなものはありません」

小山は胸を張って、きっぱりといった。

3

調べ室を出ると、十津川は、電話をくれた田島警部に、小山純のことを聞いてみた。

「職場での評判は実にいい青年です」と、田島は、冷えた麦茶を十津川にすすめながらいった。

「上司からも同僚からも受けがよかったようで、今度の件については、魔がさしたとしかいいようがないといっています」

「模範社員だったというわけですか？」

「そうですね。一人ぐらいは、彼の悪口をいう者がいるかと思ったんですが、一人もいませんでしたね」

「前科もなく、会社では、模範で優秀な社員というわけですか」

「そのとおりです」

「結婚は？」

「していないようですね」

「大学時代のことも、調べられたわけですか？」

「今回の事件とは直接関係ないと思いましたが、一応、調べてみました。四年間を通じて、成績は中程度といったところで、あまり目立たない生徒だったようです。ただ、柔道は高校時代からやっていて、大学四年の時には四段になっていて、対抗試合に副将として出場しています」

「何かのグループに属していたということはありませんか？」

「学生運動をしていたという記録はありませんな。やはり、十津川さんは、これは単なる轢《ひ》き逃げ事件とは見ていないわけですか？」

「そのとおりです」

「しかし、あの男に関する限り、何か背後関係があるようには見えませんが」

と、人のよさそうな田島警部は、十津川に向かって、首をかしげて見せた。

十津川が黙っていると、田島は、言葉を続けて、

「われわれが調べた限りでは、一般的なサラリーマンですし、どんな罰でも受けると神妙です。酔って、道路に止めてある車を乗りまわし、事故を起こしてしまうというのも、若者には珍しいことじゃありません」

「少しばかり、神妙すぎます」

「といいますと?」

「小山と話し始めたとき、礼儀正しさに驚きました。今どきの若者には珍しいと、一瞬、感動したくらいです。しかし、話しているうちに、どこか、おかしいと思い始めたんですよ。うまく説明できませんが、何か人間的でないものを感じたんです」

十津川が自分自身で、自分の言葉にもどかしくなって、続けて咳払《せきばら》いしたとき、ふいに、廊下のほうが騒がしくなり、駆け込んできた若い刑事が、

「小山純が、舌を嚙んで自殺を図りました!」

と、二人に向かって叫んだ。

(しまった!)

十津川は、舌打ちして、廊下へ飛び出し、階段を駆けおりた。

救急車が来ていて、口のまわりを朱《あか》く血で染めた小山純が、病院へ運ばれるところだった。眼を剝《む》き、口を一文字に閉じた小山の顔は、土気色に近かった。

「おい。小山!」

と、呼びかけても、何の返事もなかった。

もう外部の声は聞こえないのかも知れなかった。

救急車が、けたたましいサイレンの音を残して、走り去った。

「どうもわかりませんな」

と、田島警部が、悲しげにいった。

「轢き逃げぐらいで、といっては、被害者に申しわけないが、なぜ、自殺なんかしようとしたんでしょう？　あれだけ神妙にしていたのに、どうもわかりません」

「何かあるのですよ」

「それを知りたいのですがね」

と、十津川はいった。

十津川が尋問しなかったら、小山は自殺しなかっただろうか。問題は、そこにあるだろう。

小山純は、病院に運ばれたが、その途中で死亡した。死因は窒息死だった。

十津川は、彼の所持品を一つ一つ調べてみた。

定期券、会社の身分証明書、運転免許証、一万二千円入りの財布、国産の万年筆、彼自身の名刺十枚。二十七歳のサラリーマンらしい持ち物で、別に不審なものは見当たらなかった。

「これは？」

と、十津川が、つまみあげたのは、ハンカチに包まれていた小さなバッジだった。ハンカチの中には、そのほかに、ネクタイピンや、アパートの鍵などが入っていた。

「それは小山の背広の襟についていたものです。彼が勤めていた会社のバッジじゃありませんか」

と、田島が、横からいった。

「いや。違いますね。小山が働いていたのは、鈴木製薬でしょう。それなのに、このバッジは、Nの文字がデザインされています」

「なるほど」

田島は、すぐ、鈴木製薬に電話を入れて確かめてくれた。

やはり、十津川が考えたとおり、鈴木製薬のバッジは、頭文字のSをデザインしたもので、小山が背広の襟につけていたものとは違うということだった。

十津川は、改めて、手に持ったバッジを見直した。世界地図の上に、大きなNの文字が浮き彫りされたデザインである。

「何かのクラブのバッジじゃないですか?」

と、田島がいった。

「そうかも知れませんね」

「小山は、柔道四段ですから、柔道クラブみたいなものに入っていたのかも知れません。日本柔道クラブといった名称なら、頭文字はNで、このバッジにぴったり合いますが」

「そうですね」

と、うなずいたが、十津川は、何かしっくりしないものを感じていた。もっと、秘密めいた匂《にお》いを、そのバッジから感じるのだ。

十津川は、東上線の上板橋駅近くにある小山純のアパートに、田島と一緒に足を運んでみた。

2Kのアパートだが、若い男の一人住まいにしては、驚くほどきちんと整理されていた。本棚も、机の中も、片づけられていて、畳の上に週刊誌が乱雑に投げ出されているというようなことはなかった。

押入れをあけてみる。布団や毛布が、驚くべき几帳面《きちょうめん》さでたたまれ、おさめられていた。四隅をきちんと合わせてたたんであるのだ。

「これは、まるで、昔の軍隊の兵舎みたいですな」

と、五十歳を過ぎた田島警部が、笑いながらいった。

「軍隊？」

三十七歳で、軍隊経験のない十津川が、田島にきいた。

「そうですよ。今の自衛隊がどんな教育をしているか知りませんが、昔の軍隊は、意味もなく几帳面でしたね。脱《ぬ》いだ靴まで、他の者のものと一直線に並べたり、毛布の四隅を合わせてたたんだり、それが一センチずれていても殴られたり。一人一人を規格品に作りあげようとしたんでしょうな」

「それで、旧軍隊は成功したんですか？」

「怖いことに、ある程度、成功しましたね。人間は弱いものだと、今になってみると思いますね」

田島警部は、ふと、暗い眼をした。

十津川は本棚に眼をやった。劇画世代のはずなのに、そうした種類の本や雑誌は、一冊も見当たらなかった。「日本再建の道」「日本はこれでいいのか」「青年よ。憂国の心を持て」といった本が並んでいる。

「小山純は、愛国心の強い青年だったようですな」

と、田島が、かげりのない声でいった。

十津川は、黙って本棚を見、冷たく整理された室内を見まわした。自殺した青年の心も、この部屋のように、冷たく整理されていたのだろうか。

十津川は、問題のバッジを借り受けて警視庁へ戻った。

夕食をとり、そのバッジを机の上に置いて眺めているところへ、亀井刑事が帰って来た。

「どうされたんですか？」

と、のぞき込む亀井刑事に、十津川は、

「このバッジを前にどこかで見たような気がして仕方がないんだがね。どこで見たのか思い出せないのだ」

「このバッジなら神谷信博がつけていましたよ。今日も彼に会った時、背広の襟についていましたから」

亀井刑事に、あっさりといわれて、十津川は「うむ」と、唸《うな》ってしまった。

八王子の東明大学グラウンドで、神谷に会った時、彼の上衣の襟に輝いていたのだ。それが、記憶に残っていたのだろう。

「それで、このバッジが何の印かきいてみたかね？」

「いえ。ききませんでした。何か事件に関係があるのですか？」

「かも知れん」

とだけ、十津川はいった。少なくとも、このバッジによって、自殺した小山純と、神谷との間につながりが見つかったのだ。

「ところで、神谷と伊五〇九潜の関係ですが」

と、亀井刑事にいわれて、十津川は、バッジをしまい、聞く姿勢になった。

「何かわかったかね？」

「神谷の経歴からは、伊五〇九潜との関係は浮かんで来ません。中国大陸で戦い、彼の属する部隊が、山東省で終戦を迎え、昭和二十年十月に復員したことも確かめられています」

「うむ」

「ただ一つ面白いことがわかりました。彼の兄の神谷太郎が、軍属として、昭和二十年三月に上海《シャンハイ》で亡くなったことになっていますが、調べたところ、この神谷太郎の死亡は正式には確認されていないのです。また、軍属として働いていたことになっていますが、身分も不確かです」

「二人の年齢差は？」

「二歳です」

「なるほどねえ」

十津川の顔に微笑が浮かんだ。壁に穴があいたなと思ったからだった。終戦のどさくさの時に、兄弟が入れ替わったかも知れないと、十津川は、思った。

「明日、もう一度、神谷に会ってみよう」

と、十津川はいった。

翌日の午後、十津川は、ひとりで、自宅に神谷信博を訪ねた。

和服姿だったため、例のバッジはつけていなかった。十津川は、ポケットから、バッジを取り出して、神谷に見せた。

「そのバッジを、ご存じですか？」

「ああ知っている」

と、神谷は、うなずいて、葉巻をくわえた。

「どんなクラブなのですか？」

十津川はセブンスターを取り出して火をつけた。

神谷は、葉巻の煙をゆっくり吐き出してから、

「わたしの考えに賛同してくれる人々で、一つのクラブ組織を作っている。君も、警察の仕事をしていて強く感じるだろうと思うが、現代日本を蔽《おお》っている道徳的な退廃は、眼に余るものがある。わたしが提唱しているのは、日本の道徳的再武装ということだ。国を守るためには、本物の武装も必要だが、それ以上に必要なのが、国家として道徳律の確立だよ。最高の道徳律とは何かわかるかね？」

「さあ」

「国家に対する忠誠心だよ。君。現在の日本の混迷は、一《いっ》にかかって、国家に対する忠誠心の欠如から来ているのだ。国家の存在が危機にさらされた時、個人は、自分を無《む》にして、至高の存在のために、尽くさなければならない。若い人たちの中にも、わたしのこうした考えに賛成してくれる者がいてくれるので、現在の日本も、まだ大丈夫だと思っているのだがね」

「小山純という青年も、あなたの考えに賛成して、組織に入った一人ですか？」

「小山純？」

「このバッジの主です」

「それならば、わたしの考えに賛成してくれている若者の一人だと思うね」

「小山純は、自殺しました」

「ほう」

「前にお話しした佐伯さんを、車ではねて殺したことで逮捕されたのです。逮捕された新宿署で、舌を嚙んで自殺しました」

「それは――」

と、神谷は、一瞬、絶句してから、

「たぶん、その青年は魔がさしたのだろうと思う。不幸なことだ。だが、その青年が、自らの行為に責任をとって、自決したというのは、ある意味では立派なことではないかね？」

「どこが立派なんですか？」

「現在、日本中に無責任な風潮があふれている。人を轢《ひ》いても、金さえ払えばいいのだろう、刑務所へ行きさえすればいいんだろうという無責任な人間が多いとき、自らの命を絶って、その償いをしたというのは、立派なことだといえないかね？」

「私は、そうは思いません」

十津川は、神谷の分厚い顔を、まっすぐに見つめていった。

神谷の眼がきつくなった。

「なぜだね？　君だって、拳銃で誤って人を撃ってしまったら、責任を取ろうとするだろう？」

「しかし、自殺はしません。事件がうやむやになってしまうからです。小山純にしても、彼が自殺したことで、事件の真相がわかりにくくなりました」

「単なる交通事故に、真相も何もないだろう？」

「誰かの命令で、小山純が、佐伯元海軍中佐を殺したのかも知れません」

「君！」

「何ですか？」

「小山という青年には、一面識もないが、いやしくも、わたしの考えに賛同してくれた若者だ。それを、殺人犯呼ばわりされるのは、わたしとしても心外だし、その青年のために残念だよ」

「私も残念ですね。真相が明らかにされないのは」

「そうだ。君。十月一日は身体が空《あ》いているかね？」

「十月一日に何があるんですか？」

「わたしが主催する日本道徳連盟の会合が開かれるのだ。五万人の会員が集まるはずだ。君も参加したらいい。いかに、真面目《まじめ》に、日本のことを考えている多くの人がいるか君にもわかるだろうし、今のような不謹慎な言葉は口にしなくなるだろう」

「私は、真相を探るのが仕事の刑事ですから」

「だから、何だというのかね？　君だって、日本人の一人じゃないか。現在の道徳的退廃をいいとは思っとらんだろう？」

「私にとって、最大の道徳的退廃は、殺人です。そして、殺人犯を逮捕するのが、私の仕事です。ですから、もし、あなたが殺人を犯していれば、あなたを逮捕するのが私の仕事です」

「わたしを脅すのかね？　公安委員のわたしを」

「とんでもありません。あなたを脅迫したのは、野口浩介、江上周作、氏家由紀子という三人の若者たちじゃないんですか？」

「そんな若者は知らんな」

「申しあげておきますが、あなたが、脅迫されたといえば、私は、彼らを逮捕します。同時に、三人の一人が、爆薬によって死亡しましたから、それが、あなたの命令で行なわれたとわかれば、あなたを逮捕します」

十津川は、いいたいことだけをいい、腰を上げた。神谷に対する宣戦布告のつもりであった。小山純は、神谷に命じられて、というよりも、そうすることが自分の使命だと考えて、佐伯元海軍中佐を轢き殺し、また、同じ考えで自殺したのだろう。単に命令してやらせるよりも、使命感を与えてやらせるほうが、何倍悪辣《あくらつ》かわからない。それが、十津川には許せないのだ。

「十津川君」

神谷は、腰を下ろしたまま、応接室を出ようとする十津川に声をかけた。

「何ですか？」

「わたしは、たぶん、次の国家公安委員長に推《お》されるはずだ」

「それがどうかしましたか？」

「そんなわたしを、敵に回すつもりかね？」

「私は、ただ真相を知りたいだけです。いけませんか？　神谷太郎さん」

「うむ。それは――」

と、答えてしまってから、神谷の顔に狼狽《ろうばい》の色が走った。

あわてて、口をつぐむ神谷に向かって、十津川は微笑した。やはり、この男は、神谷信博でなく、神谷太郎なのだ。

4

警視庁に戻った十津川は、すぐ、捜査一課長の本多に呼ばれた。

「今、部長に呼ばれてね」

と、本多は、当惑した顔で、十津川にいった。

十津川は、苦笑した。

「もう、神谷が、部長に電話を入れましたか」

「そうらしい。二十分前に、神谷学長から電話があって全く関係のない事件について、十津川という警部が自分を犯人扱いするのはけしからんと、部長に文句をいったということだ」

二十分前といえば、十津川が、神谷邸を辞してすぐである。

「部長は、捜査を止《や》めろといっておられるんですか？」

「そうはいっておられないよ。ただ、確たる証拠もなく、神谷のような男を犯人扱いするのはまずいといわれた。とにかく神谷は、公安委員だし、東明大学の学長だし、日本道徳連盟の会長だ。そういう堅い方面の名士に、お偉方は弱いからね」

「別に犯人扱いはしていませんよ。小山純をけしかけて、佐伯元海軍中佐を殺させたのなら、逮捕すると警告しただけです」

「そりゃあ、まずいな」と、本多は、眉《まゆ》を寄せた。

「神谷は、君に脅されたといっているようだし、これ以上、同じ行為が繰り返されれば、マスコミを利用して、警察の横暴さを暴露していくと、部長にいったそうだ。マスコミは、権力アレルギーを持っているし、東明大学の卒業生が、数多く、マスコミの第一線で活躍していたのでね」

「私が神谷に警告しただけじゃありません。向こうも、私に警告しましたよ。次期公安委員長有力候補の自分を敵に回すと、どんなことになるかわからんぞと」

「ふむ」

「別に、私は、今度の事件からはずされても構いませんが」

「おい、おい。そんなことは、部長も私も考えてはおらんよ。ただ、神谷を叩くときは、確実に証拠を摑んでからにして欲しいといっているだけだ。なにしろ、首相まで、神谷の道徳再武装運動に共鳴して、日本道徳連盟の名誉会長になっているくらいなのでね」

「お偉方は、全部、あのバッジをつけているみたいですね」

　十津川は、皮肉な眼つきをした。

「道徳の向上ということは、正面切って反対はできんし、お偉方は、道徳という言葉が好きだからね」

　と、本多は、小さな溜息《ためいき》をついた。

　十津川は、少しの間、じっと黙って、窓の外に眼をやっていたが、

「私には、心配なことが一つあります。私自身の進退よりも、そのことが問題だと考えているのです」

「どんなことだね？」

「神谷学長が、襲われることです」

「誰が、彼を襲うのかね？」

「野口浩介と江上周作の二人です」

「ああ、あの二人か。女が死んだんだったな。その仇討ちに、二人が、神谷を襲うということかね？」

「氏家由紀子の死んだ爆破事件は、明らかに、神谷がやらせたものです。しかし、野口たちは、その解決を警察に任せず、自分たちで決着をつけようとしています」

「ふむ」

「問題なのは、野口たちが、それを中止した場合でも、神谷のほうが、彼らを殺すだろうということです。橋本元海軍大佐、佐伯元海軍中佐、それに、塚田寛一を消し去ったようにです」

「それは、君の想像にしか過ぎんのじゃないかね？」

「それならばいいですが、野口たちが、神谷をゆすって大金を手に入れたのは、まず間違いないと思うのです。野口たちは、神谷の秘密を握ってゆすったことは間違いない。とすれば、神谷が、彼らをこのままにしておくはずがありません」

第十一章　ある告白

1

夜の闇《やみ》にまぎれて、野口は、神谷邸に近づいた。

サファリ・ジャケットのポケットには、ベレッタ二二が入っている。正確な名称は、ベレッタ・モデル一九五〇。第二次大戦後、イタリアのベレッタ社が製造した護身用ピストルである。全長十一・五センチ。重量わずか二八三グラムで、掌《てのひら》の中に入る小さな拳銃《けんじゅう》だった。

負傷した江上のポケットに入っていたのを、黙って持って来たのである。弾丸は六発装《そう》塡《てん》されている。

二二口径の小さな弾丸一発で、神谷が死ぬかどうかわからないが、六発全部を撃ち込んでやれば、苦しみながら死ぬだろう。

台風十四号が、九州南部に近づいているせいか、夜空に、真っ黒な雲が、激しく動いていく。そんな荒れ模様の気配が、野口の気持ちを、一層高ぶらせていた。

高いコンクリート塀が、外部からの侵入者を拒絶するように、長く続いている。

野口は、塀に沿って駐車してある車の屋根に登り、その高さを利用して、塀を飛び越えた。

その瞬間、唸《うな》り声をあげて、三匹のシェパードが殺到してくるのが見えた。そのうしろから、懐中電灯の明かりも、駆け寄ってくる。

野口は、牙《きば》をむき出しにして吠《ほ》えかかってくるシェパードたちに向かって、夢中で、ベレッタ二二の引き金をひいた。

一発、二発。先頭の一頭が、甲高い悲鳴をあげて、地面に倒れた。そのすきに、野口は塀に飛びつき、懸命によじ登った。

どうやって、塀の外に逃げたのか、よく覚えていない。手足に血を滲《にじ》ませながら、ともかく道路におりた時、車が一台、滑るように近づいて来て、野口の傍《そば》に止まった。

助手席のドアがあいて、運転席の男が、

「乗りなさい」

と、いった。

邸《やしき》の中では、シェパードの吠える声と、男の声が交錯して聞こえている。

野口は、敵か味方かわからないままに、助手席に乗り込んだ。

男は、黙って、車をスタートさせた。

野口は、ポケットのベレッタ二二に、指先を触れさせながら、運転している男を見つめた。

六十歳ぐらいに見える小柄な男だった。その横顔に、どこか見覚えがあったが、すぐには思い出せなかった。

「無茶をする人だ」

と、男は、溜息《ためいき》をついて見せた。

「あの邸の周囲は、四六時中、テレビ・カメラが監視している。たったひとりで乗り込んで、どうする気だったのかね？」

「――――」

野口は、返事をしなかった。まだ、相手の素性がわからなかったからである。

男も、それ以上、突っ込んできこうとはせず、黙って、車を走らせて行く。

いつの間にか、野口を乗せたニッサン・グロリアは、第三京浜に出て、西に向かっていた。

いっこうに止《と》める様子がない。小田原市内を抜け、海辺に出たところで、男は、やっと車を止めた。

眼の前に、夜の太平洋が広がっている。荒れ模様の夜の海だ。白い牙をむき出しにした海は、激しい音を立てて、打ち寄せてくる。

「私は、海が好きでね」

と、男は、呟《つぶや》くようにいった。

「だが、海を見ていると、悲しくもなってくる。この海の彼方《かなた》に、トラック島があるのだと思うとね」

「あんたには、前にどこかで会ったような気がするんだが」

野口は、相変わらず、ポケットの拳銃に手をやったまま、男にいった。車内灯が消してあるので、男の横顔は、黒いシルエットになっていた。

「二度会っている」

と、男がいった。

「二度も、どこでだったかな？」

「君たちが、伊五〇九潜のことで調べまわっている時に一度」

「あっ」

と、野口は、小さく声をあげて、

「おれたち三人に、伊五〇九潜の秘密を、話してくれた――？」

「そうだ。二回目は、トラック島で」

「トラック島で？　じゃあ、おれたちのヨットを監視していた老人は、あんただったのか？」

「監視していたわけではない」

と、男は、落ち着いた声でいった。

「君たちが、果たして、伊五〇九潜を見つけられるかどうか心配で、見守っていたのだ」

そういったあと、男は、急に激しく咳込んだ。

しばらく、苦しげに咳込んでいたが、ハンカチで、口のあたりを拭《ぬぐ》ってから、

「最近、身体《からだ》が弱っていてね」

「あんたは、いったい、誰なんだ？」

「誰？　私は、君たちが私のことを知っているものと思っていたんだが」

「すると、あんたは、伊五〇九潜の生き残りの森明夫という――？」

「そう。私は、生き残りの森だ」

男は、つらそうないい方をした。

航海日誌には、当時十七歳と書いてあったから、まだ、五十歳になったかならずだろう。

それなのに、男の様子は、六十歳過ぎの老人に見えた。それだけ、彼の戦後が、つらいものだったということなのだろうか。

「私は伊五〇九潜の生き残りだ。今日まで、生き恥をさらしてきたのだ」

森明夫は、また、つらそうにいった。

戦後生まれの野口には、森の気持ちが理解できなかった。彼は、拳銃から手を放し、ごそごそと煙草《たばこ》を取り出して口にくわえた。

「おれにはよくわからないな。死んだ人たちには、死ぬだけの理由があったんだろうが、あんたは、死なずにすんで良かったじゃないですか。十七歳で死んじまったら、全然、人生を楽しめないものね」

「人生は、楽しむだけのものじゃない」

「そうかも知れないけど、死ぬよりいいですよ」

「いや、違う」

森明夫は、まっすぐ海を見つめたまま、強くかぶりを振った。

「人間は、ただ生きていればいいというもんじゃない。名誉のために死ぬべき時もあるんだ。若い、戦後派の君にはわからないだろうが」

「確かにわかりませんね。しかし、なぜ、おれを助けてくれたんですか？」

「私は責任を取ったんだよ」

「何の責任です？」

「君や、君の仲間を、トラック島へ行かせた責任だよ」

「しかし、おれたちは、あんたの伊五〇九潜の話だけで、トラックへ行ったわけじゃありませんよ。何もかも、あの奇妙な救難信号のせいなんだ。あの信号が、そもそもの始まりだったんだ」

「その救難信号の発信者は私だ」

「え？」

2

完全な夜の闇が、海を、海岸を、そして、二人の乗った車を蔽《おお》った。

雲が厚く、月明かりもないので、森の声は、暗闇の中から聞こえてくる感じだった。

「私は、心ある日本人に、伊五〇九潜を、というより、あの艦と共に眠る遺体と、艦長の航海日誌を見つけてもらいたかった。だから、私は、遭難自動通報用送信機を買い求め、それに、旧海軍の暗号を組み込み、トラック島の冬島から送信したのだ。発信を強力にしてね。それを、たまたま、君がキャッチし、興味を感じて、伊五〇九潜のことを調べてくれた」

「どうもよくわかりませんね。なぜ、そんなまわりくどいことをしたんです？　あんたは、あそこに伊五〇九潜が沈んでいることを知ってたんだから、自分で潜ってみたらよかったじゃありませんか。潜れなくても、潜れる人間を見つければいい。こんな車に乗っているんだから、人を傭う金がなかったとも思えないし――」

ふいに、水平線に青白い稲妻が走った。あの辺りは、驟雨《しゅうう》でも降っているのだろうか。

「私には、その資格がない」

「なんていったんです？」

「私には、資格がない」と、森は、同じ言葉を繰り返した。

「昭和二十年八月十九日に、私は、大杉艦長から、下艦を命ぜられて、神谷太郎、岩村不二夫、塚田亮二の三人と、伊五〇九潜を離れた」

「それと、七百キロの金塊とね」

「そうだ」

「潮岬に上陸したあと、どうなったんですか？」

「夜明けに近かった」と、森は、その時の情景を思い出したのか、いくらか高ぶった声でいった。それは、戦争を語る時に見せる体験者の高ぶりに似ていた。

「波が高く、上陸した時、われわれの手足は、すり傷だらけになっていた。そして、やっと上陸し終わった時、ああ、今、自分は、日本の土を踏んでいるのだなという感動で、ボロボロ泣いてしまった。二度と日本の土は踏めずに死ぬことになるだろうと覚悟していたからね」

「神谷は、潮岬で、二人の商社員を殺しましたね？　あんたは、それを見ていたんじゃありませんか？」

　野口の声には、別に非難の調子はなかった。それは、彼にとって、あまりにも遠い事件だったからである。三十二年前といえば、野口は、まだこの世に存在していないのだ。

また、水平線が青白く光った。一瞬、森の横顔が、くっきりと浮かび上がり、すぐ闇の中に消えた。

「私は、それを知らなかった」

　と、森はいった。

「なぜです？　一緒に潮岬に上陸したはずでしょう？」

「確かにそうだが、私は、一刻も早く行かなければならない所があったので、すぐ三人と別れたのだ。その理由については、あとで話すが、したがって、私は、神谷が、二人の商社員を殺して、金塊を独り占めにするなどとは全く考えてもいなかった。艦の中での神谷は、多少、傲慢《ごうまん》なところはあったが、私の眼には、立派な憂国の士に見えたからだよ」

「しかし、神谷は、二人を殺して、七百キロの金塊を独り占めにし、しかも、それを、自分のために私したんですよ」

「知っている。しかし、私は、うかつにも、長い間、それに気づかなかった。去年、潮岬で、二つの白骨死体が発見されて問題になった時、初めて、わかったのだ。あの報道が新聞にのった時、私は、神谷が二人の商社員を殺し、あの金塊を独占し、大杉艦長をはじめとする伊五〇九潜と運命を共にした英霊の志を無にした行動をとったことを知ったのだ。そして、神谷のことを調べた。調べれば調べるほどあくどさがわかって来た。神谷は、二つ違いの弟が中国から復員後すぐ病死したのをよいことに、弟信博になりすました。二人の商社員を殺し、七百キロの金塊を強奪した過去を、神谷太郎という名前と一緒に、過去の闇の中に葬ってしまったんだ。そして、神谷自身は、いつの間にか、東明高校、東明大学を作り、大きな学園の経営者におさまった。その資金は、あの金塊だよ。他の教育者たちが、過去の失敗にこりて、教育を政治から独立させようと腐心していた時、神谷は、最初から政治や、産業にべったりの教育を考えたのだ。そのために、政界からも財界からも、有形無形の援助を受けた。それが、東明大学を巨大なものにした大きな理由だよ。神谷は、また、日本を今の精神的荒廃から救うのだと称して、日本道徳連盟なるものを創設した。時の首相を名誉会長に戴《いただ》き、自分は、その会長におさまった。私も、その会員になった。君たち若者がどういおうと、現代の日本は、精神的に荒廃していると信じているからだ。だから、進んで、私は、日本道徳連盟に加入した。ところが、神谷の狙《ねら》いは、単なる道徳再武装ではないのを知ったのだ」

「それは、何なんですか？」

「南原機関の再建だよ。現代の南原機関だ。少数者が、謀略によって、日本を動かす。そうした機関を再建することに、神谷は、熱中した。道徳の高揚ということも、そのためのものだったのだ。世の中が騒がしくなればなるほど、神谷の右傾化は激しくなった。昔の日本を悪夢だという人もいる一方、神谷のように、昔の日本が理想だという人間もいる。私は、そんな神谷にはついていけなくなったんだよ。神谷のような汚れた手を持つ男に、日本が動かされてはたまらないと思ったのだ。しかも、君たちは知らないだろうが、南原機関の再建という神谷の夢は、着々と実現に近づいているのだ。佐伯元海軍中佐を消したのも、この機関の人間だと信じている。私は、それが許せなかった。私が許しても、伊五〇九潜の英霊は許さないだろう。だから、私は伊五〇九潜のこと、神谷のことを世間に知ってもらうために、あの通信を発信することを考えたのだ」

「それはわかったけど、あんたはまだ、おれの質問に答えていない」

と、野口はいった。

また、水平線が光った。

青白い閃光《せんこう》は、しだいに強烈に、大きくなっていくようだった。

すでに、間近まで、雨域が近づいて来ているらしい。

「雨になるかな」

と、森は呟いてから、

「正直にいおう。神谷を批判している私も、神谷と同じように、薄汚れているし、伊五〇九潜の英霊を裏切っているのだ」

「それは、どういうことですか?」

「さっきもいったとおり、私は、三十二年前、潮岬に上陸するとすぐ、神谷たち三人と別れてしまった。私は、神谷と二人の商社員が、七百キロの金塊を、約束どおり、日本の復興のため、日本人のために使ってくれるものと信じていたのだ。特に、神谷は、立派な愛国者と信じて疑わなかった。南原機関を愛国者の団体だと思っていたし、その組織の幹部ということで、頭から信じていたのだ。まさか、二人の商社員を殺して、金塊を独り占めするなどとは、思いも及ばなかった。昭和三十八年に、私は、久しぶりに東京で、弟になりすました神谷に会った。その時、彼はすでに、教育界で大きな地位を築いていたんだが、病死した弟になりすましたのは、終戦直後、アメリカ占領軍による南原機関の追及から逃れるためだといい、七百キロの金塊は、終戦直後、金《かね》に替え、浮浪者の救済や、赤十字の献金に使ったといった」

「それを信じたんですか?」

「あの時は、私は素直に信じたよ。彼が、伊五〇九潜の英霊に誓うといったからだよ」

森は、小さな溜息をついた。

鋭く稲妻が走り、耳をつんざいて雷鳴が轟《とどろ》いた。だが、雨はまだ降って来ない。

森が、言葉を続けた。

「私は、その時、三十五歳で、最初の事業に失敗していた。それを知って、神谷は、私に大金を融資してくれたのだ。私は、何の疑いも持たずに、その融資を受け、現在の小さな会社をやってくることができたのだ。その金は、神谷が、伊五〇九潜の英霊を裏切って儲《もう》けた金だったのだ。私と神谷は、その意味で同罪なのだよ。私には、神谷を断罪する資格がないのだ」

「よくわからないな」

野口は、若々しく、あっさりといった。

「あんたは、神谷のやったことを知らなかったんだし、借りた金は返したんでしょう？それなら、資格がないとかなんとか、自分を責める必要はないじゃありませんか？」

「いや。私には、資格がない」

森は、その理由を説明しようとして、「私は――」と、いいかけて、止《や》めてしまった。現代の若者の野口には、自分の心情を説明しても、わかってはもらえまいと考えたのだろうか。

「とにかく、私には、神谷を断罪する資格がない」

と、森は、自分自身にいい聞かせる調子で繰り返した。

「それで？」

野口は、先を促した。

青白く稲妻が光り、雷鳴が轟く。

「それで」と、森は、おうむ返しにいった。

「私は、神谷の罪を断罪する役を、誰かに頼もうと思った。しかし、いったい誰に頼んだらいいのだろうか。私には、マスコミは信用できなかった。戦時中、マスコミは、若者を戦争にかり立てた。聖戦だといい、戦いに加わることこそ若者の任務だと書き立てだよ。私のほかにも、十五、六歳で戦争に参加した者が何人もいる。その何パーセントかは死んだ。それなのに、戦後になると、今度の戦争は間違っていたと、マスコミは書き立てた。それなら、彼らは、間違った戦争に、私たちをかり立てたのか。だから、私は、マスコミを信じられなかった。私は、仕方なく、もっとも迂遠《うえん》な方法をとったのだ」

「トラック島から、G暗号で、S・O・Sを送るというような、ですか？」

「そうだ。誰かが、あの信号に気づき、トラック島に沈む伊五〇九潜を見つけてくれたらと考えたのだ。当然、艦内に横たわる白骨と、艦長の航海日誌を発見するだろう。もし、発見者が、正義に燃えた若者なら、きっと、神谷を糾弾してくれると信じたのだ」

「――――」

「君たち三人が、私の通信をキャッチし、伊五〇九潜について調査を開始したのを知って、私は、喜んだ。若者は、常に正義感にあふれているものだからだよ」

「おれたちは、正義感に燃えてトラック島へ行ったわけじゃありませんよ。七百キロの金塊に釣られて出かけたんだ」

「もちろん、私は、それでいいと思っていた。ただ、君たちは若い。あの白骨と、航海日誌を眼にすれば、今もいったように、私に代わって、神谷を糾弾してくれるだろうと期待したのだ。君たち三人が、トラック島から帰り、南原機関について調べ始めた時、私は、自分の期待が実現することを夢に描いた。そして、君たちに危険がないように、匿名で、警察に君たちのことを守ってくれるように頼んだりもした」

「僕たちに、南原機関のことを書いた本を送ってくれたのも、あんたですか？」

「もちろん、私だ。だが、私の期待は裏切られた――」

森が、暗い声でいった。

その時、沛然《はいぜん》と、雨が落ちてきた。

3

二人の乗ったニッサン・グロリアは、滝のように降り注ぐ豪雨に包まれた。

屋根を叩く音が激しく、二人の話す声も、聞きとれない。

森も黙り、野口も黙って、轟然たる雨音を聞いていた。稲妻が斜めに走り、激しい雷鳴が、野口の耳を威圧する。

一時間近く、豪雨は降り続き、やがて、急激に止《や》んでいった。

「君たちは——」

と、森が再び話しはじめた。

「あの航海日誌で、神谷から大金を巻きあげた」

「おれたちが、手にできなかった七百キロの金塊の代わりですよ。おれたちは、当然の権利だと思ったんだ」

「伊五〇九潜の英霊に代わって、神谷を糾弾しようとは思わなかったのかね？　若者の持つ正義感はどうしたのだ？　悪を憎む気持ちはどうしたのだ？」

森の言葉には、明らかに、野口に対する非難がこめられていた。

野口にも、森の気持ちがわからないわけではない。だが、彼が感じたのは、当惑だった。

「おれたちには、関係ない」と、野口はいった。言葉使いも乱暴になった。

「神谷が三十二年前に二人の商社員を殺して、七百キロの金塊を独り占めしたとわかった時、もちろん、おれだって腹が立った。だが、あんたが何回となく繰り返すような、伊五〇九潜の英霊に対して腹が立つといったものじゃなかった。さっきもいったように、伊五〇九潜のことは、おれたちの生まれる前のことだし、神谷が二人の商社員を殺したことにしても、すでに時効になっている」

「神谷は、自分の作った組織を使って、商社員の一人、塚田亮二の兄も消したと考えられている。神谷は、自分の悪をほじくり出す人間を許せないからだ。自分と、自分の作った組織を守るために、容赦なく殺す。この殺人は、まだ時効になっていないよ」

「かも知れないが、おれには関係がない」

「関係がない――か」

森が、小さく肩をゆすったのが見えた。

厚い雲の切れ間から、月が顔をのぞかせ、運転席の森の姿が、ぼんやりと見えるようになった。

「伊五〇九潜の英霊も、同じ日本人じゃないかね？　日本人同士の連帯感は感じないのか？」

「おれが連帯感を持つのは、死んだユキベエや負傷した江上に対してだ。おれは戦争を知らない。知らない戦争で亡くなった人たちに、連帯感を持てといっても、無理だ」

「しかし、君は、神谷に対して腹が立ったといった」

「ええ、彼のやり方は卑劣ですからね」

「それなら、なぜ、君たち三人は、君たちの持つ若さの力で、神谷を糾弾してくれなかったのかね？　私が、君たちに期待していたのは、そのことだったのだ」

「そんなことをしても、おれたちには、何の得《とく》にもならなかった。それより、神谷の過去の傷をネタに、彼を脅迫して、金を手に入れるべきだと、おれたちは、衆議一決したんだ」

「それが、現代の若者の論理かね」

「そうですよ」

「しかし、結局、それが、君たちを危険にさらすことになったんだ」

森は、厳しく裁断するようにいった。

野口は、黙って、また新しい煙草をくわえて火をつけた。

「君たちが、金《かね》にこだわらず、神谷を糾弾し、彼の悪を明るみに出していたら、神谷は、その応対に窮して、君たち三人を狙うどころではなかったろう。だが、君たちは、三億円と引きかえに、航海日誌を引き渡してしまった。いや、もっとも大きな問題は、君たちが、彼らから三億円をゆすり取った瞬間から、君たちは、彼らと同じレベルの卑劣な人間になってしまったということだ」

「ひどいいわれ方だな」

「私は、事実をいっているのだ。神谷にとって、糾弾者でなくなった君たちは、少しも怖くない。だから、君たちは、あっさりと消されかけたんだよ」

「車に爆弾を仕掛けたのは、神谷の命令で動いた日本道徳連盟とかの連中ですか?」

「表向きの日本道徳連盟は、一種の親睦《しんぼく》団体だよ。私も、神谷から例のバッジを貰《もら》ったことがある。だが、さっきもいったように、神谷や、彼の腹心の部下が力を入れているのは、現代の南原機関ともいうべき若者たちのグループなのだ。彼らの唯《ただ》ひとつの目的は、強力な国家を作りあげることだ。つまり、国家を最高の道徳とするイデオロギーだ。そうした考えに賛成する若者たちは、彼らの目的にとって障害となる人間は、実力で排除すべきだと考えているようだ。そのためには、命を捨てても惜しくないという若者も大勢、神谷の周囲にいるらしい。神谷が、自慢げに、私に話してくれたことがある」

「そんな命知らずの若者が、何人くらいいるんですか？」

「神谷は、百人以上はいると豪語していたが、事実かどうかわからない。だが、彼が、彼らの数が一万人を越えたら、今の日本を思うように変えられるといったのは、真実だと思うね。南原機関での経験が、神谷に、そんな確信を持たせているのだ。車を爆破したのもその連中だろう」

「すると、おれたちは、これからも、彼らに狙われるということですね？」

野口は、左手を失って、病院のベッドに横たわっている江上のことを思った。いま江上が襲われたら、防ぎようがない。

「大丈夫だよ」

と、森がいった。

「しかし、こうしている間にも、彼らが、病院の江上を襲うかも知れないじゃありませんか？」

「大丈夫だよ」

「なぜ、大丈夫なんです？」

「あの車の爆発のあと、私が、神谷に電話を入れておいたからだ」

「しかし、神谷は、あんたの言葉に従うとは思えませんね。すべての事情を知っているあんたが、今日まで消されずにいたのは、航海日誌という切り札があったからでしょう。その航海日誌を、おれたちは、あんたの期待を裏切って、三億円で神谷に売り飛ばしてしまった。とすれば、あんたには、もう切り札がないわけでしょう？　それなのに、なぜ、神谷は、あんたのいうことを聞くんですか？」

「私は、神谷に電話して、こういってやったのだ。君が手に入れた大杉艦長の航海日誌はニセモノだとね」

「何ですって？」

4

一瞬の沈黙があってから、森が、

「あれはニセモノなのだ」

と、繰り返した。

「しかし、あの航海日誌には、事実が書いてありましたよ。七百キロの金塊のことも、神谷や商社員のことも、それに、あんたのこともだ。また、事実が書いてあったからこそ、神谷は、おれたちに三億円もの大金を支払ったんじゃないですか？」

「確かに、あれに書かれてあるのは事実だ。筆跡も、大杉艦長に似せてある。神谷や商社員の名前も、イニシアルでなく、フルネームを書いておけば、君たちが真相に近づくのも早かったと思うが、大杉艦長の性格として、航海日誌に、民間人のフルネームを書くような人ではなかった。だから、やむを得ず、ああ書いたのだ。だが、あれは、ニセモノなのだ」

「じゃあ、なぜ、伊五〇九潜の艦長室にあったんですか？　あれも、あんたが、置いておいたんですか？」

「考えてみたまえ」と、森は、いった。

「伊五〇九潜が、トラック島で沈んでから、三十二年が経過しているんだ。その間、艦内は常に海水に洗われていた。いかに、何重に油紙で包まれていたとしても、君たちが見つけた航海日誌は、あまりにもきれい過ぎなかったかね」

「――――」

「もう一つ。金塊を私した神谷は、いつも、航海日誌のことが、気になっていたはずだ。艦長は必ず航海日誌をつけるものだし、もし、それに、金塊のことや、自分のことが書いてあったら、神谷の命取りになりかねない。神谷が、三十二年間、伊五〇九潜の艦内を探さなかったと思うかね？　南原機関の人間が、ひそかにトラック島に飛び、調べたことは十分に考えられるじゃないか。彼らは、君たちよりその道では専門家だ。彼らに見つからなかった航海日誌が、簡単に君たちに見つかったのも、おかしくはないかね？」

「すると、あの航海日誌は――？」

「君たちが、トラック島行きを決めたのを知ってから、私が先にあの島へ行き、油紙に包んで伊五〇九潜の艦長室へ置いておいたのだ。君たちが発見してくれるのを期待して」

「あれがニセモノだとすると、本物は、どこにあるんですか？」

「最初に、私は、ある理由があって、終戦の時、潮岬に上陸したあと、すぐ三人と別れたといった。あの時、私は、大杉艦長から航海日誌を預かっていたのだ。ある人に渡してくれといわれてね。他の三人は、そのことは知らなかった。彼らは民間人だったから、大杉艦長は、子どもでも軍人の私に話したのだと思う。もちろん、その航海日誌には、昭和二十年八月十五日までの記入しかされていなかった。ニセモノの航海日誌に、八月十五日以後も記入してあるのは、私の創作なのだ」

「ふーん」

と、野口は、鼻を鳴らしてから、

「ひょっとすると、あの航海日誌は、ニセモノかも知れないと思ってもいたんです」

「ほう」と、森は、驚いた顔になった。

「本当かね？」

「これは別に、負け惜しみでいってるんじゃありませんよ。ただね。よく考えてみると、あの航海日誌には、一つだけおかしいところがあったんだ」

「どこだったかな？　艦長の文章と筆跡を一生懸命真似《まね》て書いたつもりだったが」

「伊五〇九潜について調べまわっている時、こういう話を聞いたんです。伊五〇九潜が、トラック島で沈没した時、島には、すでにアメリカ軍が進駐していた。そこで、日本軍とアメリカ軍が協力して、沈没した伊五〇九潜の乗組員を助けようとした。海に潜り、ハンマーで船体を叩き、モールス・コードで、脱出せよと伝えたところ、大杉艦長が、艦内から、天皇陛下の艦を見捨てることはできないと、打ち返して来たと。大杉艦長の航海日誌には、当然、このことが記入されていなければならないはずなのに、それがなかった。だから、ひょっとするとと思っていたんです」

「やはり、実際に艦にいなかった部分は、ボロが出るものだね」

と、森は、自嘲《じちょう》するように、小さく笑った。

「おれたちが、トラック島に行った時、本物の航海日誌ではなく、ニセモノを艦内に置いておいたのは、おれたちの若い正義感に期待していたといいながら、本心では、信頼できなかったからじゃないんですか？」

と、野口は、反撃した。

「万一を考えたのだ。私の疑問は、結局は正しかった。まだ本物を渡さなかったからこそ、君を助けることもできた」

「本物は、どこにあるんですか？」

「昭和二十年八月十五日、日本の敗戦が決まった時、大杉艦長は、ひそかに私を呼んで、航海日誌と、日本国民への告別の辞を書いた手紙を託された。それを、伊五〇九潜が属していた第二十一潜水隊の的場《まとば》司令に渡してくれといわれたのだ。私は、潮岬上陸後、すぐ三人と別れて、呉軍港に的場少将をお訪ねしたが、その時、すでに的場閣下は亡くなられていたのだ」

「じゃあ、今は、どこに？」

「私が持っている」

「本物の航海日誌の内容も、おれたちが艦内で見つけたニセモノと、ほとんど違わないんですか？」

「そのとおりだ。神谷たちをイニシアルで書いてあるところも全く同じだ。だからこそ、神谷は信用して、君たちに大金を払ったのだ」

「神谷が、あんたを殺して、本物の航海日誌を奪おうとはしないんですか？」

「私を殺せば、航海日誌が、自然に公《おおやけ》になるようにしてあると、神谷にいってある。だから、しばらくは何もしないだろう」

「しばらくは？」

「神谷は、必死になって、私がどこに航海日誌を隠したか探すだろう。いや、もう探しているはずだ。そして、見つけ出したら、容赦なく私を殺すだろう。もちろん、君たちもだ」

「これから、どうするつもりなんです？」

「君はどうするつもりだ？」

「おれの気持ちは決まっている。殺された氏家由紀子の仇《かたき》をとる。警察が、爆弾を仕掛けた犯人を見つけて逮捕したところで、神谷は逮捕できるはずがない。だから、この手で、神谷をやっつけてやりたいんだ」

「君は、どうしても私情を越えられないのかね？」

「おれには、日本のためとか、戦争中の英霊とかいう考えはありませんよ。そんなことを考えたらシラけてしまう。本物じゃないからですよ。だが、彼女の仇を討つという気持ちは本物ですよ」

「しかし、どうやって仇を討つつもりかね？　神谷のまわりには、屈強な男たちがいるし、今日でわかったろうが、私邸も警備が厳重だ。そのうえ、彼は公安委員だから、警察だって、彼の味方かも知れん。神谷に近づく前に、君は、神谷たちにやられてしまうよ」

「日本以外のところで戦えば、神谷たちも、力が減殺されるんじゃないかな」

「日本以外というと、どこで戦うつもりだね？」

「伊五〇九潜の沈んでいるトラック島です」

「あの島でかね」

　森の声が、自然に熱っぽくなった。

「しかし、あの島へ、神谷をどうやって、連れ出すのかね？　神谷は、伊五〇九潜に乗っていたこと、七百キロの金塊のことなどを隠している。弟になりすましてまでだ。そんな神谷を、どうやって、トラック島に連れ出すのかね？」

「あんたが協力してくれれば、案外簡単かも知れませんよ」

「私が？　いったい、どうするのかね？」

「森さんは、今まで、伊五〇九潜の一員だったことを隠して生きて来られたんですか？」

「私は、伊五〇九潜の乗組員の中で、たった一人生き残ったことが、無性に恥ずかしかった。生き恥をさらしているような気がしたのだ」

「それで、森明夫は、伊五〇九潜と運命を共にしたことになってしまったわけですか？」

「そうだ。今、私は別の名前を持っている。終戦の混乱期だったから、こんなことも許されたのだろうね」

「しかし、神谷とあんたとは、神谷太郎と森明夫としてお互いを見ているわけでしょう？」

「そのとおりだ。私と神谷の間には、常に、伊五〇九潜が横たわっている」

「じゃあ、神谷に、こう話してくれませんか。すでに、戦後三十年以上たった。戦後も終わったといわれる今、航海日誌を、真の持ち主である伊五〇九潜の艦長室に戻すことにしたと」

「神谷が、果たして信じるかな」

「これだけでは、信じないでしょうね」と、野口は、考えながらいった。

「ですから、大杉艦長の未亡人の力を借りたらどうかと思うんです。彼女とは、つき合いはあるんですか？」

「森明夫と名乗って、伊五〇九潜のことや、艦長のことをお話ししたことがある。航海日誌もお見せして、差しあげようとしたのだが、これは、私《プライベート》のメモではないからと、固辞された」

「では、未亡人に、航海日誌を、海底に眠る伊五〇九潜に納めるから、同行してもらいたいと頼んだらどうですか？」

「なるほどな。未亡人が同行してくだされば、神谷も信じるだろう」

「それに、あんた一人だったら、途中で殺されて、航海日誌を奪われる危険があるけれど、未亡人が一緒なら、その危険は、ほとんどないんじゃないかな。本物の航海日誌が、伊五〇九潜に納められれば、神谷は、必ずトラック島へ出かけると思うんです。そうなれば、あの礁湖《ラグーン》で、彼と戦うことができます」

「しかし、神谷自身は東京から動かず、部下を派遣するかも知れん」

「もちろん、神谷一人では来ないでしょうが、神谷自身も、必ず、トラックへやって来ますよ」

「なぜ、そう確信できるのかね？」

「おれたちと取引をした時、神谷は、阿部という理事に交渉を任せて、自分は、東京を離れています。あとになって考えれば、おれたちを爆殺する気で、神谷はアリバイ作りをしていたんですよ。阿部は、戦時中の南原機関の仲間で、神谷は信頼していたと思うんだけど、航海日誌がニセモノだということは見抜けなかった。航海日誌は、神谷のアキレス腱《けん》だから、今度は自分の眼で確かめたくなるはずですよ。必ず、神谷自身が、トラック島へやって来ますよ」

「賭《か》けだな」

と、森は、呟いてから、

「私と大杉未亡人が、トラック島へ行くとしたら、八月二十七日が適当だろうね。伊五〇九潜が、触雷、沈没した日だ」

「じゃあ、その日に決めてください」

「明日、大杉未亡人の了解がとれたら、さっそく、神谷に電話しておこう。彼が、どう出るか楽しみだな。八月二十七日まで、君はどうしているんだ」

「人を殺す練習をしていますよ」

野口は、強い眼で、夜の水平線を見つめた。

5

その夜おそく、東京に戻った野口は、深夜だったが、八王子の病院に、江上を見舞った。面会時間ははずれていたし、正面入口は閉まっていたが、野口は、職員入口からもぐり込んだ。

深夜の病院は、不思議に消毒液の匂《にお》いが感じられない。ひっそりと静まり返った中で、眠れない患者の咳込む声が聞こえて来たりする。

野口は、自分の足音が廊下にひびくのを気にしながら、二階に上がり、江上の病室のドアをそっと開けた。

江上は、眠っていた。

野口は、額にうすく汗の浮かんだ江上の寝顔を見ながら、トラック行きの話をしたものかどうか悩んでいた。八月二十七日までに、江上が退院することは不可能だし、もし、退院できたところで、すぐ、神谷たちを相手に戦うのは無理だろう。そんな江上に、気持ちを刺戟《しげき》するような話はしないほうがいいかも知れないと思ったからだが、江上が眼をさますと、やはり、胸にしまっておくことができなかった。

野口は、神谷の私邸を襲って失敗し、森明夫に助けられたことを話していった。

「それで、おれは、もう一度、トラックへ行ってくる」

「おれも一緒に行きたいんだが」

と、江上は、ベッドの上で、身もだえするようにして口惜《くや》しがった。

「君は、ゆっくりと治療に専念してくれていたらいい。といっても、君のことだから、居ても立ってもいられないだろう。それで、東京にいて、君にやってもらいたいことがあるんだ。それを頼まれてくれ」

「何をしたらいい？」

「八月二十七日に、おれは、今いったように神谷をトラック島で殺すつもりでいる。どんなことをしてでも、ユキベエの仇を取るつもりだが、相手が相手だから、失敗して、逆にやられるかも知れない。その時、君に、警察へ行ってすべてを打ち明けて欲しいんだ。おれはトラック島へ行く前に、森から、本物の航海日誌のコピーを貰うつもりだ。それを君に渡しておくから、二十七日以後、おれが死んだとわかったら、警察なり、マスコミなりに、渡してくれ。どっちにするかは、君に任せるが、それによって、神谷と、その仲間が、叩きのめされるようにしてもらいたいんだ」

「わかった」

「それから、これを」

と、野口は、江上周作名義で作っておいた預金通帳と印鑑を、ベッドの上に置いた。

「何だい？」

「五千万円の預金通帳だ。あの爆発で、一億円だけが焼けずにすんだ。その半分だよ。君の取り分だ」

「しかし、これは、君のものだ」

「おれたちの間で、詰まらない遠慮はなしだよ」と、野口は、江上に笑いかけた。

「片手で、ヨットを操縦できるかい？」

「さあ。やってみないとわからないが、いい相棒がいれば、世界一周でも可能だろう」

「おれは、トラック島で神谷をやっつけられたら、そのまま、ヨットでタヒチへ逃げ出すつもりでいる。神谷を殺したくらいで、刑務所行きは、ごめんだからな。その時、君がタヒチへ来てくれたら、いい相棒になって、二人で世界一周といこうじゃないか」

「オーケー」

と、江上も、横になったまま、野口を見上げて微笑した。

「煙草を吸うかい？」

と、野口はきき、江上がうなずくのを見て、火をつけた煙草をくわえさせてやった。

「まだ、腕は痛むのかい？」

「痛みは、もう、ほとんど無くなったよ」

江上は、残った右腕で、煙草をつまんでから、

「ユキベエのことをきいてもいいかい？」

「ユキベエの何をだい？」

由紀子の話になると、自然に、野口の顔に感傷の色が浮かんでくる。

「正直に答えて欲しいんだ」

と、江上が、念を押す。

「いいとも」

「ユキベエとキスはしたかい？」

「え？」

「したんだろう？」

「うん」

「実は、おれも、キスをしたことがある」

ニッと、江上が笑った。

「そいつはよかったな」

「キス以上のことは？」

「なぜ、そんなことをきくんだい？」

「誤解しないでくれ。別に、嫉妬《しっと》で聞いてるんじゃないんだ。ユキベエが、あんな若さで死んでしまったのが、可哀《かわい》そうで仕方がないんだ。もし、おれたちの一人が、彼女と関係があったら、おれはむしろ、ユキベエにとって、幸福だったなと思った。だから、きいたのさ」

「じゃあ、正直にいうよ」

野口は、腰をかがめ、江上の耳元に口を寄せた。

野口が、小声でささやくと、江上の口元に、なんともいえない笑いが浮かんだ。

「実は、おれも同じなのさ」

6

翌日、森に頼んでおいた本物の航海日誌のコピーを受け取ると、それを、病院の江上に渡した。

野口は、その足で、都心にあるダイビング用品の専門店に回った。

神田にある大きな専門店に入ると、

「今度、南太平洋で、サメ狩りに行くんでね。サメ狩りの武器が欲しいんだ」

と、野口は、あごひげを生やし、真っ黒に陽焼《ひや》けした店長に話した。

「普通の水中銃で間に合いませんか？」

店長は、壁にかかっている水中銃を振りかえった。

ゴムの弾力を使うものもあれば、圧搾空気を使うエア・ガンもある。が、いずれも、モリが飛ぶことに変わりはない。

「相手は、体長三メートル以上のサメなんでね。一発で仕止めないと、こちらがやられてしまうんだ。本物の銃のように、弾丸が飛び出るものはないのかね。テレビで、そんなものを見たような気がするんだが」

「ああ、それなら、オーストラリアで、サメ狩りに使われている銃でしょう。日本では許可されていませんが、あそこは、サメの多い所だし、サメによる被害が多いので、特別に許可されているようです。見本に、一丁だけ輸入しましたが、日本では、銃火器に入りますので、販売できないのですよ」

「見せてくれないか」

野口が、眼を光らせて頼むと、店長は、奥から、ケースに入った銃を持って来た。

「オーストラリアでは、サメ専門に使われているもので、ポップ・ガンと呼ばれているようです」

取り出して、見せてくれたのは、銃身の、長い銃だった。

「他の水中銃と違って、これは、火薬が使われています。したがって、弾丸がサメの体内に突き刺さって爆発すると、三メートルクラスのサメでも、一発でノック・アウトですよ。強力な武器ですが、スポーツ・フィッシング用とはいえませんね」

と、店長は説明した。

野口は、そのポップ・ガンを手に取って、構える格好をしてから、

「この銃の欠点は？」

「三つほどありますね。第一は、弾丸を装塡《そうてん》する時、いちいち、海から上がらなければならないことです。だから、サメを狙って射撃してはずれた時が危険ですね。第二は、火薬を使用するので、撃った瞬間のショックが大きいこと。第三は、他の水中銃も同じですが、有効射程距離が短いことです。空気中と違って、水の抵抗は大きいですからね。このポップ・ガンでも、せいぜい十メートル以内、確実にサメを仕留めようとしたら、数メートル以内に近づくことが必要です」

しかし、それでも、モリを使う他の水中銃より、はるかに強力だろう。

三メートルクラスのサメを一撃で倒せるのなら、人間なら、簡単に殺せるに違いない。

「金はいくらでも出すから、これを売ってもらえないか」

と、野口は、頼んでみたが、店長は、困惑した顔になって、

「今もいったように、これは、完全な銃ですからね。警察沙汰《ざた》になると、うちは、店を閉

めなきゃなりません。勘弁してくれませんか」

「どうしても、駄目かね？」

「ええ」

「じゃあ、このポップ・ガンの構造を、紙に書いてくれないか」

「そのくらいのことなら構いませんよ」

と、店長は、気軽くうなずいた。

野口は、それを持って、今度は、都内の銃砲店を訪ねた。

製造してもらうつもりだったが、一軒目でも、二軒目でも、簡単に断わられた。

三軒目は、国鉄上野駅裏の目立たない小さな店だったが、応対に出た小柄な老人は、眼鏡の奥の眼を光らせて、野口の話を聞き、説明書を読んでから、

「水中で使う銃か」

「作ってもらえるかい？」

「この説明書のとおり作ればいいのかね？」

「もちろん、もっといいものを作ってもらえれば、それに越したことはないんだが」

「この銃だと、有効射程は、せいぜい、水中で十メートル以内だな。それに、弾丸の装塡も、水中では不可能だろう」

と、老人は、ずばりと指摘した。職人的ないい方だった。

「そのとおりなんだ」

野口は、嬉《うれ》しくなって、膝《ひざ》を乗り出すようにして、

「それに、射撃の時の反動も強いらしい。そんな欠点をなくした水中銃を作ってもらえるかな？」

「発想を変える必要がある」

「え？」

「このポップ・ガンの真似をして作ったんでは、どうしても、同じような欠点が出るということだよ」

「なるほど」

「作り方によっては、有効射程は、四、五十メートルまで伸ばせるし、水中での弾丸装塡も可能になるはずだ。ただし、高いぞ」

「いいさ。金はいくらでも出す。銃と、弾丸百発を三日間で作って欲しい」

「いいだろう。五百万円。一円もまけられない。それでよければ、作ってみよう」

「オーケー」

野口は微笑し、ボストン・バッグから、無造作に札束を取り出して、老人の前に置いた。

7

三日目の夜、野口は、もう一度、老人のいる銃砲店に足を運んだ。

店主の老人は、野口を見ると、いきなり腕をつかんで奥に連れ込み、店を閉めてしまった。

「警察に知られると、まずいんでね」

老人は、黄色い歯ぐきを見せて、ニヤッと笑ってから、

「できたよ」

と、嬉しそうにいった。

野口は、眼を輝かせて、

「すぐ見せてくれ」

と、老人をせき立てた。が、老人が、取り出して来た銃を見て、失望してしまった。

外見は、今までのモリ式のエア・ガンとあまり違っていなかったからだった。

「この銃のどこが新しいんだい？」

野口は、眉《まゆ》を寄せて、老人にきいた。

前に会った時、老人が素晴らしい銃の職人に見えたのだが、ひょっとすると、いかさま

師ではなかったのか。

老人のほうは自信満々の顔で、

「銃そのものは、別に新しいところはない。CO_2（炭酸ガス）を入れたカートリッジ式のボンベを取りかえるだけで、水中でも、連続発射が可能だ」

「そんなものは、別に新しい工夫じゃないだろう？」

「前に、発想の転換といったはずだよ。銃の構造は似ていても、弾丸が違うのだ。君は、潜水艦の発射する魚雷が、水中を、一時間四〇～五〇ノットの速さで、しかも一万メートルという距離を突っ走る。なぜかわかるかね？」

「それは、魚雷自身に推進力があるからだろう。詰まらないことをきくなよ」

「問題はそこなのだ。水中では、どんなに強力な力で弾丸を発射したところで、その弾丸自身に推進力がなければ、強い水圧によって、急速に減速されてしまうのだ。一般の水中銃の有効射程が短いのは、そのためだ。もし、有効射程を伸ばしたければ、弾丸自身に推進力を与えればいい。それが、私のいう発想の転換ということだよ」

「しかし、小さな弾丸に、魚雷みたいなスクリューは付けられないだろう？」

「それこそ、詰まらん質問というものさ。とにかく、私の作った弾丸を見てくれ」

老人は、棚から、二十発入りのケースを取って、テーブルの上に置いた。

野口は、その一つを開けて、弾丸を一発取り出した。

長さ十五センチくらいの、白銀色に光る弾丸だった。

いくらか長細い感じ以外、普通の弾丸と違うところはないように見えた。

「どこが違うんだ?」

「弾丸の底を見てみたまえ」

「底だって?」

野口は、弾丸の底部を見ると、小孔《こあな》が四つあいているのに気がついた。

「この小さな孔は、何だい?」

「それが、この弾丸、つまり銃のミソだ。その弾丸の後半分が空洞になっていて、そこに圧縮されたガスが詰まっている。発射と同時に、その四つの孔から、ガスを噴出し、自力で水中を走っていくのだ。魚雷のようにね。しかも底部のガスノズル(孔)は、斜めにあけられているから、弾丸は、くるくる回転しながら突進するので、弾道が安定し、命中率がよくなっている」

「どんなガスを使っているんだい?」

「最初は、圧縮空気にしようかと思ったが、これでは、気泡が出すぎて、相手にすぐ気づかれてしまう。それで、酸素を使うことにした。これだと、あまり気泡が出ない。それから、底部のガスノズルには、薄く丈夫な膜《まく》が張られている。弾丸が、圧縮ガスによって発射されるとき、この膜が破れて、弾丸後部のガスが噴出する仕掛けだ。有効射程は、四十メートルぐらいのはずだ。この弾丸には、薬莢《やっきょう》がないから、水中での装塡も可能だ」

「一種のロケット弾というわけだな」

「いや、正確にいえば、ジャイロ・ジェットと呼ぶべきだね」

「発射時のショックは？」

「ポップ・ガンに比べれば、はるかに小さいはずだよ」

また、眼の前の老人が腕のいい職人に見えてきた。

8

このジェット・ガンを持って、トラック島へ行くには、二つのことをしておかなければならなかった。

第一は、試射である。

野口は、自分の車に、ジェット・ガン、それに水中メガネとシュノーケル、足ひれ《フィン》を積んで、伊豆半島へ出かけた。

西伊豆のT岬近くに車を止《と》め、ジェット・ガンを持って、海に潜ることにした。

弾丸は二発用意した。一発を装塡し、もう一発は、海水パンツのポケットに押し込んでから、海に入った。

海水浴場から離れているので、人の姿はなかった。

百メートルほど沖まで泳いでから、シュノーケルを使って、海中を見張る。

海は明るく、十五、六メートルの深さまで見通すことができた。小魚の群れが、野口の下を通過していく。小アジの群れだ。体長は十センチ足らずで、これでは、ジェット・ガンの標的には小さ過ぎる。

もう少し沖へ出てみる。海の色が濃くなるにつれて、魚の姿が多くなった。

ふいに、大きな魚影が、眼の下を通り過ぎた。

野口は、大きく息を吸い込んでから、垂直に潜っていった。たちまち、重く、滑らかな海水が、彼の身体を押し包む。

モロコがいた。

体長一メートルあまり、体長に比べて大きな口を開け、悠然と泳いでいる。この辺りでは、怖いもの知らずの王者なのかも知れない。

野口は、ジェット・ガンを構えた。

距離は約二十メートル。普通の水中銃なら遠過ぎる距離だ。

狙いを定め、祈るような気持ちで、野口は引き金をひいた。もし、これが威力のない銃だったら、トラック島で、神谷に勝つことはできない。

「ぷしゅっ」

という圧縮ガスの放出音がして、弾丸が飛び出した。

鈍く光る弾丸は、青い海に、白い気泡を撒《ま》き散らし、鋭く回転しながら、強い水圧を押しのけて、獲物に向かって、突進した。

（まず予想どおりだな）

と、野口はニッコリした。が、次の瞬間、彼は、大きく舌打ちした。

しっかりと狙ったはずなのに、モロコの鼻先すれすれに、弾丸は空《むな》しく通過してしまったからだ。モロコは、小魚が鼻先を通過したとでも思ったのか、悠然とターンして、泳ぎ去った。

野口は、海面に出て、大きく呼吸した。

（このジェット・ガンは、右にそれる癖があるのか）

と、手に持った銃を見つめたが、潮流を計算に入れていなかったことに気づいて、苦笑してしまった。この辺りは、外海で潮流が速い。抵抗の少ない突気中でさえ、射撃に風の向きを計算する必要があるのだから、抵抗の大きい水中では、なおさらだったのだ。

野口は、わざと銃を海中に沈め、二発目を装塡した。

もう一度、海中に潜る。

さっきのモロコが、こちらをばかにしたように、十五、六メートル先を泳いでいた。

野口は、やや左を狙って引き金をひいた。

曳光弾《えいこうだん》が赤い光の帯を引いて飛ぶように、ジェット・ガンの弾丸は、白い軌跡を引いて、獲物に飛びかかって、いった。

モロコも、本能的に危険を感じたのか、大きく尾びれを振って、身をひるがえそうとした。が、その瞬間、弾丸が、胸びれのすぐ後ろに命中した。

弾丸は、モロコの肉に食い込み、爆発した。海水が振動し、一メートルあまりのモロコの身が引きちぎれ、血が噴出し、肉片となって四散した。

凄《すさ》まじい威力だった。満足しながらも、野口の顔が、一瞬、蒼《あお》ざめたくらいである。

野口が、海面に浮上するのを追いかけるように、モロコの引き裂かれた頭部や、背びれや、腹部などが、ふわふわと浮き上がってきた。

三度目の試射は必要なさそうだった。

第二の問題は、もっと難しかった。

ジェット・ガンの国外持ち出しである。

銃のほうは、従来の水中銃に酷似しているから、空港税関で引っかかることはないだろう。

問題は、弾丸だった。

野口は、市販されている水中銃を四丁買って来て、そのスチール製の銃身の中に、弾丸を詰め込み、テープで固定することにした。水中銃は、銃身が長く、その銃身も、ただの円筒と同じ構造だから、弾丸を詰め込むのは楽だった。

水中銃四丁と、ジェット・ガンで、六十八発の弾丸を詰め込むことができた。もっと押し込めば、百発は入ったかも知れないが、隙間《すきま》を作っておく必要があった。その隙間に、本来の道具である水中モリを差し込んでから、わざと、むき出しのまま、五丁を、革バンドで束ねた。

賭《か》けだった。ビザの目的欄には、海底写真の撮影のほかに、サメ狩りと記入した。もし、弾丸が発見されてしまった時は、サメ狩りにどうしても必要なのだと主張するつもりだった。

八月二十一日。野口は、ひとりで、羽田からトラック諸島へ向かった。

第十二章　苦闘

1

それは、いかにも唐突な発表だった。

三大紙のすべてに、突然、次のような広告が載ったのである。

トラック島に眠る伊五〇九潜慰霊団募集

昭和二十年八月末、トラック諸島で、壮烈な最期を遂げた伊五〇九潜については、殆《ほとん》ど知られておりません。

その理由は、伊五〇九潜が、終戦の命令を拒否し、ただ一艦、南太平洋に向かったことに起因しております。しかし、敗北を拒否し、従容《しょうよう》として死地に赴くことは、武人として讃《たた》えられこそすれ少しも非難さるべきことではありません。

戦後三十年以上を経た今日、私が、伊五〇九潜の慰霊団を組織し、大杉艦長以下八十七名の英霊を慰め、同時に、顕彰せんとするのは、そこに、新しい道徳の基礎があると考えるからであります。

旅費、滞在費など、すべて当方で負担しますので、伊五〇九潜の遺族の方は、ふるってご参加くださるようお願い致します。

慰霊祭は、伊五〇九潜が沈没したと伝えられる八月二十七日、トラック諸島冬島で行ないます。

出発は、前日八月二十六日午前十時。羽田発グアム行きのパンナムです。

主催　日本道徳連盟理事長
　　　東明大学学長
　　　　神谷信博

後援　厚生省

「いったい、何でしょうか？　これは」

と、亀井刑事が、新聞を投げ出して、十津川を見た。

十津川は、笑って、

「神谷に、どうしてもトラック島へ行かなければならない用ができたということだろう。だが、ただすっと行ったのでは、われわれの疑惑を認めたことになってしまう。それで、伊五〇九潜の遺族を利用したのさ。問題は、神谷が、なぜ、急に、トラック島へ行かなければならなくなったかという、その理由だな」

「どうしたらいいでしょうか？」

「まさか、神谷を羽田で足止めにするわけにもいかんだろう、今の状態では。彼が、連続殺人の黒幕だという証拠は、まだ摑《つか》めていないんだからな。とすればだ。他の者の動きを調べてみようじゃないか。神谷だけが、トラック島へ行こうとしているのか、それとも、伊五〇九潜に関係する連中が、みんな行こうとしているのか、それを調べて来てくれ」

「わかりました」

と、亀井刑事は、若い井上刑事を連れて飛び出して行った。

二人が帰って来たのは、陽が落ちてからだった。

「相変わらず、外は暑いですなあ」

と、亀井刑事は、汗を拭《ふ》きながら、十津川に向かい合って腰を下ろすと、ポケットから手帳を取り出した。

「警部の予想されたとおり、伊五〇九潜の関係者が動き出しています。野口浩介は、すでに昨日、羽田を発《た》ちました。行く先は、もちろんトラック島です。ビザに書かれてあった旅行目的には、海中写真の撮影とサメ狩りとあったそうです」

「サメ狩り――？」

と、十津川は、眼をむいて、

「野口はカメラマンだから、海中写真の撮影はわかるが、サメ狩りというのは、どういうことなんだ？」

「よくわかりませんが、羽田空港で聞いたところ、係員が、野口の荷物を覚えていました。モリつきの水中銃を五丁、束ねて持って行ったそうです。特徴のある荷物だったんで、覚えていたようです」

「サメ狩りの水中銃か」

十津川の眼が、ふと、重く、暗くなった。

「何か、ご心配ですか？」

「君は、水中銃を撃ったことがあるかね？」

「見たことはありますが、撃ったことはありません。なにしろ、私は、山国の生まれで、水泳は苦手ですから」亀井刑事は、照れくさそうに頭をかいた。

いつもの十津川なら、そんなカメさんの態度に思わず微笑してしまうのだが、今日は、

暗い表情のまま、

「私自身は撃ったことはないが、沖縄の海で、友人が、一・五メートルぐらいあるモロコを射止めるのを見たことがある。二、三メートルの至近距離から撃ったんだが、分厚いモロコの身体を、金属製のモリが根元近くまで突き抜けていた。あれなら、人間でも殺せるはずだ」

十津川の言葉に、亀井刑事も顔色を変えた。

「野口は、誰かを殺しに、トラック島へ水中銃を持って行ったと思われるんですか？」

「いいかね。カメさん。野口は、仲の良かった女友達を殺され、もうひとりの親友は左腕を失って、まだ病院のベッドに寝ているんだ。そんな時に、わざわざトラック島へ、水中銃でサメ狩りを楽しみに、出かけると思うかね？」

「じゃあ、その水中銃で、誰かを殺すつもりで出かけたということですか？」

「誰か、というより、神谷をだよ。神谷は、八月二十六日に、伊五〇九潜の慰霊団を連れてトラック島へ行く。野口は、それを待ちかまえていて、殺す気なんだ」

「しかし、警部。野口が、水中銃で神谷を殺すつもりでいるとしてです。なぜ、五丁もの水中銃を、わざわざ、日本からトラック島まで持って行ったんでしょうか？　水中銃は、銃といっても、どこでも売られています。トラック島にだって、売っているんじゃないでしょうか？」

亀井刑事の提出した疑問に、十津川も、一瞬、迷いの色を見せて、

「確かに、その点はおかしいな。トラック島は、アメリカの統治下にあるから、海のスポーツは盛んだろうし、水中銃どころか、普通の銃だって売っているはずだ。それなのに、わざわざ、人の注意を引くような真似をしたというのは、なぜだろう？」

「私には、わかりませんが――」

「考えられることは二つだな。一つは、わざと五丁もの水中銃を見せびらかして、暗に、後から来る神谷を威嚇したということだ。だが、これは、あまり説得力がない。野口が、死んだ氏家由紀子や、負傷した江上周作の仇を討つ気なら、トラック行きも、隠そうとするはずだからだ。とすると、もう一つの理由しか考えられん」

「どんな理由ですか？」

「野口の持って行った水中銃が、ほかで売っていないような特殊なものだったということだよ」

「特殊なといいますと？」

「特殊な威力といったらいいだろう。野口が、トラック島で神谷を殺す気なら、普通の水中銃でなく、水中で簡単に人間を殺せる威力のある水中銃を作り、それを持って行くことは、十分に考えられるじゃないか」

「なるほど」

「野口に、水中銃の改造ができるとは思えない。とすれば、どこかで改造を頼んだはずだ。水中銃を扱っている潜水用具店か、あるいは、銃砲店かでだろう。デパートでも、水中銃は売っているが、デパートで、そんな仕事は引き受けまいし、野口も頼みはしないだろう」

「わかりました。都内の潜水用具店と、銃砲店を片っ端から洗ってみます」

「そうしてくれ。もし、野口が、殺傷力の強い改造水中銃を持ってトラック島へ行ったとしたら、神谷を殺すためだということが、はっきりするからな」

と、十津川は、亀井刑事の肩を叩いた。

この調査には、亀井刑事のほかに、五人の刑事が動員された。

十津川は、もし、都内で、水中銃の改造をした店が出ない場合は、東京近県まで、捜査の範囲を広げるつもりだったが、最初の日に、野口が、水中銃を見に来た潜水用具店がわかり、二日目の夕方には、野口から、水中銃の改造を頼まれた銃砲店が見つかった。

上野にあるその銃砲店は、前から、暴力団に頼まれて、モデルガンの改造をやっているのではないかと、地元の警察が眼をつけていた店だった。それがなかったら、わずか二日間で、見つからなかったかも知れない。

十津川は、上野署で、その銃砲店の店主に会った。寺田晋吉《しんきち》という六十二歳の老人だった。小柄で、鼠《ねずみ》のような眼をした油断のならない老人だったが、同時に、どこかに、名人気質《かたぎ》を感じさせる老人でもあった。

「私は、サメ狩り用の水中銃を作ってやっただけのことで、何もやましいことは、やっておらんよ」

と、寺田晋吉は、眼鏡の奥から、細い眼で十津川を見上げた。

「どんな銃を作ってやったのかね？」

「だから、サメ狩り用の水中銃さ」

「ただの水中銃なら、野口は、潜水用具店かデパートで買ったはずだよ。あんたに頼んだのは、それだけの理由があるからだろう。とにかく、あんたは、その道では名人だそうだからな」

十津川の賞《ほ》め言葉は、老人の自尊心をくすぐったようだった。

寺田は、急に雄弁になり、自分が作りあげた水中銃が、いかに優秀なものであるかを、唾《つば》を飛ばしながら説明した。

十津川は、黙って聞いていたが、老人が言葉を切ると、

「それで、あんたが作ったジェット・ガンは、水中で人間を殺せるのかね？」

と、強い眼で、相手を見つめた。

「サメを殺せるんだから、人間だって、簡単に殺せるね。ただし、何度もいうように、私は、サメ狩りの水中銃を作っただけだ。法律に触れるようなことはしておらんよ」

「有効射程は、水中で三、四十メートルといったね？」

「そのとおり。元来の水中銃は、せいぜい、四、五メートルの距離でしか有効じゃなかった。それを、発想の転換によって、三、四十メートルまで大きくしたんだ。画期的な改造だと思うねえ」

「つまり、三、四十メートル離れたところから撃って、水中で人間を殺せるということだね？」

「サメを殺せると、訂正して欲しいねえ。私が作ったのは、あくまでも、サメ狩り用の水中銃なんだからね」

「その銃は、空気中でも使用可能かね？」

「もちろん、使えるとも。弾丸のスピードは、水中よりはるかに速くなるよ」

「水中での弾丸の速度は？」

「私の計算では、時速約百キロだ。普通の水中銃は、ゴムや圧搾空気で、モリを撃ち出すだけだから、初速は速くても、水圧を受けて、急速にスピードが落ちてしまう。だが、私の作ったジェット・ガンの場合は、弾丸自体の推力で進むから、スピードが変わらんのだ」

　時速百キロといえば、秒速約三十メートル。普通の銃は、秒速七、八百メートルで弾丸を飛ばす。それに比べれば、はるかに弾丸のスピードは遅いが、水中だから狙われる相手も動きが鈍い。そこへ、弾丸が飛んでくれば、まず避け切れまい。

「弾丸は、何発作ったのかね？」

「百発だ。二十発入りの箱を五つ渡した」

「銃のほうは、何丁だね？」

「一丁しか作らなかった。私は嘘《うそ》はついておらん」

「試射はしたのかね？」

「私はしなかったが、あの客は、近くの海で、試射してみるといっていたよ。その後、文句をいって来ないところをみると、気に入ったんじゃないのかね」

「同じ水中銃と弾丸を、すぐ作れるかね？」

「弾丸のほうは、五、六発、同じものが残っているよ。銃のほうは新しく作らなければならないが、これは、従来の水中銃を、ちょっと改造すればいい」

「それなら、明日の朝までに、同じものを作ってもらいたい」

「明日の朝までに？」寺田が、びっくりした顔でいうのへ、十津川は、押しかぶせるように、

「そうだ。明朝九時までにだ。できたら、われわれが性能検査をする」

「私が協力したら、何の罪にもならんと約束してくれるかね？」

「警察は、取引はせんよ。しかし、このままで、野口が、あんたの作った水中銃で殺人を

犯したら、殺人の共犯で逮捕する。これだけは約束してもいいね」

「わかりましたよ」と、寺田は、ふてくされた顔になっていった。

「明日朝、九時までに、同じ水中銃を作っておきましょう」

翌二十四日。寺田晋吉が作った水中銃と五発の弾丸は、すぐ、科学捜査研究所に回され、実験用プールで、試射が行なわれた。

十津川は、亀井刑事と一緒に、この実験に立ち会った。

研究所の職員が、ダイバーになって、ジェット・ガンを持ってプールに潜る。プールには、十メートル、二十メートル、三十メートル、四十メートルの距離に、厚さ二センチの板が用意された。

まず、十メートルの距離から、銃が発射された。

弾丸は、白い気泡の航跡を残してベニヤ板に突進した。命中したとたんに、厚さ二センチの板は、水中で砕け散った。

二十メートル、三十メートル、四十メートルでも、結果は同じだった。

弾丸のスピードが、変わらないのだ。それは、弾丸というより、極小魚雷といったほうがよかった。二、三十メートルの距離で、人間が狙われたら、まず、逃げようがあるまい。

「恐ろしい武器ですね」

と、十津川の横で、亀井刑事が、溜息をついた。

「これで狙われたら、いくら神谷でも助かりませんな」

「たぶんな。これから、神谷に会いに行こうじゃないか」

「彼に、野口のことを警告するためですか？」

「それは、神谷の態度いかんだよ」

とだけ、十津川はいった。

2

神谷は、なかなかつかまらず、白金台の私邸で、やっと彼に会えたのは、夕方になってからだった。

神谷は、いつもの快活さで、十津川たちを迎え、

「やあ。すまん。すまん」

と、大声でいった。

「とにかく、例の件で、今、目が回るような忙しさでねえ」

「例の件というのは、伊五〇九潜の慰霊団のことですか？」

十津川は、すすめられた椅子《いす》に腰を下ろしてから、神谷にきいた。

「そうなんだ。伊五〇九潜のことは、実は、君の話がヒントになっているんだ」

「私のですか？」

「そうだよ。前に君が、伊五〇九潜のことを知らないかと、私にきいたことがあったじゃないか。もちろん、陸軍の兵隊だった私が、海軍のことを知っているはずがないんだが、その後、いやに伊五〇九潜のことが気になってしまってねえ。それで、いろいろと調べてみて、伊五〇九潜が、敗北を拒否してトラック島へ行き、そこで沈没したと知ったのだよ。壮絶な最期をとげたのに、敗北を拒否したということで、今まで、不当な取り扱いを受けて来た。それを知って、私は、じっとしておれなくなったのだよ。伊五〇九潜の英霊に感謝の言葉を捧《ささ》げるのは、現在の繁栄を享受しているわれわれの責任なのだ」

「それで、慰霊団ということになったわけですか？」

「遺族の方も、今まで、大変な苦労をされて来たと思うのだ。わたしなどから見れば、伊五〇九潜の乗組員は英雄だ。立派な軍人の鑑《かがみ》だ。それなのに、命令違反、反抗などの罪で、危うく反逆者扱いされかねなかったのだからね。これは、人間の復権だと、わたしは考えているんだよ」

「それで、現在遺族の応募者は、どのくらいありますか？」

「八月二十七日までにわずかの日数しかないので、どのくらいの遺族が参加してくださるか不安だったのだがね。予想外の反響で、すでに、三十人の遺族の方が、参加したいといって来ておられる。最終的には、四十人から五十人の遺族が参加してくださるものと信じている」

「あなたが責任者をしている日本道徳連盟の青年たちが、伊五〇九潜の遺族を勧誘してまわっているという噂《うわさ》を聞いたんですが、これは事実ですか？」

「そんなことは、根も葉もない噂だねえ。すべての遺族が、新聞広告を見て、自主的に参加してくださっているんだからね」

「なぜ、八月二十七日にこだわられるんですか？」

「決まっているじゃないか。伊五〇九潜が沈没したのが、八月二十七日だからだよ」

「しかし、慰霊ということなら、何日でも構わんわけでしょう？　むしろ、もう少し、日時に余裕を持ったほうが、遺族の集まりもよく、無理のない慰霊祭が行なわれるんじゃありませんか？　こう急いでは、現地の受入れ態勢も整わないんじゃありませんか？」

「厚生省、外務省を通じて、現地の了解を取りつけたよ。君は、何をいいたいのかね」

「八月二十七日にこだわられるのは、伊五〇九潜が沈没したということ以外に、何か特別な意味があるんじゃありませんか？」

「そんなものは、何もありゃせんよ」

神谷は、怒ったような声でいってから、ニッと笑って、

「ひょっとすると、君は、私が来年の総選挙に出ようと思い、今度の慰霊団結成も、選挙運動と思っているのかも知れんが、わたしには、そんなケチな了見はありゃせんよ」

と、とぼけたことをいった。

十津川は、内心苦笑しながら、

「正直に話してもらえませんか？」

「何をだね？」

「伊五〇九潜に関するすべてをです。伊五〇九潜に関連して、終戦の昭和二十年から現在まで、不可解な事件が起き続けています。たぶん、昭和二十年と思われますが、二人の男が、潮岬で射殺されました。この白骨死体が、去年発見されてから、何らかの意味で伊五〇九潜に関係のある人々が、次々に、事故に見せかけて殺されていきました。一番最近では、氏家由紀子が、時限爆弾によって殺されています」

「不可解な事件だということはわかるが、それが、わたしと、どんな関係があるのかね？」

「すべてのことに、あなたが関係しているのではないかと、われわれは考えているのです。われわれは、こう考えています。あなたは、昭和二十年の終戦の時、伊五〇九潜に乗っていた」

「ばかな。わたしは、中国にいたのだ。そこで終戦を迎えている」

「それは、本物の神谷信博さんでしょう？　あなたは神谷太郎だ。たぶん、中国から帰った本物の信博さんは、すぐ病死したに違いない。そこで、神谷太郎のあなたが、弟さんになりすまし、以後、三十年余、神谷信博として、生きて来た。違いますか?」

「ばかばかしい。それを証明できるのかね?」

「今のところ、できませんね。しかし、あなたの秘密を摑んだ野口浩介、江上周作、氏家由紀子の三人が、あなたを脅迫した。あなたは、三億ぐらいと思われる大金を支払った。何を買ったんですか?　あの三人から」

「知らんね。そんな三人の名前なんか、聞いたこともない」

「話していただけないと、われわれは、新しい殺人事件を防ぐことができないのですがねえ」

「もう、伊五〇九潜に関係して、何も事件は起こらなくなるよ」

「なぜ、そう断言できるんですか?」

「わたしが団長として、トラックで伊五〇九潜の慰霊祭を実施するからだよ。伊五〇九潜の関係者が、次々に事故死を遂げたのは、たぶん、伊五〇九潜の八十七名の乗組員の霊のたたりだったと、わたしは思っているのだ。命令違反者ということで、歴史の上から半ば葬られた存在だったからねえ。だが、今度、慰霊団が行き、丁重に慰霊祭を行なえば、伊五〇九潜の乗組員の霊が、誰かにたたるということは、もうなくなるはずだよ。だから、もう、事件は起きないといったのだ」

神谷は、大真面目《おおまじめ》な顔でいった。誰が聞いても、英霊のたたりで押し通す気なのだろうか。

もう、これ以上、何を聞いても無駄だろうと考えて、十津川は、腰を上げた。

「最後に、一つだけおうかがいしますが、神谷さんは、スキューバ・ダイビングの経験がおありですか？」

なぜか、十津川のその質問に、神谷は、この日初めて狼狽《ろうばい》の色を見せた。

「できないことはないが、それが、どうかしたのかね？」

神谷は、きき返した。

3

外に出ると、亀井刑事が、

「野口のことは、とうとう、おっしゃいませんでしたね」

と、十津川に話しかけた。十津川は、憮然《ぶぜん》とした顔で、

「神谷に野口のことを報告したとして、どうなると思うね？　神谷が、野口を殺すことになるだけの話だよ。もちろん、神谷自身は手は汚さずにだ。神谷と野口のどちらかが殺されるのなら、僕は、神谷が死んでくれたほうが嬉しいね」

と、刑事としては、いささか不謹慎ないい方をした。

半分は本音だが、あとの半分は、むろん、トラック島で行なわれるかも知れぬ殺人を防ぎたかった。そのためには、神谷の正直な告白が必要なのだが、今の状態では、望むべくもない。

残る一人は、江上周作だった。

十津川は、亀井刑事に、神谷の周辺を、もう一度洗ってみてくれと頼んでから、一人で、江上の入院している八王子の病院を訪ねた。

江上は、ベッドの上に起き上がって、十津川を迎えた。

パジャマを羽織っているのだが、左の袖口《そで》が、中身を失って、だらりと垂れ下がっているのが痛々しかった。

「もう、起き上がっていいのかね？」

と、十津川がきくと、江上は、不精ひげの生えた蒼白い顔で、小さく笑って、

「たかが、左腕が一本失《な》くなっただけのことですからね」

と、いった。自虐的な笑い方だった。左手を失ったことを悲しんでいるというよりも、自分自身に腹を立てている感じだった。

十津川が煙草をすすめると、くわえて、ライターで火をつけてから、

「おかしなものですねえ。時間を知ろうとして、自然に、腕のない左手を見てしまうんですよ。腕が失くなっているんだから、腕時計だって、当然、ありゃしないのに」

「もう歩いていいのかね？」

「トイレぐらいは、自分で行っていますよ。左手がないんで、なんとなく歩きにくいんですがね」

「野口君が、トラック島へ行ったことを知っているね？」

十津川は、前の話の続きのように切り出した。

江上は、すぐには答えず、アルミ製の灰皿を引き寄せて、煙草の吸いかけをもみ消した。

そのまま、黙っているので、十津川が、言葉を続けた。

「彼は、人間が簡単に殺せるように改造した水中銃を持って行った。それが何を意味するか、君にはよくわかっているはずだ」

「――――」

「トラック島で、野口君が神谷を殺せば、彼には殺人罪という罪名がつく。また、彼が失敗すれば、逆に、神谷によって殺されてしまうだろう。どちらも、望ましいことじゃない。それを防ぐのが、私の仕事でもある」

「しかしねえ。刑事さん。氏家由紀子は殺され、僕の片腕ももぎ取られてしまったんですよ。野口が、彼女の仇を討ちたいという気持ちになったとしても、当然じゃないですか。僕が野口の立場にいても、仇討ちを考えますからね。といって、僕は、野口が、そのためにトラック島へ行ったといってるんじゃありませんよ。彼は、あくまでも、水中撮影と、サメ狩りに行ったんですからね」

「それは、警察に協力はできないということかね？」

「協力するというのは、どういうことなんですか？」

江上は、皮肉な眼つきをした。その眼には、ありありと、警察に対する不信の色が浮かんでいた。

（この男にしてみたら、当然かも知れないな）

と、十津川は思い、怒りは感じなかった。橋本元海軍大佐、佐伯元海軍中佐、そして、塚田寛一と、次々に殺されているのに、まだ、肝心の神谷を逮捕できずにいるのだから、江上が、警察を信頼できないというのも、無理はないかも知れない。

だが、この男を説得できなければ、トラック島で、殺人が起きるのを防ぐことができないのだ。

十津川は、ベッドの傍の椅子の上で座り直した。

「君たちは、神谷を脅迫して、大金を手に入れた。が、このことについて、私は、別に君たちを非難する気はない。神谷が、ゆすられたことを認めるはずがないだろうし、私が調べているのは殺人事件で、ゆすりじゃないからだ」

「警察は寛大だということですか？　しかし、僕は、別に感謝はしませんよ」

「別に感謝してもらおうとは思っていない。問題は、あの神谷が、なぜ、君たちに大金を払ったかということだ。橋本元海軍大佐たちを、情け容赦なく殺した神谷がだ。考えられる理由は一つしかない。それは、君たちが、トラック島の海に沈む伊五〇九潜から、神谷にとって致命傷となるようなものを手に入れて来たということだ。君たちは、それを神谷に売りつけたのさ。違うかね？」

「そうだとしても、それが何かわかっているんですか？」

江上は、挑戦的な眼になった。

十津川は、微笑した。

「正直にいって、見当もつかない。だが、推理することは可能だ。私は、神谷が、終戦の年に、潮岬で殺された商社員二人と、伊五〇九潜に乗っていたに違いないと考えている。金塊かあるいは宝石と一緒に、神谷は、潮岬に上陸した。伊五〇九潜の大杉艦長が、民間人を死の道連れにしたくなかったからだろう」

「――――」

江上は、黙っていたが、その顔色が変わるのが、十津川にはわかった。どうやら、自分の推理は当たっているらしいと、十津川は、力を得た。

「神谷は、潮岬で、同行の商社員二人を殺して、金塊か宝石を強奪した。その後、神谷は、弟になりすまし、手に入れた金塊あるいは宝石を基金にして、現在の東明大学を作りあげたのだ。神谷が恐れるのは、自分の過去をあばかれることだ。特に、伊五〇九潜のこと、金塊か宝石のこと、二人の商社員殺しのことなどは、彼の致命傷になるからね。ところで、君たちは、トラック島の海に沈む伊五〇九潜から、何を見つけ出して来たのだろうか？　三十二年間、沈んでいる潜水艦に、どんなものが、あるのだろう？」

「まだ聞いていなきゃいけないんですか？」

「疲れたのなら、横になりたまえ。私は、勝手にしゃべるから」

「いいですよ。このまま聞きますよ」

「乗組員は、すでに白骨化しているはずだ。君たちは、彼らの遺品を持ち帰ったのだろうか？　ノーだな。万年筆やライターなんかで、神谷が脅迫されるはずがない。神谷が恐れるのは、伊五〇九潜に乗っていたという証拠、いや、それだけでは、まだ脅迫はできないな。そのほかに、金塊あるいは宝石と、脱出したという証拠でなければならない。それだけの証拠となると、文章になるのじゃないだろうか？　どうかね？」

「――――」

「とすると、まず考えられるのが手帳だ。しかし、潜水艦の乗組員が、そんなことを手帳には書くまい。特に、これから死地におもむこうとする潜水艦の乗組員だからね。手帳に書くとすれば、たぶん、両親や恋人への遺言なり、辞世の歌だろう。と考えてくると、残るのは一つだけだ。それは、航海日誌だ。航海日誌には、艦内の出来事をすべて記入しなければならないから、当然、神谷のことも、金塊、宝石のことも、二人の商社員のことも、書き込んであるはずだ。これなら、十分に、神谷を脅迫する材料になる。違うかね？」

「僕が、イエスといったら、刑事さんはご満足なんですか？　しかし、それだけじゃあ、何も解決しませんよ」

「どうやら、私の推理は当たっていたらしいな。君たちは、航海日誌を、神谷に売りつけたのだ。たぶん、三億円で。一方、航海日誌を手に入れた神谷は、君たちの口をふさごうと、車ごと、時限爆弾で吹き飛ばした。わからないのは、この先だ。それほど慈悲深いとも思えぬ神谷が、突然、君たちに対する攻撃を止めてしまった。それだけでなく、あわてて、トラック島へ行く準備を始めた。伊五〇九潜の慰霊団などというもっともらしい理由をつけてだ。一方、野口浩介は、神谷がトラック島へ行くのがわかっていたみたいに、さっさと、先に出かけてしまった。五丁の水中銃を持ってだ。いったい、何があったんだね？」

「刑事さん得意の推理で、当ててみたらいいじゃありませんか」

「当たったら、私に協力してくれるかね？」

「それは、あまりいい質問じゃありませんね。当たっていても、僕が、ノーというかも知れませんからね」

「そりゃあ、そうだ」と、十津川は、相手に逆らわずに微笑してみせた。

「じゃあ、構わずに、私の考えをいおう。神谷が、あわてて、トラック島へ行こうとしているのは、伊五〇九潜の艦内に、なお、彼の死命を制するようなものが残っているためだと、私は考えている。それは、ひょっとすると、航海日誌かも知れないな。君たちが、神谷に売り渡したのが、精巧に作られたコピーだとすれば、本物の航海日誌が、依然として、伊五〇九潜の艦内にあるとすれば、神谷が、あわててトラック島へ行くのもうなずけるし、野口浩介が、神谷が来るという確信を持って、先まわりしたのもうなずける。この推理は当たっていないかね？」

「八月二十七日を過ぎたら、イエスかノーかいいますよ」

「つまり、事が終わってからということかね？」

十津川の顔が、紅潮した。

江上は、黙ってしまった。十津川は、天井を見つめている江上を、強い眼で睨《にら》んで、

「いいかね。君。もし、野口が神谷を殺したら、現場が外国だろうと、私は、現地の警察に協力して、どこまでも、野口を追いかけて行くからな」

「今度は、僕を脅すんですか？」

「そんなつもりはない」と、十津川は、あわてて、表情をやわらげた。

「私は、君と、君の友達を、殺人犯にしたくないだけだ。君たちの持っている証拠を渡してくれたら、私が、君たちに代わって、神谷を刑務所に送り込む。これは約束する」

「とにかく、二十七日以後に、すべてを話しますよ」

「私が欲しいのは、神谷が出発する二十六日以前だよ。そうでなければ、殺人は防ぐことができないんだ。あと二日間、毎日、ここへやって来るから、ぜひ、話してくれ」

第十三章　サメ狩り

1

約一カ月ぶりに見るトラック諸島は、少しも違ってはいなかった。

波静かな礁湖《ラグーン》は、鮮やかなコバルト・ブルーに彩色され、厚い積乱雲が立ち昇っていた。

前と違うのは、野口の傍に、江上も、由紀子もいないことだった。

野口は、持ち込んだ十二万ドルを、惜しげもなく使って、まず、手ごろな中古ヨットを買い込み、それに「ユキⅡ世号」と名づけた。

トラック島での自由を確保するために、野口は、そのヨットの上で過ごすつもりだった。

次に、野口は、潜水用具を買い込んだ。タンクに、圧搾空気を詰めるコンプレッサーもである。

野口は、ユキⅡ世号を、伊五〇九潜の沈没地点まで動かし、そこに錨《いかり》を下ろした。

今日から二十六日までの三日間、野口は、ここで、人を殺す訓練をするのだ。

潜水用具をつけ、ジェット・ガンと弾丸五発を持って、野口は、海に潜る。

懐かしいサンゴ礁の海だ。青の世界だ。

一カ月前、この海に、由紀子と手をつないで潜ったのに、もう、その彼女は、この世にいない。

改めて、怒りがこみあげてくるのを感じながら、野口は、いっきに七、八メートルまで潜って行った。青さが深くなった海に、美しいサンゴの林が広がっている。色とりどりの熱帯魚が、サンゴとたわむれるように泳ぎまわっている。

だが、彼の狙《ねら》うサメの姿はない。

野口は、なおも深く潜って行った。

彼の視野の中に、再び、あの伊五〇九潜が飛び込んで来た。

乗組員の白骨を呑《の》み込んだ鉄の棺《かん》だ。その細長く、優雅な船体は、付着した貝殻や、サンゴで厚く蔽《おお》われている。

テンジクダイの群れが、司令塔の周囲で、たわむれている。

野口は、甲板に腰を下ろし、サメが現われるのを待った。

こんな時に限って、なかなかサメは現われない。

二メートルぐらいのイトマキエイが、ダンスでも踊るように、優雅に頭上を通過していく。コバンザメが五、六匹、イトマキエイにまとわりついている。

野口は、エイに向かって、ジェット・ガンを構えたが、撃つのは止《や》めてしまった。イトマキエイは、優雅すぎた。彼が、これから戦うべき相手は、凶暴なサメなのだ。凶暴なサメに似た奴《やつ》らなのだ。こちらに立ち向かって来ないイトマキエイを何匹殺したところで何の意味もない。

野口は、いったん船に上がり、午後、再び海に潜った。

相変わらず、サメの姿はない。

体長一メートルぐらいのオニカマスの大群が、野口に向かって突進してきた。

伊五〇九潜の司令塔のうしろにかくれてやり過ごす。特徴のあるとがった口、細長い身体《からだ》、怒ったような表情のオニカマスが、次から次へと、野口の眼の前を泳ぎ過ぎていく。

海水が動くのが感じられた。

オニカマスの群れが消え、野口が、司令塔のかげから出た時、二、三メートル先に、ふいにサメが現われた。

体長二メートルから三メートルのホエラー・シャークである。浅黒い、なめらかな魚体は、引きしまったボクサーのように見える。獲物を狙うボクサーだ。

今のところ、その一匹だけのようだった。

仕止めるには絶好だが、サメと戦うのは初めての経験だった。下手をすれば、こちらが殺《や》られてしまうだろう。

海の中でも、冷や汗が流れるものだ。野口は、ウェット・スーツの下で、腋《わき》の下に汗が流れるのを感じた。

向こうと視線が合った。と、野口は勝手に受け取ったのだが、サメは、素知らぬ顔で、円を描くように、悠然と泳いでいる。

こちらに近づいてくる気配はないと思い、潜水時間を確かめるために、時計に眼をやった。

一瞬の油断だった。

眼をあげた時、野口の視野一杯に、猛然と襲いかかってくるホエラー・シャークの黒い影が映った。

サメの大部分は、人を襲わないが、ホエラー・シャークは、獰猛《どうもう》で危険である。

野口は、凍りつくような恐怖に襲われた。巨大な口と、むき出した凶暴な歯が、眼の前に迫ってくる。

反射的に、野口は、身体をひねった。右足に、激しい衝撃を受けた。ホエラー・シャークの灰色の身体が、右足にぶつかり、足につけていた足ひれ《フィン》がはずれてしまったのだ。

ごおーッという水音を立てて、灰色の巨体が、通り過ぎた。

野口の身体は、はじかれて、海の中でぐるぐる回転した。

「畜生ッ」

と、歯がみをして、態勢を立て直す。

恐怖が消え、猛烈な闘志が、野口の若い心を支配した。

(どこへ行きやがったんだ?)

と、周囲を見まわした時、海底深く突進したホエラー・シャークが、反転して、再び、野口めがけて、突っ込んできた。

ガラス玉のような無感動な眼は、冷酷な殺し屋の眼のようだ。

野口は、とっさにジェット・ガンを構えて、引き金をひいた。

サメの急所は、左右の眼を結んだ線の後ろにある脳、エラ、それに魚体の側線といわれている。このうち、脳に命中すれば、即死だが、不利な態勢で撃ったために、弾丸は、サメの頭部に命中した。

火薬の爆発と同時に、野口は、その反動で、伊五〇九潜の甲板に叩《たた》きつけられた。

あまりにも近くで射撃した反動だった。

頭を打って、一瞬、気が遠くなった。

ホエラー・シャークのほうは、頭部から血を吹き出しながら、のたうち回っている。

頭部を吹き飛ばされて、平衡感覚を失ってしまったのだ。

野口の眼の前の海水が、ホエラー・シャークの血で赤く染まった。

その血の匂《にお》いを嗅《か》ぎつけたとみえて、一匹、二匹と、サメが姿を見せてきた。いずれも、体長三メートルぐらいはある巨大な奴だ。

野口は、ライフベストのポケットを探ったが、予備の二発の弾丸は、なくなっていた。甲板に叩きつけられた時、ポケットから飛び出してしまったらしい。

ジェット・ガンを左手に持ち直し、右手で、水中ナイフを抜いた。が、巨大なホエラー・シャークを相手に、ナイフで立ち向かえるとは、思えなかった。

野口は、思い直して、逃げることにした。だが、サメを眼の前にして、浮上するのは自殺行為である。サメは、逃げるものを追いかける習性があるし、下から襲うからだ。

野口は、ナイフをしまい、新しく現われた二匹のホエラー・シャークの動きを見すえながら、近くのハッチをあけた。

一匹のホエラー・シャークが、瀕死《ひんし》の仲間の周囲を、ゆっくり回っていたが、ふいに、腹のあたりに、くらいついた。

血が新しく吹き出した。もう一匹も、負けじと、犠牲者に食いつく。海水が、三匹の動きで激しく渦巻いた。

野口は、半身を伊五〇九潜の船内に入れ、ハッチのかげから顔だけ出して、眼の前にくり広げられる殺戮《さつりく》を眺めていた。

背中と腹部を食いちぎられて、ボロくずのようになった犠牲者は、海底へ沈んでいく。

二匹のホエラー・シャークは、なおも、それを追って、砂地の海底へ突進して行った。

やがて、砂が舞いあがるのを見とどけてから、野口は、ハッチから出て、海面に浮きあがった。

2

海面に顔を出すと、ユキⅡ世号の傍に、アメリカの沿岸警備艇《コースト・ガード》が横付けされていて、前に来た時に顔馴染《なじ》みになった赤毛の大男が、

「ヘイ。また君か」

と、野口に向かって声をかけてきた。

野口は、ユキⅡ世号の甲板にジェット・ガンを投げあげてから、タラップをあがって行った。

「入国手続きは、ちゃんとすませてあるよ」

と、野口は、ボンベをはずしてから、赤毛にいった。

「今度は、何のために来たのかね？」

赤毛は、パイプをくわえ、ハンフリー・ボガートみたいな喋《しゃべ》り方をした。この前は、パイプをくわえたのを見たことがなかったから、最近、覚えたらしい。

「シャーク・ハンティング」

と、野口は、ぶっきらぼうにいった。

「すると、さっき、海水が赤くなったのは、君が、サメを殺したのかね？」

「殺したのは、仲間のサメだ。おれは、ちょっと傷つけただけだ」

「本当に、シャーク・ハンティングに来たのかね」

「ああ。そう届けてあるよ」

「別に疑っているわけではないが、この辺りには、金塊を積んでいたと噂《うわさ》のある日本の潜水艦が沈んでいるのでね」

「おれには興味がないし、疑うんなら船内を調べたらいい。何も引き揚げちゃいないよ」

「それは、今、調べさせてもらったよ。確かに、何もなかった。しかし、ここは、アメリカの領海である。もし、沈没船から何かを引き揚げたりすれば、それがいかなるものであっても、規則によって罰せられる」

「わかっているよ。罰金千ドルか、六カ月の懲役だろう」

「時には、その二つを同時に科せられることもあるから、注意したほうがいい」

と、怖い顔でいってから、急に思い出したように、

「この前一緒だった二人はどうしたのかね？　思索的な顔の青年と、チャーミングな女性は」

「彼らは結婚したよ」

「おめでとう」

と、赤毛は微笑し、警備艇は、走り去った。

野口は、ひとりになると、難しい顔で、ライフベストのポケットを見た。あまりにもサメに接近した場所で、ガンを撃ったためとはいえ、その反動で、ポケットから予備の弾丸が飛び出してしまったのは誤算だった。

相手がサメで、共食いを始めたから助かったが、人間だったら、間違いなく殺《や》られていただろう。といって、ポケットが簡単にあかないようにしたのでは、二発目を取り出すのに時間がかかってしまう。

野口は、しばらく考えていたが、ゴムボートをおろして、ウマン島に上陸することにした。

美しい島だが、野口は、景色には興味がなかった。

彼は、小さい島の中で、銃器店を探した。

ホテルの近くに、アメリカ人のやっている小さな銃器店が見つかった。この島がアメリカ領だけに、本物の拳銃《けんじゅう》や銃がずらりと並んでいる。

野口は、神谷と彼の仲間を海中で殺すつもりだったから、銃には関心がなかった。彼は、ガンベルトを一つ買って、船に戻った。

ガンベルトには、拳銃のホルスターがついているが、これは必要なかったから、その部分は切り捨ててしまった。

野口が必要だったのは、弾丸を差し込んでおく弾帯の部分だけである。

十発の弾丸が装塡《そうてん》できる部分を、彼は、ナイフを使って切り取った。

水中に潜る場合、ウェット・スーツの上から、ウエイトベルトをしめる。そのベルトへ、野口は、ガンベルトから切り取った部分を、麻糸を使って縫いつけた。これで、ウエイトベルト兼用のガンベルトができたことになる。

翌日、野口は、そのベルトに十発の弾丸をこめ、再び、伊五〇九潜の近くに潜った。

野口が、そこにこだわるのは、神谷たちを殺す時、伊五〇九潜の付近が、戦場になるに決まっていたからである。

サメはいなかった。

エアの消費を気にしながら、野口は、じっと待った。

しかし、サメは姿を現わさない。野口の眼に、いらだちの色が浮かんだ時、群れから離れたのか、体長一メートルほどのカツオが眼の前に現われた。

的は小さく、敵と呼ぶには弱い相手だったが、野口は、ジェット・ガンを構えた。

距離は約二十メートル。サメのような危険はないから、ゆっくり狙える。野口は、さらに、距離が三十メートルになるまで待った。礁湖《ラグーン》の中は、あまり潮の流れがない。

狙って撃った。

カツオの頭部が吹っ飛んだ。野口は、海底に沈んでいくカツオの胴体をつかんで、船に戻った。それを餌にして、サメを集めるつもりだった。

麻紐《ひも》で、しっかりとカツオの身をしばり、それを海中に下げておいてから、野口は、ボンベを代えて、もう一度、海に潜った。

どうしても、サメに出会い、殺したかったのだ。

カツオは、十五、六メートルの深さで、小さく揺れている。血が少しずつ流れて、青い海水をにじませている。

野口は、その餌を見上げる格好で、サメが来るのを待った。

小魚が寄って来て、餌を突ついていく。その後から、やっと、サメが姿を現わした。

ホエラー・シャークではなく、T字形の頭部を持ったサメだった。その形がハンマーに似ているからハンマーヘッドと呼ばれている。体長は約三・五メートル。

そのユーモラスな姿に騙《だま》されると危険だ。T字形の頭部を舵《かじ》がわりにして、急激なターンをして襲ってくることがあるからである。

サメは、すぐには餌に飛びつかない。ハンマーヘッドも、用心深く一回、二回と、餌の周囲を回り始めた。

野口は、ゆっくりと相手の深度まで浮上した。

敵と対面する位置で、立ち泳ぎの姿勢になる。ハンマーヘッドは、頭部が横に広がっているので、正面から狙うのに的が大きくていい。

殺す気で撃った。

T字形の頭部のどまん中に命中した。

衝撃で、野口は、水中で一回転した。

ハンマーヘッドは、狂ったように三メートル余の巨体を、ぐるぐる回していたが、まっすぐに海底に向かって突進し、がつんという音をひびかせて、衝突した。

そのまま、仰向《あおむ》けに横たわって、喘《あえ》いでいる。口がパクパク動いているところを見ると、まだ死んでいないようだが、もう動く力はないようだった。

野口が、死ぬのを見届けるように、見下ろしていた時、ふいに、彼の頭上を、黒い影がよぎって行った。

ぎょっとして、顔をねじ向ける。

新しい敵だった。褐色のホエラー・シャークだった。

野口は、新しい弾丸を装塡した。

今度は、サメの上に出た。

三メートルの紡錘形の巨体が、彼の足下を、餌に向かって、音もなく通り過ぎて行く。

野口の神経が緊張する。

敵が、餌に気をとられている間は、安心して狙うことができる。

ホエラー・シャークは、一回、二回と、餌の横を素通りする。

その時だった。

餌に気を取られているとばかり思っていた敵が、ふいに、野口に向かって突進してきた。

なぜ、急に気が変わったのかわかるはずもない。

頭上で銃を構えている野口が目ざわりだったのかも知れないし、彼のつけている黄色い足ひれ《フィン》を、新しい餌と勘違いしたのかも知れない。

銃を構えて狙う余裕はなかった。襲ってくる敵に向かって引き金を引いた。

弾丸は、空しく敵の胸びれの上を通過してしまった。

次の瞬間、野口の身体は、ホエラー・シャークにはね飛ばされていた。

胸びれが、身体に当たったらしい。背中に痛みが走ったが、野口は、必死で態勢を立て直すと、カートリッジを代え、新しい弾丸を装塡した。

敵は、また、巨大な口を開けて突進してきた。すごい歯だ。あれに食いつかれたら、人間の手足など、一口で食いちぎられてしまうだろう。

足ひれ《フィン》で、思い切り水を蹴《け》る。

彼の身体すれすれに、褐色の背が通過する。海水が渦を巻き、ごぼごぼと音を立てた。

野口は、敵の背中に銃口を押しつけて、引き金を引いた。

激しい衝撃に、彼の身体が、五、六メートルもはじき飛ばされた。両手がしびれて、思わず、銃を取り落とした。

ジェット・ガンは、真っすぐ海底に向かって落下していく。

野口は、一瞬、覚悟を決めた。

今の射撃で、敵が死んでいなければ、こちらが殺《や》られるだろう。

しかし、幸運にも、敵は、血を吹き出しながら、海底へ沈んでいく。野口は、その後を追うように、水中ナイフを構えて、降下して行った。

ホエラー・シャークは、海底で、のたうっている。

野口は、伊五〇九潜の近くに落下していた銃を拾いあげ、弾丸をこめた。

まだ死に切れずにいるサメに近づくと、闘牛士が、瀕死の牛に止《とど》めを刺すように、サメの脳天に向けて、引き金を引いた。

その一撃で、敵は引っくり返り、白い腹を見せて動かなくなった。

野口は、浮上すると、ウエット・スーツを着たまま、ぐったりと、甲板に身体を投げ出した。殺すために、二匹のサメを殺したことが、身体だけでなく、彼の精神《こころ》を疲れさせたのである。

だが、野口は、明日もサメを殺すつもりだった。

サメは、海の殺し屋だ。冷酷な眼をした悪魔だ。そのサメを殺す時、野口は、神谷と彼の仲間を、頭に思い描いていた。

3

翌二十五日も、午前中に、体長四メートルのグレナース・シャークを殺した。このサメは、非常におとなしく、人間を襲うことはめったにないのだが、野口は、構わずに、エラの部分に弾丸を撃ち込んだ。即死だった。グレナース・シャークは、弓なりに反ったまま、海底に沈んでいった。

野口は、新しく殺すたびに、自分の心が冷たくひえていくのを感じた。冷静に、冷酷になっていく。これなら、神谷たちと海中で向かい合った時、容赦なく引き金を引けるだろう。

正直にいって、トラック島に来るまで、由紀子を殺されたことへの怒りは、強烈だったが、それでも、いざとなった時、神谷たちを殺せるかどうか自信がなかった。

背中からでも、撃たなければならないと心に決めていた。それをできるようになったと、野口は思った。平然と殺せるだけの冷酷さが、身についたと、野口は信じた。

午後には、二匹のホエラー・シャークを殺した。

この日の夕方、森明夫が、大杉未亡人とトラック島にやって来た。

野口は、ウマン島のホテルに、森を訪ねた。

「君の予想が当たったよ」

と、森は、窓の外の礁湖《ラグーン》の夕焼けに眼をやりながら、野口にいった。

「神谷は、伊五〇九潜の慰霊団を引きつれて、明日、ここへ着くはずだ」

「慰霊団とは考えたものですね」

「ところで、君は、変わったな」

「どんな風にです？」

「いっていいかね？」

「いってください」

「顔つきが、別人のように変わった。最初に会った時、君の仲間も、冒険好きな、ありふれた若者だった。しかし、今の君は、顔は笑っているのに、眼が笑ってない。それに変に冷静だ。何かあったのかね？」

「三日間、毎日、殺しの練習をしていたんです」

「殺しの？」

「相手はサメです。三メートルクラスのサメを、毎日殺していました」

「しかし、相手がサメなら、一種のゲーム・フィッシングじゃないかね。前に、シャーク・ハンティングを楽しむ若者に会ったことがあるが、今の君のような暗い、冷酷な眼はしていなかったよ」

「彼らはスポーツでしょう。殺すために殺すんじゃない。それに比べて、おれは、殺すために殺している。最初は、腋《わき》の下から冷や汗が流れたのに、今は、大丈夫です。冷静に狙って、殺せますよ」

「相手が人間でもかね？」

「さあ」と、野口は、正直にいった。

「たぶん、殺せるでしょうが、あるいは、殺せないかも知れない。しかし、三日間、サメを殺し続けている間に、反射神経だけは強くなりましたよ。相手が銃を構えれば、おれも、反射的に銃を構える。引き金をひくために、指をちょっと動かす。それで、人間が死ぬわけでしょう。それだけのことだと、おれは、考えていますよ」

太陽が沈むにつれて、空は、赤から紫色に変わっていく。やがて、礁湖《ラグーン》に、夜が訪れるのだ。

「本物の航海日誌は、持って来たんですか？」

と、野口がきいた。

「もちろん、持参したよ。ただ、八月二十七日に、どうやって、伊五〇九潜の艦内に納めたらいいのか、わからないのだ」

「潜水具をつけて、潜るより仕方がありませんね」

「それは、とうに覚悟しているよ。しかし、明日になると、神谷たちがやって来る。そうなった時、彼の眼をかすめて、どうやって、伊五〇九潜に航海日誌をおさめるかが難しくなってくるんだが」

「神谷の眼をかすめてやることはないでしょう。堂々とやるほうがいい」

「しかし――」

「明日、慰霊団がやって来た時、こっちから、飛び込んで行ったらどうです？　大杉未亡人を立てて話し合えば、簡単に合流できるはずですよ。そうしておいて、航海日誌のことを公《おおやけ》にしてしまうんです」

「慰霊団に話してしまうということかね？」

「慰霊団にというより、遺族にといったほうが正確でしょう。八月二十七日に航海日誌を伊五〇九潜に納めるということが、公然のものとなってしまえば、それ以前に神谷があなたを襲うことはないと思いますよ。そんなことをすれば、自ら墓穴を掘るようなものですからね」

「なるほどな。航海日誌を、伊五〇九潜に納めるのを、慰霊団の行事の一つにしてしまえば、いいわけだね」

「そうです。神谷も、あんたが、伊五〇九潜の艦内に納めるのを確認してから、盗み出そうとするはずです」

「君は、その間、どうするのかね？」

「どこかで、神谷を待ち伏せていますよ」

「明後日《あさって》か」

森は、急に、遠くを見る眼をした。

「私にとって、長い間の重荷だった」

「何がですか？　航海日誌がですか？」

「神谷の存在だよ。神谷が、一日一日、教育界で大きな存在になっていくのを見ているのがつらかった。教育界だけでなく、彼は、政界にも野心を持っていた。日本道徳連盟などというもっともらしい組織まで作り、殺人者が、日本人の道徳問題にまで、口をはさみ始めたんだ。私は、神谷の正体を知っていて、それを暴露できる立場にいながら、同じ穴のムジナだという意識がはたらいて、どうしても、踏み切れなかった。その重荷が、明日は消えてくれるかも知れん」

「森さん」

「何だね？」

「一つだけ、どうしてもわからないことがある。あんたは、神谷に資金援助をしてもらったことがあり、そのために、神谷を告発できなかったといった」

「ああ」

「これは嘘《うそ》じゃないんですか？　たったそれだけのことで、神谷に対して、何もできないっていうのは、おかしいんじゃないかな。しかも、あんたは、戦後、森明夫という名前を捨ててしまった。伊五〇九潜と運命を共にした仲間に申しわけないといって。しかし、これもおかしいと、おれは思う。あんたは、伊五〇九潜から逃げ出したわけじゃない。若過ぎるというので、艦長がおろしたんだし、そのことは、航海日誌にも書いてある。しかも、潮岬へ上陸したのは、戦争が終わったあとなんだから、別に恥じるところはないはずなんだ」

「────」

森は、なぜか、返事をせず、相変わらず遠くを見るような眼をしていた。

部屋の中も急速に暗くなっていったが、森が明かりをつけようとしないので、野口もそのままにしておいた。

「もし、間違っていたら、許してください」と、野口は、暗闇《くらやみ》の中で、森に話しかけた。

「あんたは、神谷たちと一緒に、潮岬へ上陸した直後に、彼らと別れたといった。しかし違うんじゃないのかな。あんたは、神谷が商社員を殺すところを見ていたんだ。積極的に手を貸すことはしなかったが、傍観していた。違いますか？　だからこそ、神谷との間に共犯者意識があって、戦後三十二年間、神谷を告発せずに過ぎてきたんじゃありませんか？」

暗闇の中で、森が、急に咳《せき》込んだ。

「あれは、地獄だったよ」

と、森はいった。

「皇国日本が誇ったはずの素晴らしい道徳律が、敗戦というショックで、あれほど呆気《あっけ》なく崩壊するとは、思ってもいなかった。いや、もともと、日本には、正しい倫理観など最初から無かったのかも知れん。ただ、国家という強力な力にひれ伏していただけのことかも知れんのだ。二人の商社員は、自分たちに金塊の半分をよこせといった。そのとたん、神谷は、いきなり拳銃を取り出して、二人を射殺してしまったんだ。あの時の、二人の断末魔の叫び声は、今でも耳に残っている。私は、呆然《ぼうぜん》と、それを見守っていただけだが、だからといって、それが、なんの免罪符でもないことはよく知っているよ。それどころか、私は、神谷から分け前として、五十キロの金塊を貰《もら》って、喜んでいたんだ。神谷が大悪党なら、私は、そのおこぼれにあずかる小悪党だ」

感情が激してくるのか、森の声は、途中から甲高くなった。

礁湖《ラグーン》の上に、月が昇った。

第十四章　海中の戦い

1

八月二十五日も、激しい夕方の雷雨のあと、十津川は、八王子の病院に江上を訪ねて行った。これで二日連続だった。どうしても、神谷を逮捕できる証拠が欲しかったのだ。

二階にあがり、病室のドアを開けて、十津川は、あっけにとられた。

ベッドの上に、江上の姿はなく、中年の看護婦が、部屋の片付けをしていたからである。

「ここの病人は、どの部屋に移ったのかね？」

と、十津川がきくと、看護婦は、退屈そうに、枕《まくら》カバーを替えながら、

「江上さんなら退院しましたよ」

「退院？　彼は、今月末まで入院しているはずじゃなかったのかね？」

「予定はそうでしたけど、当人が、どうしても退院したいといい張って、院長先生が許可

なさったんです」

「退院したのは、今日の何時ごろ？」

「午後一時ごろだったかしら。夕方にしなさいといったんだけど、銀行があいている間に退院したいといって」

（銀行か）

と、呟《つぶや》いてから、十津川は、江上が何を考えて、急に退院したか、わかったような気がした。

江上は、トラック島へ行く気なのだ。

一カ月前に、トラック島へ行っているから、パスポートはある。銀行で金をおろし、今日中にでも、羽田を発《た》つ気だろう。左腕を失ってしまっても、やはり、野口のことが気がかりで、おとなしく入院してはいられなかったのだろう。そして、十津川には、江上のトラック島行きを止める権限はない。

十津川は、空《むな》しく警視庁に戻ると、すぐ、本多捜査一課長に会った。

「三日間、休暇を頂けませんか？」

と、いきなり、切り出した。

「連続殺人事件を追っている最中に休暇というのは、おだやかじゃないね。疲れたのかね？」

「いえ、元気です」

「じゃあ、なぜ?」

「八月二十七日に、トラック島で、人が殺されます。それを防ぎたいと申し上げても、公務での出張は許されないと思いますが」

「君にもわかっているだろうが、警察というところは、事件が起きてから動き出すものでねえ」と、本多は、当惑しながらいった。

「トラック島で、日本人が殺されて、向こうの警察が、われわれの助力なり、サジェスションなりを求めて来たのなら、君を派遣してもいいが、そんなことはないとなると、君をトラック島にやる理由がないのだ」

「わかっています」

と、十津川は、うなずいた。

「それでなくとも、神谷からは、いろいろな人を通じて、圧力をかけて来ている。社会的な地位のある自分の周囲を警察に嗅ぎまわられて、大いに迷惑しているとね。トラック島へ行ってまで、君がつきまとったら、それこそ告訴されるぞ」

「だから、休暇を頂きたいのです」

「しかし、東京でする仕事があるんじゃないのかね?」

「亀井刑事たちが、十分にやってくれます。それに、明日になれば、神谷は、トラック島へ行ってしまいます。肝心の神谷が留守では、どうしようもありません」

「しかしだね」

本多は、まだ迷っている。いやしくも、現在、連続殺人事件の捜査中なのだ。いかに、方便とはいえ、捜査の責任者である十津川が、休暇をとって、トラック島へ行くというのは、どういうものだろう。予見どおり、トラック島で、殺人事件が起きれば、非難はまぬがれるかも知れないが、もし、何も起きなかったとき、マスコミに叩かれるのは、眼に見えている。マスコミが叩かなくても、神谷が、あらゆる手段を使って、非難するだろう。公安委員だから、会議の席上で、問題にすることも考えられるのだ。

「まあ、部長と相談してみるが、もし、君が、休暇をとってトラック島へ行くとしても、何の支援も受けられんことは、覚悟の上だろうね？」

「それは覚悟しています」

「君は、完全な一私人として行かなければならない。ということはだね。もし、現地で事件が起きたとしても、捜査官としての活動はできないし、現地の警察に協力することも許されないよ」

「それもわかっています」

と、十津川はいった。

十津川が、自分の部屋に戻ると、亀井刑事が、心配そうに、

「休暇はとれそうですか？」

と、きいた。

「まず、駄目だろうな。捜査中の警部が、休暇をとって、南の島に遊びに行くなどというのは、前代未聞だろうからね。課長も、後で問題化するのを心配しておられるのさ」

「でしょうな。神谷のほうは、着々とトラック島行きの準備をかためていますよ。慰霊団の参加者は、最終的に四十一名になる模様です。面白いのは、肝心の大杉艦長の未亡人が、今日、慰霊団とは別に、トラック島へ向かって羽田を発ってしまったことです」

「神谷は、まさか一人で、慰霊団について行くわけじゃないだろう？」

「遺族の身のまわりの世話をするという名目で、五人の青年が同行します。いずれも、日本道徳連盟の若者ですが、この五人とも、学生時代水泳部に属していて、スキューバ・ダイビングの訓練を受けています」

「神谷も、トラック島では、海に潜る気だということだな」

「警部は、前に、磯《いそ》釣り事故で死んだ形の橋本元海軍大佐と、自動車事故で死んだ形の塚田寛一について、犯人は、スキューバ・ダイビングのできる人間だといわれましたね。それで、この五人について、井上刑事たちが、二つの事件当日のアリバイを調べています」

「明日二十六日の朝までに、五人全員について調べられそうかね？」

「何とか調べられると思います」

「よし、もし、五人の中に、アリバイの不確かな者がいたら、構わんから、連行して尋問してくれ。トラック島に行く神谷の仲間は、一人でも少ないほうがいいからな」

2

翌八月二十六日の早朝、五人の青年の中で、二つの事件についてアリバイのない大田淳一という男を、亀井刑事と井上刑事の二人が連行して、取調べに当たった。

神谷は、警察の嫌がらせだと激怒した。が、午前十時の出発が迫っていたので、やむを得ず、残りの四人の青年たちと、四十一人の遺族を連れて、羽田を飛び立って行った。

この時点で、十津川に対する休暇の許可は、まだおりていなかった。

十津川は、覚悟を決めた。机の引出しから、休暇願いの用紙を取り出して、三日間の日付を書き込んだ。

大田淳一の取調べを終わって戻って来た亀井刑事が、

「やはり、トラック島へ行かれますか」

と、微笑した。

「ああ。行って来る。あとのことを頼むよ」

「承知しました」

「大田という青年は、どうかね？」

「頑として、犯行を否認しています。まずいことに、殉教者気取りで、追いつめると、自殺しかねません」

亀井刑事のその言葉で、十津川は、いやでも、舌を噛《か》んで自殺した小山という青年のことを思い出した。佐伯元海軍中佐を轢殺《れきさつ》した犯人だったが、背後関係を追及しているうちに、自殺してしまったのだ。あの青年も、今度の大田と同じように、日本道徳連盟のバッジを胸につけていた。

「気をつけて取り調べてくれ。相手は病気だからな」

「病気といいますと？」

「心の病気さ」

と、十津川はいった。組織への服従を、最高の道徳だと思い込んでいる若者は、心が病んでいるのだ。

十津川は、わざと、本多捜査一課長には断わらず、羽田に向かった。断われば、課長が困惑するのが眼に見えていたからである。

パンナムで、グアムに飛んだ。十津川にとって、久しぶりの海外旅行だった。警察手帳も、拳銃も、置いてきたから、完全な十津川個人の旅である。

疲労が重なっていたのか、途中で眠ってしまい、眼をさました時には、グアムの上空に来ていた。

一日一便というトラック行きの便は、まだ出ていなかった。

十津川は、ほっとした。エア・ミクロネシアのカウンターの前には、神谷たちの一行が集まって、係員と何か話し込んでいる。

十津川は、サングラスをかけ、ロビーのソファに腰を下ろして、彼らを眺めた。老人にしては大柄な神谷は、如才なく、遺族の面倒をみている感じだった。

「トラック島日本慰霊団」と書かれた幟《のぼり》が面白いのか、外国人が遺族たちと、その幟を写真に撮っている。

エア・ミクロネシアの飛行機の中では、幸い、離れた席に腰を下ろすことができた。トラック諸島についてのパンフレットに眼を通した。礁湖《ラグーン》が美しく、そこには、第二次大戦中に沈没した日本海軍の艦船四十隻近くが、いまだに眠っていると記されている。伊五〇九潜も、その中の一隻なのだ。パンフレットをポケットにしまい、十津川は、窓の外に眼を走らせた。トラック島へ着いたあと、どうすればいいか、彼自身にもわかっていなかった。野口は、表向き、海中写真の撮影とサメ狩りにトラック島へ行くといってあるし、神谷は、慰霊団の団長なのだ。逮捕するわけにもいかないし、その権限も、十津川にはない。

彼のパスポートに書かれた旅行目的は、「観光」である。

一時間半後、眼下に、広大な礁湖《ラグーン》と、トラックの島々が見えて来た。

遺族の人々が、窓に顔を押しつけるようにして、その島の一つ一つを眺めている。

3

野口は、「ユキⅡ世号」の甲板に突っ立って、近づいて来るエンジン付きのゴムボートを見すえていた。用心深く、右手に、水中銃を構えたが、相手が、江上とわかって、喜びと戸惑いの交錯した顔で、「どうしたんだ？　おい」と、手を差しのべた。

江上は、蒼白い顔で、甲板にあがると、その場にうずくまってしまった。

「どうしても、病院にじっとしていられなくてね」

「無理をするなよ」

野口は、江上を船室の寝台《バース》に寝かせ、冷蔵庫から、冷やしたコーラを持って来て飲ませた。

「昨日、着いたんだが、君がどこにいるのかわからなくてね。このヨットの『ユキⅡ世号』という名前を見つけた時は嬉《うれ》しかったよ」

と、江上は、微笑した。

「君に預かった航海日誌のコピーは、ここに来る時、羽田で投函《とうかん》しておいた。宛《あ》て先は、警視庁捜査一課の十津川という警部宛てにしておいたよ。あの警部なら信頼がおけそうだからね。明日あたり、彼の手元に届くはずだ」

「もう喋るのはやめて、少し休めよ」

と、野口はいった。

「ああ」

と、うなずいて、江上は、眼を閉じたが、

「こっちは、大丈夫なのか？」

と、眼を閉じたまま聞いた。

「大丈夫さ。すべての準備はできているよ。君は、ここで、見ていてくれればいい」

「ああ。わかってる。おれは、足手まといになるようなことはしないよ。だが、おれにできることがあったらいってくれ」

「じゃあ、まず、よく眠るんだ」

と、野口は、江上に向かって、笑って見せた。

陽《ひ》が落ちてから、神谷を団長とする伊五〇九潜慰霊団が大挙して、ウマン島にやって来た。

野口は、沖に止めたヨットの上から、江上と、双眼鏡で、慰霊団を眺めていた。国際空港のあるモエン島から、三隻のモーター・ボートに分乗してやって来た慰霊団の一行は、疲れているのか、すぐ、海辺のホテルに入ってしまった。

「神谷は、これからどうするつもりかな?」

と、江上がきいた。まだ顔色が蒼かった。

「潜水用具の調達に走りまわるはずだよ。その中には、水中銃も入っているはずだ」

「神谷自身が、果たして、潜ってくれるかな?」

「大丈夫だ。彼自身の眼で航海日誌を確認したいだろうし、森明夫が、うまく彼を誘導してくれるはずだよ」

「森が、おれたちを裏切って、神谷の味方になってしまう心配はないのか?」

江上は、心配そうにいった。身体が弱っていることが、江上を心配性にしているようだった。

「その時はその時さ。森が向こうについたら、彼も一緒にやっつけてやる」

と、野口は、不敵に笑った。

その夜、江上が発熱した。アスピリンを飲ませ、濡《ぬ》らしたタオルで頭を冷やしてやる。が、四十度近い高熱が、夜明け近くまで続いた。時々、うわ言のように、「すまない」を繰り返し、「ユキベエ」と呼んだ。

しかし、江上の発熱がなくても、野口は眠れなかったろう。うとうとしたあと、夜が明けると同時に、野口は、甲板へ出た。江上も、やっと熱が下がり、眠りについたように見えた。

東の空が、白くなってくる。暗い海面が、明るく、青くなってくる。野口は、バケツで海水を汲《く》みあげ、顔を洗った。気持ちがいい。

船室に戻ると、二人分の朝食を作ることにした。自分の分として、罐詰《かんづめ》の赤飯を開け、江上に、お粥《かゆ》を作った。

今日、おれは死ぬかもしれないという気が、野口にはある。それが恐怖にならないのは、サメと死をかけて戦ったおかげだろうか。

朝食ができても、江上はまだ眠っている。

野口は、ジェット・ガンを持って、もう一度、甲板に出た。

眼の前のウマン島は、まだ眠っている。礁湖の中を動くものもまだない。

野口は、弾丸を装塡し、海面に向かって、試射した。圧搾ガスによる発射だから、殆《ほとん》ど音は聞こえない。弾丸は、白い気泡の尾を引いて、海中に潜って行き、テーブル・サンゴに突き刺さり、爆発した。

異常なし。

次に潜水用具を点検する。

タンク（ボンベ）は適圧だろうか。

レギュレーターは適正に作動するだろうか。

水中時計、コンパス、水温計、水深計、マスクなども検査する。すべて異常なし。戦う態勢はできている。

満足して、野口が煙草《たばこ》をくわえた時、やっと、江上が眼をさました。

熱で、まだ顔全体が腫《は》れぼったく見える。

「めしができているぞ」

と、野口は、江上に笑いかけた。

「すまない。これじゃあ、本当に足手まといだな」

江上は、泣き出しそうな顔になっている。

「よせよ。君が来てくれたんで、心強いんだ」

「そういってくれるとありがたいんだが――」

「本当さ。君が来てくれなかったら、今ごろ、逃げ出してるぜ」

「うふッ」

と、江上は、初めて笑った。照れたような笑い方だった。やはり、熱が残っているのか、野口がせっかく作ってやったお粥も、ほとんど残してしまい、また、ベッドに横になってしまった。

そのまま、江上は、また、眠ってしまった。

野口は、予備のタンクを、伊五〇九潜の近くに隠しておくことを思いつき、二本のタンクを持って、海に潜った。

伊五〇九潜の近くの岩礁のかげに、十二リットル入りのタンク二本を隠して、浮上した。それが役に立つかどうかは、まだわからない。

午前十一時から、対岸で、伊五〇九潜の慰霊祭が始まった。海岸に簡単な祭壇が設けられ、同行して来た僧侶《そうりょ》が、読経《どきょう》した。遺族たちは、伊五〇九潜の沈んでいる海面に向かって黙禱《もくとう》している。

野口は、双眼鏡で見守っていた。遺族の中に、大杉未亡人と、森の姿もあった。うまく遺族の中に入り込んだらしい。

アメリカ人のカメラマンが一人、興味深そうに、遺族たちに向かって、盛んにカメラのシャッターを切っている。

神谷が、弔辞を読んだ。古風な、巻紙に書いた弔辞だった。

野口のところまで、神谷の声は聞こえて来ない。が、遺族たちは、すすり泣いているのか、俯《うつむ》いて、手を顔に当てている者が多かった。

いったん、慰霊祭が終わると、今度は、森が、現地のアメリカ人のダイバーと、潜水具をつけて、海に入ってくるのが見えた。右手にカプセルを抱えている。あの中に、航海日誌が入っているのだろう。

森が、野口に向かって、手をあげて見せた。これから、航海日誌を納めに行くぞという合図だった。

野口は、双眼鏡で、神谷の姿を探した。が、いつの間にか、彼の姿が消えていた。神谷だけではない。神谷と一緒に、遺族団に同行して来た四人の屈強な若者の姿も消えてしまっている。きっと、彼らも、海に潜る準備をしているのだろう。いや、すでに、海に潜っているのかも知れない。

野口は、ジェット・ガンを手につかんだ。弾丸は十発。大きく息を吐いてから、マスクをかぶった時、ふいに、背後から、

「待て！」

と、鋭い声が、飛んで来た。

4

ぎょっとして振り向くと、甲板の上に、十津川警部が、仁王立ちになり、水中銃を野口に向けていた。

野口が、対岸にばかり気をとられている間に、甲板の反対側に、ボートを乗りつけ、上がって来たのだろう。

野口の顔が、蒼ざめた。

「君に人殺しをさせるわけにはいかないんだ」

と、十津川がいった。

「しかし、神谷は、また、誰かを殺しますよ」

野口は、唇をゆがめていった。こうしている間も、森が殺されるかも知れないのだ。

「わかっている」

と、十津川がいった。

「わかっているんなら、おれを行かせてください」

「それは駄目だ。君たちの知っていることを、残らず話してくれたら、神谷が日本に帰りしだい、私が逮捕する」

「そんな悠長な真似はしていられないんだ」

と、野口が怒鳴った。

「私闘は許されないんだよ」

「ここは、日本じゃないぜ」

「しかし、君に人殺しはさせん」

十津川が、強い声でいった時、船室から、ふらふらと泳ぐように出て来た江上が、スパナを持った右手で、いきなり十津川の後頭部を殴りつけた。

十津川が、呻《うめ》き声をあげて甲板に倒れると、それに重なるように、江上も倒れ込んだ。

「早く行ってくれ」

と、江上が、倒れたまま、野口にいった。

「大丈夫か？」

「ああ。この刑事さんは、おれが監視しているよ」

江上はぺたりと甲板《デッキ》に座り込み、水中銃を右手に持って、野口にいった。

野口は、倒れている十津川に、ちらりと眼をやってから、ジェット・ガンを持ち直して、海に飛び込んだ。

たちまち、野口の身体は、青一色の世界に潜って行く。相変わらず、二十メートル近い透明度だ。敵を見つけるのも楽だが、こちらも見つかりやすい。

野口は、まっすぐ伊五〇九潜に向かった。

キビナゴの大群が、キラキラと光りながら彼の横を通過していく。

サンゴの上で、ネンブツダイが遊んでいる。だが、敵の姿は、まだ、視野に入って来ない。

伊五〇九潜のサンゴに蔽《おお》われた船体が見えて来たところで、野口は、岩礁のかげにかくれた。

砂地の上に腰を下ろし、ジェット・ガンをあらためて点検する。圧搾空気は送り込まれているか、弾丸は装塡されているか。

点検を終わった時、気泡を流しながら、森とアメリカ人のダイバーが、伊五〇九潜に近づいて来るのが見えた。

野口は、反射的に、反対方向に視線を走らせた。

その視野に、黒い点が三つ飛び込んできた。

魚ではない。人間だった。

が、彼らは、それっきり、近づいて来ない。彼らは、確認しているのだ。伊五〇九潜の傍《そば》にいる二人のダイバーの片方が、果たして、森明夫なのかどうか、航海日誌を、伊五〇九潜の艦内に納めるかどうかを。

野口は、森に合図はしなかった。彼も、当然、敵が来ることは覚悟しているはずである。としたら、敵が来ていることを知らせるのは意味がないと思ったからである。それに、そんなことをすれば、野口自身の所在を、敵に知らせてしまうことになる。

森は、伊五〇九潜に到着すると、同伴者のアメリカ人に、もう大丈夫だから帰ってくれというように、手を振った。

アメリカ人ダイバーが、水中マスクの中で微笑し、手で、O・Kの合図をしてから、身体を反転させ、島に向かって泳いでいった。

森は、周囲を見まわした。

野口が、近くに来ているはずだが、姿は見えなかった。神谷たちの姿も、森には見つからなかった。

だが、探しはしなかった。探さなくても、彼らは、やがて現われるに決まっていたからである。本物の航海日誌を奪いに。

森は、スチール製のカプセルを、錆《さ》びつき、サンゴで蔽われた伊五〇九潜の甲板に置き、ハッチを開けた。

暗い穴が、ぽっかりと眼の前に開いた。とたんに、森の目に悲しみが広がった。そこには、森が十七歳の少年期に、生死を共にした人たちが、三十二年間眠り続けているのだ。

水中ライトをつけ、カプセルを抱えて、森は、頭から艦内に入って行った。

彼の姿が、消えた瞬間、三つの黒点が、また現われ、それは、たちまち、三人のダイバーの姿になって、伊五〇九潜に向かって殺到して来た。

野口は、じっと、その三人のダイバーを見すえた。

二人は、若い感じだが、一人は、年輩者に見える。ぴったりと身についたウェット・スーツのため、彼らの体型が、はっきりとわかる。

すらりとした二人は、明らかに若者だが、残りの一人は、身体がずんぐりしている。明らかに中年以上の体型だ。

(あれが、神谷だろうか?)

若い二人は、水中銃を持っている。水中ナイフもだ。真ん中の年長者を守るような形をとっている。

（神谷だ）

と、野口は、確信した。

三億円もの大金を払いながら、ニセの航海日誌をつかまされた神谷は、今度は、自分の眼で確かめたくて、自ら乗り込んで来たのだ。

三人が背負っているタンクは、十二リットルのものを一本ずつだった。この辺りは、水深約二十メートルだから、約二、三十分保《も》つとみていいだろう。

野口のものも、十二リットルのシングルだが、近くの岩礁のかげに、二本のタンクをかくしてある。いざとなれば、あれを利用すればいいのだ。

三人のダイバーは、開いたままになっているハッチの周囲で、出て来る森を待ち構えている。

そして、五、六分して、森が艦内から出て来たとたん、若いダイバー二人が、両側から彼を押えつけた。

そうしておいてから、年長のダイバーは、ひとりで、水中ライトをつけ、ハッチから艦内に入って行った。森が納めてきた航海日誌を見つけ出したら、間違いなく、森は消されてしまうだろう。

野口は、ゆっくりと、足ひれ《フィン》を使って、森を押えている二人のダイバーに近づいて行った。

三十メートルのところで、野口は止まる。彼の持っているジェット・ガンにとっては、完全な有効射程だが、彼らの持っている水中銃にとっては、遠過ぎる距離だからである。

二人は、森の身体を押えたまま、ハッチをのぞき込んでいた。

野口は、ジェット・ガンの銃身で、ウエイトベルトの金具の部分を軽く叩いた。

水中では、音は、速く、しかも、大きく伝わっていく。案の定、二人のダイバーは、ぎょっとした顔で振り向いた。野口が、その片方に、ジェット・ガンの狙いをつけた。

水中マスクの中の男の顔が、狼狽《ろうばい》と恐怖にゆがんだ。あわてて、水中銃を取り直す。

野口は、サメを狙撃《そげき》した時と同じ冷静さと冷酷さで、引き金をひいた。

5

そうしておいて、野口は、身をひるがえして岩礁のかげに潜り込んだ。もう一人のダイバーの攻撃に備えるためだった。野口の撃った弾丸は、見事に、一人のダイバーの心臓をえぐり、その男を吹き飛ばしていた。

血が、海水を真っ赤に染めて、伊五〇九潜の甲板に叩きつけられた男の身体から噴出している。

三メートルのサメさえ一撃で倒す威力のある弾丸だった。人間はひとたまりもないのが、当然だったかも知れない。恐らく、即死だったろうが、もう一人の敵がいる野口には、それを確認している余裕はない。

もう一人のダイバーは、引きつった顔で、やみくもに、逃げる野口めがけて、水中銃を発射した。

モリが、野口めがけて海中を突進してきた。だが、野口が予測したとおり、鋭く尖《とが》ったモリも、水圧に負け、五、六メートル手前で、空しく、海底に落下してしまった。敵は、あわてて、腰から二本目のモリを抜き出し、水中銃にセットした。

その間に、野口は、二発目の弾丸を装塡し終わって、岩礁のかげから飛び出した。敵との距離は、約三十メートルある。向こうの水中銃では、明らかに遠すぎる距離だ。

相手にも、それがわかっているはずだった。

敵は、迷っている。今の位置から水中銃を発射しても効果はない。逃げたらいいか、それとも、間合いを詰めて、水中銃の有効距離に入り込むべきなのか、それに迷っている様子だった。

優位に立って、野口は、水中マスクの中で微笑した。

敵が逃げれば追い、反転して逆襲してくれば、野口のほうが逃げて、絶えず三十メートルの距離を保った。この距離で対峙《たいじ》している限り、敵の攻撃は効果がなく、こちらだけが、一方的に攻撃できるのだ。

ふいに、敵が逃げ出した。

陸上と違って、水平に海中を逃げる相手は狙いにくい。狙う部分の面積が小さくなってくるからである。

野口は、相手の背負っているタンクめがけて、撃った。

普通の水中銃のモリだったら、命中してもはね返されていただろう。だが、野口の銃は、強力な火薬を使用している。

命中と同時に、タンクが破壊されて、破片が海中に四散し、猛烈な勢いで、圧搾空気の泡が噴き出した。

一瞬、相手の身体が、その噴き出した気泡に包まれて見えなくなった。

野口は、相手を追いながら、新しい弾丸を装塡した。

気泡が消えていく。その代わりに、真っ赤な血が流れ出すのが見えた。破壊されたタンクの破片が、敵の身体に突き刺さり、皮膚を切り裂いたのだろうか。

タンクが破壊され、呼吸困難に落ち込んだ敵は、海面に出ようとして、もがいている。必死に両手を上に向かって伸ばし、足ひれ《フィン》のついた両足をばたつかせている。が、傷はかなり深いらしく、意志とは反対に、男の身体は、血を流しながら、しだいに海底に向かって沈んでいく。

もがいていた手足も、動かなくなってくるのがわかった。死が、確実に、男をとらえているのだ。地上だったら、断末魔の呻《うめ》き声が聞こえてくるのだろうが、海中では、何も聞こえて来ない。静かな死だ。

野口が殺した何匹ものサメのように、男の身体も、海底に横たわった。

野口は、ゆっくりと、相手の傍に近寄った。上から見下していたが、手を伸ばして、水中マスクを引きはがした。

眼をむき、歪《ゆが》んだ顔が現われた。黒髪が水にゆれている。

野口は、伊五〇九潜のほうを、振り返った。

6

野口が、ハッチの傍にいる森に近づいた時、さっき艦内に潜っていったダイバーが、ステンレスのカプセルを抱えて上がって来た。

そのダイバーは、ジェット・ガンを構えて待っている野口を見て、ぎょっとしたように身体をすくませた。

水中マスクの中の顔に、狼狽と恐怖が浮かんでいる。

(やはり神谷だ)

と、野口は、自分の確信が正しかったことに歓喜した。

神谷は、案の定、航海日誌を、自分の眼で確かめたくて、自ら海に潜ってきたのだ。

森は、無表情に神谷を見つめている。

神谷の手から、カプセルが落ちて、ゆっくり回転しながら、再び、ハッチの中へ落ち込んでいった。

野口は、ジェット・ガンを構えたまま、素早く周囲を見まわした。

どこにも、ダイバーの姿は見えない。

さまざまな色彩の熱帯魚が、人間たちの闘争など知らぬげに、楽しそうに泳ぎまわっているだけだった。

神谷の眼が、落ち着きなく、伊五〇九潜の甲板のあたりをさまよっている。ハッチの傍に、水中銃が転がっている。さっき、野口の銃で吹き飛ばされた男が、落としたものだった。

野口の顔に、皮肉な笑いが浮かんだ。

(手に取れよ)

というように、野口は、顎《あご》でしゃくってみせた。

神谷は、開いたハッチのふちにつかまり、こずるい眼で、野口と、眼の前に落ちている水中銃を見比べるようにしている。息が荒いのか、気泡が出るのが速い。

(取ってみろよ)

と、野口が、もう一度、呟いた時だった。

ふいに、背後に、強い海流の動きを感じた。

海中では、何がおきるかわからない。そのくらいのことはよく心得ていたはずなのに、神谷を追い詰めたことで、一瞬、忘れてしまったのだ。

はっとして、背後を振り返った時は遅かった。

体長三メートル余のホエラー・シャークが、猛然と襲いかかって来た。

ジェット・ガンを撃つ余裕などなかった。辛うじて、身体を反転させたが、完全には避け切れず、激しいショックと共にはじき飛ばされてしまった。

一瞬、眼の前が暗くなった。

(不覚!)

と、思った。血が流れれば当然、サメがやってくることを考慮しておかねばならなかったのだ。

ごおッという水音を残して、ホエラー・シャークは、野口の頭上を泳ぎ去った。

ジェット・ガンは、衝突の瞬間取り落としてしまい、どこに吹き飛んだのかわからなくなってしまった。

やっと、水中で姿勢をたて直した時、野口は、自分に向けられている水中銃にぶつかった。彼がホエラー・シャークにはじき飛ばされたすきに、神谷が、素早く、落ちている水中銃をつかんだのだ。

攻守が逆転した。

神谷との距離が約五メートル。水中では近く見えるものだが、それでも八メートルとは離れていない。

子どもでもはずすはずのない距離だし、モリ式の水中銃でも致命傷を与えられる距離である。

野口は、初めて、腋の下に汗が吹き出すのを感じた。

死は怖くない。それなのに、汗が吹き出すのは、生理的なものだろうか。

野口は、素早く計算した。水中銃のモリが、身体に突き刺さったら、どのくらい生きていられるのだろう？

数分でも生きていられたら、水中ナイフで、神谷を刺すことができるだろうか。

しかし、相手は、したたかな神谷だ。水中銃を発射しておいて、身をひるがえしてしまうだろう。そうなったら、撃たれた身体で追跡は不可能だ。

野口が神谷だったとしても、そうするだろう。

それでも、野口は、神谷を見つめたまま、そっと、右手を下におろしていった。指先が、水中ナイフの柄に触れた。

右足を軽く水中で曲げて、ナイフを取りやすくした時、神谷が、水中マスクの中で、ニヤッと笑った。

（撃たれる！）

と、直感した。

一か八《ばち》かに賭《か》けて、野口は、足ひれ《フィン》で水を蹴った。

7

モリは飛んで来なかった。

野口は、身体をひねったまま、神谷を見た。

神谷の身体に、森が蔽いかぶさっている。いや、抱きついているのだ。

森は、少し離れた場所にいたし、武器を持っていなかったので、野口も、神谷もなんとなく無視していたのである。

鈍い圧搾空気の音が聞こえた。

抱きつかれた神谷が、狼狽しながら水中銃を発射したのだ。モリの先が、森のウェットト・スーツごと貫通した。血が噴出した。

だが、森は、しっかりと神谷の身体を抱きしめて放さない。

そのまま、二つの身体は、抱き合った形で、開けたままになっていたハッチの穴から、

格好だった。伊五〇九潜の艦内に落ちていった。森が、強引に、艦内に神谷の身体を引き込んだような

野口は、海底に落ちているジェット・ガンをわしづかみにしてハッチのところへ泳いで行った。

その時、驚くべきことが起きていた。

艦内から手が伸びて、ハッチを閉めてしまったのだ。

神谷が、自ら脱出口を閉じるはずがない。とすれば、閉めたのは、瀕死の森に違いなかった。

森は、自分と神谷を、伊五〇九潜に閉じこめてしまったのだ。

野口は、迷った。

ハッチを開けて、森を助け出すべきだろうか。

それとも、森が、神谷と共に、伊五〇九潜の艦内で死ぬ気なら、彼の意志のままに死なせてやるべきなのか。

野口は、迷いながら、ハッチの傍にしゃがみ込み、ハンドルに手をかけた。が、回らない。誰かが、内側から押えているのだ。誰かではなく、内側から森が押えている。

野口は、少しずつ息苦しくなってきた。タンクの空気《エア》が切れてきたのだ。

野口は、予備のタンクをかくしておいた岩礁に急いだ。

予備タンクの横に座り込み、空《から》になったタンクを頭越しに引き抜いて、横に放り出す。

素早く、落ち着いて、取りかえる必要がある。

野口は、予備タンクについているレギュレーターを口にくわえ、タンクを両手でつかんで、頭越しに背中に装着する。

再び、きれいで、ひんやりした空気が、のどに流れ込んできた。

野口は、もう一度、伊五〇九潜のハッチのところへ引き返した。

すでに、艦内にいる森と神谷のタンクのエアは切れているはずである。

ハンドルに手をかける。今度は、力を入れると、ゆっくりと回った。

ハッチを開けた。

ぽっかりと暗い穴が開き、のぞき込んでも何も見えず、森と神谷がどうなったかわからなかった。

野口は、戦うことだけを考えて潜ったために、水中ライトを持っていなかった。艦内に入ったことはあるが、ライトなしでは危険だった。

野口は、先刻射殺した二人のダイバーを調べてみた。

その一人が、腰に水中ライトを下げていた。野口は、それを持って、ハッチから、伊五〇九潜の中に潜って行った。

砂が積もった床の上に、潜水具をつけた森と神谷が横たわっていた。

森は、胸にモリを突き刺したまま、両手で、しっかりと神谷の足首をつかんでいる。血が、まだ滲《にじ》み出し、海中に拡散していく。

神谷は、よほど苦しかったのだろう。レギュレーターを口からはずし、水中マスクも取ってしまっていた。むき出しになった顔には、苦痛によるゆがみが固定し、青白いその皮膚を海水が洗っている。

二人は、伊五〇九潜の中で、かつての仲間だった乗組員の白骨に囲まれて死んでいる。

野口は、二人の遺体は、このままにしておくべきだと思い、浮上して伊五〇九潜の外に出ると、ハッチを閉めた。航海日誌のことを思い出したが、またハッチを開け、艦内に入って探す気にはなれなかった。

森も神谷も死んでしまった今、野口にとって、航海日誌は、何の意味もない。あと、彼がすべきことは、戦いの痕跡《こんせき》を消すことだった。

海底に死体が転がっているのを、沿岸警備隊にでも発見されたら、大騒ぎになり、国際問題に発展しかねない。

野口は、海底に横たわっている二つの死体を、別のハッチから、伊五〇九潜の中に投げ込んだ。水中銃や水中ライトも、一緒に落とし込むと、しっかりとハッチを閉めた。

8

十津川は、頭の痛さに眉をしかめながら、江上の様子を窺《うかが》った。

顔が赤いのは、熱があるのだろう。身体がふらついている。それにつれて、構えた水中銃もゆれている。

がくッと、江上の上体が大きく傾いた。その一瞬を狙って、十津川は、相手に体当たりした。

江上の身体が、吹き飛び、手に持っていた水中銃が、甲板に転がった。

江上は、倒れたまま、荒い息を吐いている。今度は、逆に心配になって、十津川は、江上の身体を抱きかかえて、船室の寝台《バース》に寝かした。

熱があるようだが、手当てをしてやる余裕はなかった。

海面下で、何が起きているかわからなかったからである。

余分に、潜水用具が積んであるのを見つけて、十津川は、身につけた。

一年ばかり潜ったことはなかったが、何とかなるだろうし、何とかしなければならないのだ。

レギュレーター、タンクと、簡単にチェックをすませてから、水中銃をつかんで海に飛び込んだ。

さすがに、不安がつきまとう。その不安を打ち消すように、足ひれ《フィン》を強く叩いて、七、八メートルまで潜ったとき、水中銃を持った二人のダイバーが、急速に近づいて来るのが眼に入った。

（誰なのか？）

と、十津川が眼をこらした時、二人の中の片方が、いきなり水中銃を撃って来た。

先端を光らせて、モリが飛んで来た。

ウェット・スーツの左腕の部分が引き裂かれ、血が噴き出した。

「くそッ」

と、十津川は、相手を睨《にら》んだ。どうやら、神谷と一緒にいた屈強な若者の中の二人のようだ。

二人とも、妙に殺気だっている。もう片方が、今度は、水中銃を、十津川に向けてきた。

「止《や》めろ！」

と、声にならない声で叫んだとき、反対側から、何かが飛来した。

白い気泡の航跡を残して、小さな弾丸が、二人のダイバーに向かって突進していった。

二人の顔に狼狽の色が走るのが見えた。あわてて、身をひるがえして、巨大なテーブルサンゴのうしろにかくれた。

二発目が飛んで来て、そのテーブルサンゴに命中した。

爆発し、サンゴが砕け散った。衝撃が、十津川のところにまで伝わって来た。その圧倒的な銃の威力に、神谷の部下二人は、一目散に逃げ出した。

十津川の傍に、ジェット・ガンを持った野口が近づいて来た。

十津川は、親指を立て、浮上するぞと、野口に合図した。

二人は、海面に浮上した。水中マスクをはずした野口が、大きく大気を吸い込んでから、

「大丈夫ですか？」

と、十津川にきいた。

「神谷を殺したのか？」

「すべて、すみましたよ」

「どうすんだ？」

と、十津川が、きいたとき、エンジンの音が、急速に近づいて来た。振り向くと、沿岸警備艇の白い船体が眼に入った。

「彼らに、神谷たちのことを話すつもりですか？」

と、野口が、早口できいた。

「私が話さなくったって、死体は見つかるぞ」

「大丈夫です。何も見つかりませんよ。すべて、鉄の棺の中ですから」

「鉄の棺の中だって？」

「そうです。みんな安らかに眠っているはずです。伊五〇九潜の英霊と一緒にね」

「やっぱり、殺したのか」

「おれは、ユキベエの仇《かたき》を討っただけですよ。あんたが、日本に帰れば、郵便が届いているはずだ。事件のすべてがわかる航海日誌のコピーが入った郵便がね」

「やはり、航海日誌だったんだな」

沿岸警備艇が、二人の近くへ来て止まった。

赤毛の大男が、身体を乗り出すようにして、怒鳴った。

「何があったんだ？」

野口が、黙って十津川を見つめた。十津川は、その眼を見返してから、

「何でもありませんよ」

と、大声で赤毛にいった。

9

ホテルに戻ると、十津川は、本多捜査一課長に国際電話を入れた。

「すべて終わりました」

と、十津川がいうと、電話の向こうで、本多が、あわてた調子で、

「おい、おい、終わったって、何が、どう終わったんだね？」

「伊五〇九潜慰霊団は、無事慰霊祭を終わって、明日、日本へ帰ります」

「それはいいが、肝心のことは、どうなったんだ？　神谷は？　野口と江上は？　彼らはどうなったんだね？」

「野口たちは、遺族が海岸で慰霊祭を実施している間、伊五〇九潜に花束を捧げに、海底に潜りました」

「神谷との間に、トラブルはなかったのかね？　君は、それを防ぐために、トラック島へ行ったはずだろう？」

「そのとおりです。しかし――」と、十津川は、いいかけて、言葉を切った。事実を報告する気は、十津川にはなかった。事実を報告したとして、それが何になるだろう。すべてが終わり、殺人犯は罰せられた。それに、ここは、日本ではない。捜査権も、逮捕権も、十津川にはなかった。

「森明夫という老人がおります」

と、十津川は、電話でいった。

「終戦直後、伊五〇九潜から日本へ上陸した人間が四人いました。神谷と二人の商社員、そして、少年水兵だった森明夫です。彼も、ここへ来ていました。森も、神谷とともに、

伊五〇九潜の英霊を裏切った男ですが、彼は、三十二年間の過去を、清算するために、やって来たのです」

「そして、彼は、自分の過去を清算したというわけかね？」

「神谷と森明夫は、外海へ出たまま、今になっても帰って来ません。慰霊団では、捜索願いを、ここの役所に出すようですが、まず、見つかりますまい。あの二人は、自らの過去を清算するために、海へ出て行ったようですから」

「その森という老人のことはよくわからないが、神谷が、そんな殊勝な気持ちを持っていたとは信じられんがね。本当に、彼が海に消えたのかね？　野口たちが殺したんじゃないのかね？」

「野口たちは関係ありません。もし、関係があれば、当地で問題化するでしょうが、その可能性はないと、私は確信しています。詳しい報告書は、帰国しだい、書きますが、今のところ、すべてが終わったとしか、申し上げられないのです」

「すべてが終わったか」

一瞬、本多の声が遠くなったような気がした。眉を寄せ、難しい顔をしている本多の姿が見えるような気がした。本多は、何もかも、はっきりしなければ、気がすまないところのある男だった。それが、この上司の長所でもあり、欠点でもある。

「それで、野口と江上は、今、どうしているのかね？」

と、本多がきいた。

「まだ、この島にいます。しかし、この二人が、日本にこのまま帰国するかどうかわかりません。島へ来て、大型のヨットを買っていますから、世界一周の旅にでも出かけるかも知れません」

十津川は、受話器を持ったまま、窓際まで歩いていった。

海岸で、野口が、岸につないであるゴムボートに乗ろうとしているのが見えた。大きな袋をかついでいるところを見ると、江上のための医療品や、航海のために必要な日用品を買い込んだのだろう。

(やはり、クルージングに出かけるのか)

10

野口は、ゴムボートに乗ろうとして、

「今日は《ハロー》」

と、声をかけられた。

振り向くと、二十歳ぐらいの娘が、大きなバッグをさげて立っていた。ジーパンに白いTシャツ。そのTシャツの胸に「LOVE」と書いてある。

小麦色に日焼けした肌と、キラキラ光る金髪《ブロンド》が、美しいコントラストを見せていた。彫りの深い顔が、どこか氏家由紀子に似ている。

自然に、野口の顔に微笑が浮かんだ。

「向こうのヨットは、あんたの船？」

と、娘が、人なつこい顔できいた。

「そうだよ」

「これから、どこへ行くの？」

「まだ決めていない」

それは本当だった。わかっているのは、日本には戻れないということだけだった。

「オーストラリアには行かないの？」

「オーストラリアのどこだい？」

「シドニー」

「行ってもいいね」

「じゃあ、シドニーまで同乗させて。クルージングの経験は、二年あるわ」

「病人を看護した経験はあるかい？」

「ママが病気したとき、一カ月看病したわ」

「オーケー」

と、野口は、うなずいた。

「乗れよ。すぐ出発だ」

参考文献

伊号潜水艦＝坂本金美（サンケイ出版局）
暗号戦＝ブルース・ノーマン　寺井義守訳（サンケイ出版局）
暗号手帳＝長田順行（ベストブック）
オーシャンライフ　48年5月号（集英社）

解説

山前　譲

ハム（アマチュア無線）を趣味にしているカメラマンの野口浩介が、奇妙な信号を毎日受信するようになった。冒頭の三文字はSOS、すなわち救難信号である。そしてそのあとに、245109という数字が続いていた。

野口は親友のふたり、モデルの氏家由紀子とヨットを設計している江上周作に相談し、調べはじめる。するとその謎の数字は、旧日本海軍の暗号で、「伊号五〇九潜水艦」と「トラック諸島冬島」を意味することが分かった。相談をした元海軍中佐はこう解読する。「SOSコチラハ伊号五〇九潜水艦、場所トラック諸島冬島、救助乞ウ」と。旧日本海軍の潜水艦が助けを求めている？

日本の歴史において、一九四五（昭和二十）年八月十五日の終戦は、いつまでも大きな意味を持つだろう。正確に言えば、九月二日に東京湾上の戦艦ミズーリ号で行われた、降伏文書の調印式によって戦争が終結したわけだが、それから一九五一年九月の対日講和条約調印まで、日本は連合軍の占領下におかれ、マッカーサー元帥の指揮のもと、さまざまな改革が行われている。戦後の日本社会の基礎がそこで築かれていった。

トラベルミステリーのパワフルな牽引車である西村京太郎氏も、そうした激動の歴史に身をゆだねたひとりである。一九四五年四月、西村氏は十四歳で東京陸軍幼年学校に入学した。そこは幹部将校候補を育成する全寮制の学校で、七十倍とも百倍とも言われる難関を突破したエリートたちの集まりだった。ただ、終戦とともに解散したので、西村氏の幼年学校での生活は五か月ほどで終わってしまう。この経験をベースにした作品には、徳間文庫『一億二千万の殺意』に収録の「二十三年目の夏」がある。

占領軍キャンプでのアルバイトなどの後、かつて通っていた都立電機工業学校に復学した西村氏は、一九四八年に卒業すると臨時人事委員会に入った（その年の十二月に廃止されて人事院へ移行）。旧来の官吏制度をあらため、あらたに国家公務員法を整備していくための組織だった。一九六〇年三月をもって退職するまで、西村氏は公務員生活を送っている。

そして時は流れ、戦後七十年の節目となる二〇一五年を前にして、『北陸新幹線ダブルの日』ほか、終戦前後の日本の姿を事件のベースにした長編を、西村氏は立て続けに発表するのだった。やはりあの時代を体験した作家としては、書いておきたいことが多々あったようである。

だが、西村氏はそれまでにも、戦争を背景とした作品を幾つか発表している。そのひとつが、一九七七年十一月にカッパ・ノベルス（光文社）の一冊として書き下ろし刊行された本書『発信人は死者』なのだ。

スキューバー・ダイビング仲間の野口ら三人は、救難信号を出している潜水艦の伊五〇九が、一九四五年にトラック諸島で沈没したことを突き止める。それも大量の金塊を積んでいたという。金塊！　海に潜ることならお手の物だ。野口たちは資金を調達し、トラック諸島の冬島へ向かう……。

一方、伊五〇九潜にはかかわるなと野口に忠告してくれた、造船会社の重役の大杉が、車にはねられて死んでしまう。その死に疑問を抱き、野口たちの動きに注目するのが、警視庁の十津川警部だった。

一九四一年十二月八日の太平洋戦争開戦時、日本海軍は六十四隻の潜水艦を有していた。そして戦時中、さらに百十八隻が就役しているが、作戦に参加した百三十九隻のうち、百二十七隻が失われたという。終戦時には、戦力となるような潜水艦はほとんど残っていなかった（参考『写真集・日本の潜水艦』光人社）。

その日本海軍の潜水艦の艦名には伊号、呂号、波号などがあるのだが、伊号潜水艦の五百番台は五〇一番から五〇六番までしか存在していない。しかもそれらは、もともとドイツとイタリアの潜水艦だった。したがって、本書に登場する伊五〇九号は実在していないのだが、作中に紹介されている性能等からして、新海大型の伊一七六号から伊一八五号がモデルとなったようだ。海大型とは海軍大型潜水艦の略称で、この十隻は一九四二年から翌年にかけて竣工された最後の海大型である。

その日本海軍の潜水艦が大量の金塊を積んでいた——ここで思い浮かぶ西村作品は長篇第三作の『D機関情報』だ。一九四四年三月、日本海軍の関谷中佐は密命を帯びて、約百キロの金塊とともに、伊二〇六潜でドイツへと向かった。そこから中立国のスイスに入り、水銀を買い付けようとしたのだが、いつしか関谷は、アメリカの諜報機関を相手とした終戦工作に身を投じていくのだった。西村氏自身がいつも自作のベストのひとつに挙げる傑作スパイ小説である。

伊二〇六潜もまた実在しなかった潜水艦だが、技術供与などの理由によって、日本の潜水艦がドイツへ金塊を運んだことのあったのは、史実としてちゃんと記録されている。一九四四年三月に呉を出航してドイツへ向かった伊五二潜は、なんと二トンもの金塊を積んでいたという。

だから、この『発信人は死者』の野口たちが、異国の海に沈む日本海軍の潜水艦に金塊が眠っていると信じても不思議ではないのだ。後半、その金塊をめぐってスリリングな物語が展開されている。そしてトラック諸島の風景は、トラベルミステリーとしての興趣もたっぷりである。

『D機関情報』は江戸川乱歩賞受賞後第一作として一九六六年に刊行されたもので、本書以上に戦争との深い関わりをもっている。早くからいわゆる太平洋戦争に西村氏が興味を持っていたことが窺えるのだが、太平洋戦争末期のある計画と古代史の謎を絡ませた『悲運の皇子と若き天才の死』（二〇〇九）や、マッカーサーをめぐる数奇なミステリーの『Mの秘密　東京・京都五一三・六キロの間』（二〇一二）を先駆けとして、二〇一四年から二〇一五年にかけて、太平洋戦争絡みの長編が多数発表されているのは、前述したとおりである。

サイパン島での出来事を背景にした『十津川警部　七十年後の殺人』、沖縄戦で陸軍中野学校出身の諜報員が果たした役割を解き明かす『沖縄から愛をこめて』、特攻がもたらした悲劇と殺人を描く『郷里松島への長き旅路』と『東京と金沢の間』、その特攻のために急遽開発された航空機の謎に迫る『北陸新幹線ダブルの日』、ポツダム宣言をテーマとした『十津川警部　八月十四日夜の殺人』と『暗号名は「金沢」　十津川警部「幻の歴史」に挑む』、そして空襲の記憶が事件を引き起こす『十津川警部　特急「しまかぜ」で行く十五歳の伊勢神宮』と、西村作品のなかに戦争ミステリーというジャンルが形成されていった。終戦から長い年月が経ち、その体験を語ることのできる人が少なくなった今こそ、こうした作品が書かれることに大きな意味があるはずだ。

そして十津川警部のファンには、『寝台特急《ブルートレイン》殺人事件』（一九七八）によってトラベルミステリーの世界を疾走しはじめる直前に発表されたこの長編は、十津川のキャラクター的にかなり注目すべき作品だ。とくに年齢に関しては、重要なデータが示されている。『北陸新幹線ダブルの日』でオリジナル著書が五百五十作に到達した西村作品のなかで、本書『発信人は死者』が重要な位置を占めているのは間違いない。

二〇一五年三月

この作品は1977年11月光文社より刊行されました。
なお、本作品はフィクションであり実在の個人・団体などとは一切関係がありません。

徳間文庫

発信人《はっしんにん》は死者《ししゃ》

2015年4月15日 初刷

著者 西《にし》村《むら》京《きょう》太《た》郎《ろう》

発行者 平野健一

東京都港区芝大門二—二—二〒105—8055

発行所 株式会社徳間書店

電話 編集〇三(五四〇三)四三四九
販売〇四八(四五一)五九六〇

振替 〇〇一四〇—〇—四四三九二

印刷 凸版印刷株式会社

製本 東京美術紙工協業組合

ISBN978-4-19-893956-4 (乱丁、落丁本はお取りかえいたします)

西村京太郎ファンクラブのご案内

会員特典（年会費2200円）

◆オリジナル会員証の発行 ◆西村京太郎記念館の入場料半額
◆年２回の会報誌の発行（４月・10月発行、情報満載です）
◆抽選・各種イベントへの参加
◆新刊・記念館展示物変更等のハガキでのお知らせ（不定期）
◆他、楽しい企画を考案予定!!

入会のご案内

■郵便局に備え付けの郵便振替払込金受領証にて、記入方法を参考にして年会費2200円を振込んで下さい■受領証は保管して下さい■会員の登録には振込みから約１ヶ月ほどかかります■特典等の発送は会員登録完了後になります

［記入方法］１枚目は下記のとおりに口座番号、金額、加入者名を記入し、そして、払込人住所氏名欄に、ご自分の住所・氏名・電話番号を記入して下さい

郵便振替払込金受領証　窓口払込専用

00		
口座番号	※00230-8-※ 17343	
金額	※ 2200	
加入者名	西村京太郎事務局	
料金	（消費税込み）	特殊取扱

２枚目は払込取扱票の通信欄に下記のように記入して下さい

通信欄
（1）氏名（フリガナ）
（2）郵便番号（７ケタ）　※必ず７桁でご記入下さい
（3）住所（フリガナ）　※必ず都道府県名からご記入下さい
（4）生年月日（19XX年XX月XX日）
（5）年齢　（6）性別　（7）電話番号

十津川警部、湯河原に事件です

西村京太郎記念館
■お問い合わせ（記念館事務局）
TEL0465-63-1599
■西村京太郎ホームページ
http : //www4.i-younet.ne.jp/~kyotaro/

※申し込みは、郵便振替払込金受領証のみとします。メール・電話での受付けは一切致しません。